Entrelinhas

Tammara Webber

Entrelinhas

Série Entrelinhas
LIVRO 1

Tradução
Cláudia Mello Belhassof

1ª edição
Rio de Janeiro-RJ / Campinas-SP, 2015

VERUS
EDITORA

Editora
Raïssa Castro

Coordenadora editorial
Ana Paula Gomes

Copidesque
Ana Paula Gomes

Capa
Adaptação da original
(Sarah Hansen / Okay Creations)

Foto da capa
© Milos Stojanovic, 2011 / Shutterstock

Projeto gráfico
André S. Tavares da Silva

Diagramação
Daiane Cristina Avelino

Título original
Between the Lines

ISBN: 978-85-7686-386-1

Verus Editora Ltda.
Rua Benedicto Aristides Ribeiro, 41, Jd. Santa Genebra II, Campinas/SP, 13084-753
Fone/Fax: (19) 3249-0001 | www.veruseditora.com.br

CIP-BRASIL. CATALOGAÇÃO NA FONTE
SINDICATO NACIONAL DOS EDITORES DE LIVROS, RJ

W381e

Webber, Tammara
Entrelinhas / Tammara Webber ; tradução Cláudia Mello Belhassof. - 1. ed. - Campinas, SP : Verus, 2015.
23 cm. (Entrelinhas ; 1)

Tradução de: Between the Lines
ISBN 978-85-7686-386-1

1. Romance americano. I. Belhassof, Cláudia Mello. II. Título. III. Série.

15-21459 CDD: 813
CDU: 821.111(73)-3

Revisado conforme o novo acordo ortográfico

Ao Paul,
garoto romântico e destemido que virou marido amoroso,
perseguidor de sonhos, segurador de mãos, servidor de café,
parceiro no crime e castigo e nas alegrias domésticas
tanto reais quanto imaginárias

1

Reid

— Você mora com os seus *pais?*

Quando você é uma celebridade e tem mais de doze anos, as pessoas não esperam que você more com os seus pais, se é que elas imaginam que você *tem* pais. Estrelas de cinema surgem, teoricamente, totalmente formadas, na fase adulta, já comprando apartamentos. Garotas mais velhas são as que mais ofendem quando se trata dessas expectativas de independência, e a que está encostada em mim neste momento não é diferente.

Sua pergunta é sussurrada em resposta a eu mandá-la falar baixo enquanto estou tentando enfiar a chave na fechadura, entrar em casa com ela e chegar ao meu quarto sem interferência. Agora ela está dando risinhos, com as duas mãos na boca, abafando o som — apesar de que talvez eu não consiga ouvi-la, porque os meus ouvidos ainda estão zumbindo por causa do show em que ela estava no palco tocando baixo com mãos habilidosas enquanto eu assistia da seção VIP.

Aperto os olhos para ela, porque estou balançando e ela está balançando e nossos movimentos não estão sincronizados.

— Eu disse que estava fazendo dezoito anos hoje, não trinta. Onde você *espera* que eu more? — Não há rancor por trás das palavras arrastadas, e, por sorte, ela parece deduzir isso pelo meu tom.

— Tá bom, tá bom, meu Deus. Eu esqueci que você é um bebê.

Arqueio a sobrancelha para ela enquanto a chave desliza na fechadura com um raspão metálico.

— Não. Hoje à noite eu sou um homem. Lembra? — Não vou me preocupar em dizer a ela que outras garotas da sua idade não esperaram até eu atingir a maioridade; prefiro deixá-la supor que tem alguma coisa para me ensinar. Quem sabe, talvez tenha mesmo. Viro a chave até a fechadura fazer um *clac*, giro a maçaneta e empurro a porta com o ombro. Entramos. Coloco um dedo nos lábios franzidos e repito: — Shhh — enquanto arranco a chave da fechadura.

Desta vez, ela faz que sim com a cabeça, balançando mais perto com um sorriso safado, se inclinando na minha direção enquanto eu me apoio na moldura da porta. Sua maquiagem está borrada, e ela está cheirando a cigarros fedorentos e cerveja — mas eu também estou.

— Eu me lembro. — Sua voz está áspera, como os dentes da chave na fechadura.

* * *

Sonhos induzidos por álcool são sempre esquisitos e brutos — e estou falando isso no melhor sentido possível. Depois vem o ato infeliz de acordar. Nesse ponto, o barato já sumiu há muito tempo, as inibições estão voltando num fluxo e a única coisa dura é o meu crânio. Acrescente um estímulo externo, tipo, digamos, um celular tocando no nível "acorda-porra", e eu sou jogado para o lado oposto de um estágio agradável de embriaguez. De repente um cortador de grama cerebral alucinado está passando por um lugar bem atrás dos meus globos oculares. Bem-vindo à terra da ressaca.

Aperto "atender" para interromper a gritaria (eu gosto dessa música? sério?), mas não me dou ao trabalho de responder, porque minha boca é um deserto e a fala é improvável. Tem uma garrafa de água na mesa de cabeceira, mas, quando me estico para pegá-la, deixo o telefone cair, e ele emite a voz quase inaudível do meu empresário, George.

— Alô? Reid? Alô-ô?

Merda. Pego o telefone do chão e quase caio da cama.

— Alô? — Minha voz parece ter passado pelo cascalho, inclusive no sabor.

— Noite difícil? — George está sendo sarcástico, mas não de um jeito rígido. Ele é meu empresário, não meu pai. Suponho que seja grato ao universo, ao destino, a Deus, a quem quer que seja que está no comando. Sou melhor como cliente do que como filho. Pode perguntar para o meu pai.

Levanto a cabeça um milímetro, para ver se a baixista gostosa da banda que John e eu vimos ontem à noite ainda está aqui. Eu me lembro vagamente dela tropeçando pelo meu quarto, dando risinhos como se tivesse treze anos em vez dos vinte e qualquer coisa que ela disse que tinha. Ela não está em lugar nenhum, mas tem um bilhete quase ilegível debaixo da minha garrafa de água, que forma um círculo manchando a tinta. Tomo um gole generoso da garrafa e leio:

Reid, noite incrível. Podemos repetir?
Deixei meu número no seu celular.
Cassandra.

Cassandra. Ela falou o nome ontem à noite? Não me lembro.

— Reid? — A voz do George. Droga.

— Oi. — Viro para uma posição sentada na lateral da cama, com uma das mãos na cabeça e a outra segurando o celular, tentando decidir se preciso vomitar ou não. Veredito: possivelmente.

— Richter acabou de ligar. Você conseguiu o papel em *Orgulho estudantil*. Ele disse que está ansioso para trabalhar com você. — Adam Richter é um dos maiores diretores de Hollywood. O cara é uma lenda, com ótimo instinto para dramas adolescentes. — Aliás, você foi escalado para fazer uma participação de dois minutos no ET amanhã, então descansa. Além disso, o Richter quer que você apareça nos testes para o papel de Lizbeth, que vão começar daqui a umas duas semanas. A gente conversa sobre isso na sexta-feira.

— Claro. — Meu Deus, parece que a minha cabeça vai cair. — Onde é a filmagem?

— Eles decidiram filmar em Austin.

— No *Texas?*

— Da última vez que eu verifiquei, sim, é lá que fica Austin.

— Irra!

Orgulho estudantil, ET, testes, Austin. Jesus, minha cabeça vai explodir. Por que eu nunca lembro que manhãs como a de hoje são a consequência previsível de noites como a de ontem?

Emma

Meu pai coloca molho Alfredo sobre tigelas de linguini enquanto eu arrumo a mesa para três pessoas.

— Dan ligou hoje à tarde — diz ele. Dan é o meu agente, e essa é a minha deixa para me preparar para um novo teste. O que vai ser desta vez? Propaganda de absorventes? Mais um papel coadjuvante num filme do canal Lifetime? — Ele disse que você tem um teste pro *papel principal* num filme de ampla distribuição. Você gostaria de interpretar... — suas mãos entram no modo de enquadramento — ... Elizabeth Bennet?

Franzo a testa.

— Mais uma refilmagem? Acabaram de fazer uma adaptação de *Orgulho e preconceito* há poucos anos. — E tem a questão do meu sotaque britânico enferrujado (e, sinceramente, meio que péssimo).

— Essa é a questão. Não estamos falando da Inglaterra do século XIX. É uma versão moderna, que se passa numa escola de ensino médio dos Estados Unidos. — Ele espera o meu entusiasmo, mas só consigo pensar: *Iupi. Um papel bonitinho numa versão corrompida de um dos meus livros preferidos.*

Antes que eu consiga me impedir, penso numa resposta melhor que a simples falta de entusiasmo.

— *Orgulho e preconceito* numa escola de ensino médio. Sério?

Ele suspira e joga o pacote com o roteiro na mesa da cozinha, e não discutimos mais o assunto. Esta é a nossa solução padrão para esse tipo de conflito: nós dois fingimos que eu aceito o que ele quer. Nesse caso específico, eu levo o pacote para o meu quarto e começo a decorar falas, e ele diz ao Dan que estou empolgadíssima com o teste.

Conseguir esse papel mudaria a minha carreira, sem dúvida. Todos os papéis insignificantes, as propagandas de lojas de departamentos e bacon e suco de uva me trouxeram até este momento... em que tento conquistar mais um papel da garota comum (mais importante que qualquer papel anterior da garota comum). A verdade é que não estou só cansada de papéis unidimensionais. Estou cansada de fazer filmes, ponto.

Quando eu tinha treze anos, fui uma das fadas numa produção de teatro local de *Sonho de uma noite de verão.* Adorei a representação ao vivo, a emoção das reações da plateia. Implorei para fazer mais teatro nos quatro anos que se seguiram, mas isso nunca vai acontecer, porque Dan e o meu pai-empresário consideram o meu papel em *Sonho* um serviço comunitário isolado. Eles querem que Emma Pierce seja um nome conhecido, então não tenho tempo para papéis bobos no teatro local.

Como um meio-termo, tentei sugerir roteiros de filmes independentes esquisitos e instigantes. Eles me desanimam todas as vezes.

— Acho que não é isso que queremos para a sua carreira — diz um deles, e eu me encolho e me escondo, porque, quando se trata de administrar a minha própria vida, sou uma covarde total.

Hoje de manhã mesmo, eu me senti uma garota normal — olhando o celular e o computador em busca de mensagens noturnas, planejando uma ida ao shopping com a Emily. Um dia de atividades típicas de primavera com a minha melhor amiga era exatamente o que eu precisava para me fazer sentir *normal*. Nós abrimos as janelas, cantamos nossas músicas preferidas, conversamos sobre os garotos que conhecemos e especulamos sobre os que não conhecemos.

Mas eu não sou uma garota normal. Sou uma atriz profissional. Não frequento a escola; tenho tutores. Não fico na praça de alimentação com meus amigos — pego alguma coisa no bufê quando estou filmando ou preparo algo na cozinha quando não estou. Leio roteiros e decoro falas enquanto me exercito; faço o dever de casa no set de filmagens.

No ano passado, minha relação com o meu pai ficou mais tensa do que nunca, mas já não é boa há anos. Herdei pouca coisa dele, exceto os olhos cinza-esverdeados e a paixão por corrida. Em todos os outros aspectos, somos opostos absolutos. Ele não me entende. Eu não o entendo. Fim da história.

2

Reid

— Seu pai disse que vai estar em casa hoje à noite. Por favor, Reid?

Merda.

— Tá, mãe.

Jantar com Mark e Lucy — sempre uma diversão. Evito quando possível, mas minha mãe me encurralou antes de eu sair para a reunião com o Larry, meu relações-públicas. Ela é tão insistentemente ansiosa que é difícil dizer "não" para ela. Meu pai não parece estar na mesma luta. Ela tem uma visão idealizada de nós três como uma família feliz: se sentarmos juntos à mesa de jantar, a alegria doméstica vai acontecer por magia. Não sei como ela não percebe que isso é um desejo irreal, já que nunca funcionou. Vou embora em breve, de qualquer maneira. Eu me recuso a pensar em quanto ela vai se afundar nesse momento.

Ainda não decidi quando vou me mudar. Meu quarto tem uma entrada separada e é mais como um apartamento colado à casa dos meus pais do que um quarto dentro dela. Minha avó morou conosco até morrer alguns anos atrás, e esse era o seu quarto. Pouco depois de ela morrer, convenci minha mãe a me deixar trocar de quarto. Meu pai ficou puto porque eu tinha uns quinze anos e, desse jeito, poderia entrar e sair sem eles perceberem, mas já estava tudo acertado quando ele ficou sabendo, e eu simplesmente me fechei e o ignorei até ele parar de me atormentar.

— Parabéns pelo papel em *Orgulho estudantil*, cara. — Larry está puxando o meu saco, para variar. Estamos num restaurante japonês em Ventura, e ele está me irritando demais. Ele nem sabe usar os pauzinhos direito, é como se suas mãos fossem retardadas. Pode parecer uma coisa pretensiosa e desagradável de dizer, mas foi *ele* que escolheu o lugar. Além do mais, meus instintos me dizem que ele está amargo com o que eu ganho em comparação a ele. Existe muita inveja nessa indústria. Quanto mais bem-sucedido você é, mais é alvo.

— Obrigado. — Coloco um pedaço de sashimi de salmão na boca.

Ele limpa a garganta.

— Então, bom, olha... — Merda, cara, fala de uma vez. — A gente acha que você devia, hum, participar de algumas ações de caridade, agora que virou adulto. — Ele está com uma expressão de quem acha que eu vou implicar com isso, o que me faz pensar se eu *devia* implicar.

Olho para ele, ainda mastigando.

— Tipo o quê?

Juro por Deus que ele se contorce no assento como uma criança que está quase fazendo xixi nas calças.

— Bom, temos muitas ideias. Teleton ou, hum, um ou dois dias em algum lugar tipo o Habitat para a Humanidade, ou você pode apoiar a alfabetização de adultos ou a vacinação infantil numa propaganda de TV.

Eu tinha esquecido a tendência do Larry a falar "bom" e "hum" quando está nervoso. Isso me faz ter vontade de enfiar um sushi na sua boca até ele não conseguir falar de jeito nenhum.

— Não vou fazer Teleton nem trabalho braçal. E vacinação infantil? — Arqueio uma sobrancelha. — Isso não devia ser feito por pessoas com filhos?

Ele seca o rosto com o guardanapo.

— Bom...

Isso vai levar todo o maldito dia.

— Mais alguma coisa?

Ele cutuca as fatias de atum.

— Você podia visitar escolas, participar de palestras de conscientização em relação ao álcool e às drogas...

— Hum, *não*. — A ironia seria hilária demais, mas não vou fazer isso. Seria como aquelas celebridades adolescentes que fingem ser virgens, usam anéis de castidade e pregam a abstinência para outros adolescentes, mas são pegas com as calças na mão em algum momento. Literalmente. Já sou perseguido demais pela imprensa sem que eles consigam me pegar chapado ou bêbado.

— Bom... hum, você pode simplesmente doar algum dinheiro...

— Vamos fazer isso. Vê com o meu pai, ele cuida disso.

— Você tem alguma causa em mente?

Olho para ele sem expressão. A única causa em que eu acredito é a minha. As garotas gostam de bichos, certo?

— Alguma coisa relacionada a animais. — Condição: quanto mais fofo melhor. — Mas nada de grupos ativistas malucos. E animais domesticados, nada de salamandras ameaçadas de extinção ou merdas assim.

— Ah, tudo bem. Bom... animais domésticos... tipo a UIPA?

— Claro. — UIPA: alguma coisa-alguma coisa-alguma coisa dos animais.

Emma

Estou tirando meu jantar de restos requentados do micro-ondas quando o meu celular apita com o toque da Emily. Ela não espera o "alô".

— Liga no canal dez!

— Tá, só um instante...

— Não! *Agora!*

Vou obedientemente até a televisão.

— Calma aí, estou indo. O que está acontecendo?

— *Quem* está acontecendo, você quer dizer.

Aperto o número do canal no controle remoto e a tela mostra as imagens piscando e a música tema do *Entertainment Tonight.*

— *... e ele está aqui hoje para conversar com a gente sobre um novo projeto a caminho* — diz o apresentador enquanto a tela de cinquenta e duas polegadas sincroniza com o sistema de som surround.

A câmera corta para Reid Alexander, o cara mais quente do cinema atualmente.

— *É, estou amarradão com isso.* — Ele balança o cabelo loiro-escuro para tirá-lo dos olhos e dá aquele sorriso que é sua marca registrada: um pouco tímido, meio humilde, totalmente lindo.

— Ai. Meu. Deus — sussurra Emily.

Reid Alexander é simplesmente maravilhoso: olhos azul-escuros e feições atraentes — cílios escuros e compridos, boca carnuda —, os traços do rosto bem masculinos. O cabelo está sempre desarrumado, mas é um tipo de descabelado perfeito. Ele não parece real; é como se fosse a interpretação artística de um deus do sexo de dezoito anos.

— *Então o filme é uma adaptação da história clássica de Jane Austen,* Orgulho e preconceito? — O apresentador segura o microfone sob o queixo dele.

— *Hum, isso. E se passa numa escola de ensino médio americana, então vai ser diferente. Original, sabe? Vou trabalhar com Adam Richter, e isso me deixa muito animado.*

— Emma! — Sinto a euforia de Emily pela linha do telefone. — Esse é o seu filme, né? Eu vi a sinopse e pensei: *Puta merda, é o filme da Emma!*

— Ãrrã. — Ainda não consigo responder coerentemente. Reid Alexander vai interpretar Will Darcy numa adaptação de cinema para a qual eu não estava tão animada para fazer o teste vinte e quatro horas atrás.

— *A pergunta que todo mundo quer saber: quem será a protagonista?*

— *Vamos fazer testes daqui a algumas semanas, então devo saber a resposta a isso muito em breve.* — Mais um sorriso matador.

O apresentador vira para a câmera.

— *Vocês ouviram, pessoal. Reid Alexander vai interpretar Will Darcy com uma atriz sortuda e ainda desconhecida no papel de Lizbeth Bennet. Quem será? A gente avisa quando souber! As gravações devem começar no fim do verão.*

Desligo a TV e me jogo no sofá.

— Emma, é destino. Vai ser *você*. Reid Alexander é *Darcy*, e você vai ser *Elizabeth Bennet*.

— É Lizbeth — digo. — Eles mudaram os nomes.

— Tanto faz. — Emily está cheia de sua confiança habitual em mim. — Você vai ser *ela*.

* * *

Estou exausta de tanto estudar roteiros de testes até as duas da manhã. O cheiro de café sobe da cozinha, e arrasto os pés até lá com um objetivo fixo, uma zumbi com fome de cafeína em vez de cérebros, até ouvir Chloe, minha madrasta, conversando com meu pai na cozinha. Sem querer encontrar os dois tão cedo, especialmente se eles estiverem se sentindo ofendidos com minha reação indiferente à notícia do teste, hesito no topo da escada.

— Ela vai se animar. Ela sempre acaba cedendo. O que ela vai fazer? Administrar a própria carreira? — Fico tensa com o tom sarcástico da Chloe.

Meu pai está menos desdenhoso e mais irritado.

— Esse pode ser o caminho para ela sair dos papéis insignificantes e dos comerciais. Eles já escalaram *Reid Alexander* para o papel principal. O Dan diz que o cara quase nunca precisa fazer teste. Quando ele quer um papel específico, é quase garantido que vá conseguir.

— E ele é *muito* gostoso. — Como é que a Chloe pode falar uma coisa dessas quando Reid Alexander tem quase a mesma idade dos seus alunos de geografia? Achei que ela tivesse um limite. Que nojento.

— Não tenho a menor ideia do que ela quer — diz ele. Se eu alugar um outdoor ou contratar um avião para escrever no céu, será que ele vai entender o que eu digo que quero?

— Ela vai se animar — diz a Chloe. — Quando for rica e famosa, ela vai conseguir trabalhos decentes, em vez de perseguir qualquer papel porcaria que aparecer. Apesar de que seria um exagero chamar o que ela faz de *trabalho*. — Agarro o corrimão, esperando meu pai dizer alguma coisa em minha defesa.

— Humpf — diz ele, saindo porta afora para trabalhar. Chloe para na frente de *Good Morning America*, porque, infelizmente, a semana do saco cheio também se aplica aos professores. Normalmente, eu não me importo nem um pouco com a opinião dela, por mais que seja irritante ouvi-la no início da manhã. Nem mesmo o café pode me fazer descer agora.

Meu pai estava lá quando fiz meu primeiro comercial — dezenove tomadas para conseguir o gole exato de suco que não inibisse minhas duas frases sobre como a bebida era deliciosa e saudável. Até hoje eu não consigo olhar para um suco de uva sem ter ânsia de vômito. Ele estava lá quando o diretor maníaco de um filme de baixo orçamento feito para TV gritou na minha cara porque deixei cair um telefone cenográfico. Ele me viu sofrer com o calor do deserto do Arizona, com uma parca fechada até o queixo, interpretando a filha de um explorador intergaláctico que tinha sido exilado num planeta seco e congelado.

Achei que pelo menos ele sabia que eu trabalho muito.

Não me entenda mal — eu adoro o que faço. E sou boa nisso. Algumas pessoas supõem que atuar é simplesmente usar as roupas ou o sotaque de alguém, mas isso não é suficiente. Você tem que tirar a pele da personagem, entrar completamente nela, se permitir se misturar a ela. Você tem que *se tornar* a personagem. Mesmo que ela seja uma criança que gosta *muito* de suco.

Eu devia ser grata, devia me sentir sortuda — e sou grata, me sinto sortuda. Mas, mesmo que você tenha tudo que todos desejam, se não for o que *você* deseja, não é e ponto-final. Uma versão de cinema no ensino médio de uma das melhores histórias de todos os tempos? Sério? A menos que Jane Austen seja fã de Reid Alexander, ela provavelmente está se revirando no túmulo.

3

Reid

Esses testes estão me matando. Eles fizeram testes de câmera com sei lá quantas garotas e ficaram com vinte. Richter quer que ela seja atraente, mas não excepcionalmente gostosa, o que é uma droga, mas ele está certo. Lizbeth Bennet é alguém por quem Will Darcy se apaixona contra suas tendências naturais.

Gosto de pensar que sou capaz de ter química na tela com qualquer pessoa, mas, infelizmente, não é o caso. Antes de cada garota entrar, revemos suas fotos de rosto, clipes de filmes anteriores e o teste de tela. Já fiz testes com onze delas até agora, e estou pensando: *Essas são as que ficaram?* Passamos quantidades de tempo diferentes com cada uma, e estou tentando entender como Richter funciona, porque estamos passando mais tempo com as que eu quero eliminar. Não que eu vá reclamar com *Adam Richter* sobre seus métodos ou quem ele escolhe.

— Daria — ele chama sua assistente, com o dedo na prancheta de informações. — Estamos prontos para a próxima garota. Belinda, não é?

— Sim, senhor — diz Daria. — Vou fazer a garota entrar.

— Vou beijar essa, né? — pergunto.

Richter dá risada, e seus olhos azuis me analisam por cima dos óculos.

— O que te faz dizer isso?

Ops.

— Hum. Parece que, quanto menos animado eu fico com a garota, maior a probabilidade de fazermos a cena do beijo.

Suas sobrancelhas — partes iguais de preto e grisalho — se erguem ligeiramente.

— Boa observação. Não quero perder a possibilidade da química entre o casal, por isso as que não passam no teste de roteiro têm uma última chance antes de ser dispensadas.

— Faz sentido.

— Obrigado, agradeço o apoio. — Sua boca se retorce e ele ri de novo quando fico levemente corado, algo que eu *nunca* faço.

— Adam, esta é Belinda Jarvis. — Daria deixa a garota em pé no centro da área de filmagem.

Percebo logo de cara que Belinda não é a garota certa. Seu rosto é sensual demais, sua expressão calculada demais. Ela poderia, talvez, ser Caroline Bingley. Recitando as falas que eu sei tão bem que poderia dizer fazendo malabarismo, leio sua linguagem corporal e o modo como seus olhos semicerrados me encaram e decido que seria divertido ter Belinda no set. Chegamos até o beijo e, menos de dois segundos depois, sua língua está dentro da minha boca. Divertido, sim. Lizbeth Bennet, não. Quando ela é dispensada, digo ao Richter o que estou pensando: usá-la no papel de Caroline.

— Já escolhemos Caroline e Charlie — diz ele. — Fizemos os testes simultaneamente, já que o entrosamento e a aparência de irmãos têm que ser convincentes.

— Pode me dizer quem são?

— Espero que eu possa te apresentar ao Charlie amanhã. Vou ligar para ele hoje à noite. Quanto a Caroline, ela vai ser interpretada por Brooke Cameron.

Brooke Cameron. Tento não reagir, mas os olhos do Richter não perdem nada, e estou abalado demais para disfarçar a reação.

— Vocês dois já trabalharam juntos, não é?

— É. — Eu *não* quero entrar em detalhes. — Alguns anos atrás.

— Quase quatro, na verdade.

Ele parece ter uma pergunta a seguir, mas Daria abre a porta e se inclina para dentro.

— Emma Pierce está aqui, Adam.

Emma

Estou tão intimidada por fazer um teste para Adam Richter quanto por fazê-lo com Reid Alexander. Dan me alertou que Richter não desperdiça tempo com conversinhas, então tenho que engolir a ansiedade e convencê-lo de que eu sou sua Lizbeth Bennet ideal. (Liguei para Emily em busca de apoio moral, mas ela não ajudou em nada, dizendo: "Ai. Meu. Deus. A ideia de estar perto assim dele. Não consigo *respirar*".)

— Tudo bem. Reid, Emma, comecem em "Ah, você está aí" — diz Richter. — E... ação.

INT. Corredor da escola — Dia

WILL encontra LIZBETH no armário dela e encosta em seu ombro.

WILL

Ah, você está aí.

LIZBETH enfia livros no armário, vira para WILL e faz cara feia.

LIZBETH

Sim?

(Fazer cara feia para Reid Alexander por qualquer motivo me parece totalmente errado, mas *está no roteiro.*)

WILL

Não consigo aguentar isso. Obviamente estamos em níveis sociais diferentes, e você é o completo oposto do meu tipo usual de mulher, mas não consigo te tirar da cabeça. Vai comigo na festa do Charlie no sábado? Eu te pego às oito.

LIZBETH olha para ele, inclinando a cabeça, como se estivesse confusa.

LIZBETH

Normalmente, quando não estou interessada em sair com alguém, eu tento ser legal. Mas estou meio em choque neste momento.

WILL

(incrédulo)

Você está dizendo não?

LIZBETH

Estou dizendo: nem que você me pagasse.

(De novo, isso parece muito *errado*, mas *está no roteiro.*)

WILL olha furioso para LIZBETH e se aproxima dela.

WILL

O quê? Você realmente está dizendo não?

LIZBETH empertiga os ombros.

LIZBETH

Então você acha que pode me chamar pra sair e eu vou dar pulinhos atrás de você, como todas as outras garotas idiotas desta escola? Não vou. Mesmo que você não fosse tão mal-educado toda vez que estou por perto, você acha que eu ia querer alguma coisa com você depois do que fez com a Jane? E com o George?

WILL

O que aconteceu entre mim e George Wickham não é da sua conta. Isso é ridículo. Eu só queria te levar numa festa, mesmo que você não seja exatamente o meu tipo. Você preferia que eu mentisse sobre isso para poupar o seu ego precioso?

LIZBETH

Eu não poderia me importar menos com o modo como você me convidou.

(Estamos a centímetros de distância. Reid espera a minha fala de duas palavras — sua deixa para me beijar. De perto, Reid Alexander é o cara mais lindo que eu já vi, apesar de não ser o melhor momento para apreciar esse fato, já que Lizbeth está pálida agora.)

O quê?

WILL agarra os ombros de LIZBETH.

— Corta! — grita Richter. — Ótimo, ótimo. Obrigado, Emma. Entraremos em contato. — Ele me dispensa com um sorriso.

Sorriso bom ou sorriso ruim? O teste me pareceu bom, mas ele nos parou logo antes do beijo, o que não me pareceu bom.

— Reid, vamos dar uma olhada na penúltima fala... — diz ele, e Reid vai conversar com ele depois de me dar um sorriso hipnotizante.

— Srta. Pierce? — A assistente de cena interrompe o meu transe, e sua expressão me diz que ela testemunha o olhar estupefato em meu rosto com muita frequência. — Por aqui — diz ela, me mostrando a saída.

4

Reid

Treze, o número da sorte — Emma Pierce. Vamos avaliar mais duas garotas hoje e cinco amanhã, mas eu já sei que é ela. A faísca, a química — a gente tem. A fonte é inexplicável; é mais que simples atração, e muito diferente disso. Existem casais que têm isso na tela, mas não conseguem se aturar na vida real, e casais cuja orientação sexual deveria negar isso, mas está lá, no filme. Como mágica.

Nunca ouvi falar dessa garota. Se ela for escolhida, vai ser uma desconhecida na prática, e eu me pergunto se Richter vai ter problemas para convencer a produção a apostar nela. Fizemos teste com duas atrizes conhecidas para Lizbeth no primeiro dia. Qualquer uma das duas funcionaria... mas não como a Emma. Richter também sabe disso. Depois do teste dela, ele me perguntou o que eu achei.

— É — falei, sorrindo.

Ele sorriu de volta.

— Acho que "é" resume bem. Vamos ver as últimas... sete, certo? Mas vou dar uma ligada para o agente da Emma amanhã e deixar a garota preparada para uma nova chamada. Vamos ver o que vocês dois conseguem fazer com a cena toda.

Ele quer ver o beijo.

Eu também.

Emma

Meu pai e Chloe ficam se entreolhando de lado; ele suspira fazendo barulho de tempos em tempos enquanto ela mastiga o lábio. Nenhum dos dois me perguntou mais nada desde a investigação inicial de *Como foi?*, que eu respondi brevemente e sem detalhes. Eles merecem o silêncio por aquela conversa ao redor da mesa de café da manhã algumas semanas atrás, mesmo sem saber que eu estava escutando.

— Então... o Reid estava lá? — pergunta a Chloe, depois de um silêncio de cinco minutos no táxi após o jantar.

— Ãrrã. — Espero que eles entendam a minha atitude como a reserva típica de uma garota de dezessete anos.

Ela espera mais um minuto para eu elaborar, depois percebe que eu não vou fazer isso.

— E aí, ele é lindo ao vivo? A cena foi com ele, ou ele só estava, você sabe, lá?

— Com ele. — O hotel finalmente aparece, graças a Deus. Logo vamos para os nossos quartos separados e adjacentes, e eu vou ficar sozinha com os meus pensamentos.

Meu pai solta mais um suspiro perturbado.

— Você acha que vai ser chamada de volta?

— Não sei.

Chloe revira os olhos e pega um espelhinho e um batom, como se sua saída no meio-fio do hotel fosse um evento de tapete vermelho. Espero que isso encerre a interrogação de hoje, apesar de eu ter certeza de que vai recomeçar no café da manhã.

Na minha mala, estão as falas de *Orgulho estudantil* que eu precisava decorar para o teste e a cópia de *Orgulho e preconceito* que pertencia à minha mãe, que morreu quando eu tinha seis anos. O que minha mãe me deixou: lembranças enevoadas da nossa vida antes de ela morrer, um punhado de fotos, sua aliança de casamento e uma cópia gasta de seu livro preferido. Na página 100, tem uma marca de café fraca. Na 237, uma impressão digital suja, sem dúvida feita enquanto ela estava cozinhando ao mesmo tempo em que lia para mim, algo que me lembro vagamente de ela fazer. Quando sinto mais falta dela, quando envolvo os braços em mim mesma e não consigo suportar a ideia de que ela nunca mais vai voltar, não importa o que eu faça ou quanto precise dela, abro o livro nessas páginas, encosto o dedo na impressão digital e na marca de café e me sinto reconfortada.

* * *

Não quero conversar sobre o teste com ninguém além da Emily. Somos conhecidas como Em e Em desde o jardim de infância, quando nos tornamos melhores amigas, e estudamos na mesma escola até o sexto ano, quando meu pai contratou um tutor para mim por causa da minha agenda maluca. Graças à minha avó e à mãe da Emily levarem a gente de carro para todo lado, continuamos próximas. Não sei como seria a minha vida sem ela. Solitária, acho.

Com a Emily, fiz furos na orelha e espionei garotos bonitos da vizinhança (armada com os binóculos do pai dela), aprendi a andar de skate (mais ou menos) e tive aulas de direção. Com a Emily, dormimos uma na casa da outra, vamos à manicure e conversamos sobre tudo. Com a Emily, eu me sinto normal.

Ligo para ela assim que estou no meu quarto, e ela atende no primeiro toque.

— E aí, que cena você fez? Foi uma *boa?* Você se saiu bem?

— A cena em que ele me chama pra sair.

— Aquela em que ele te beija no final? Eeeeee?

— Quando chegamos à parte em que ele me agarra, que por sinal é algo que o Darcy *jamais* faria, porque ele tem controle total das emoções o tempo todo... É sua *característica definidora*! Acho que o roteirista nem *leu* o livro...

— Emma, você está me matando. Estou morrendo. *Fala logo!*

— Nada de beijo. O diretor interrompeu um pouco antes, e acho que eles deixaram entrar a próxima candidata esperançosa.

— Ah, que droga. Não é justo. — Ela suspira, entendendo a perda como algo pessoal.

— É, beijar o cara seria um belo prêmio de consolação.

— Emma, eu já te falei: você vai conseguir esse papel. Você está preparada para lidar com todas as coisas ferradas no roteiro? Os filmes *nunca* são tão bons quanto os livros, sem querer ofender. Você não pode deixar isso te enlouquecer. — A Emily me conhece muito bem.

— Eu sei. Só estou preocupada que, se eu fizer esse filme, vou ficar estereotipada como vazia e *bonitinha*. Nunca vou conseguir fazer alguma coisa substancial.

— Em algum momento, *você* vai estar no comando da sua carreira e vai poder fazer o que quiser.

— Quando é que isso vai acontecer? — Não consigo evitar o lamento que escapa na minha voz.

— Quando você tiver, tipo, uns quarenta anos — responde ela. — Sem dúvida, aos quarenta, você vai estar no controle total.

Sorrio.

— Boa noite, Em.

— Boa noite, Em.

5

Reid

Depois dos dois últimos testes, estou esperando trazerem o meu carro e pego o celular no bolso para ligar para o meu amigo John quando recebo uma mensagem da minha mãe me lembrando do jantar às oito. Meu primeiro pensamento é como diabos vou escapar disso, mas depois lembro como ela ficou hoje de manhã, quando eu disse sim. Aperto o botão de responder e digito: "Ok".

O manobrista aparece com meu Lotus, que eu convenci meu pai a me deixar comprar uns meses atrás, falando que, se ele negasse, eu ia comprar de qualquer jeito quando fizesse dezoito anos. Ele odeia o carro, desde o rugido do motor quando eu o ligo até o estéreo que faz vibrar tudo na casa quando eu entro na garagem, mas, acima de tudo, ele odeia a cor: amarelo-limão. Ele chama de táxi de babaca. Na semana passada, parei na entrada de carros quando ele estava pegando a correspondência e, enquanto eu ia em direção à casa, ele encarou o carro e disse, sem inflexão na voz:

— Você vai ficar com essa coisa por pelo menos por um ano.

Como ele previra, essa observação me fez querer vender o carro imbecil imediatamente.

O jantar daqui a duas horas vai ser adorável em todos os sentidos.

Eu devia fazer umas compras — não faz sentido chegar cedo em casa. A Rodeo Drive deve estar fechando, mas vou até o Robertson e entrego as chaves para outro manobrista, me perguntando se eles dirigem meu carro tanto ou mais do que eu. A Paul & Joe está aberta e quase deserta, com os vendedores (os dois bonitos: um cara gay e uma loira frágil) andando de um lado para o outro, esperando para ser úteis. Eles trocam um olhar enquanto passeio pela loja. Eles provavelmente geram interesse em qualquer um entre quinze e cinquenta anos que entre pela porta.

Pego algumas camisetas bacanas e uma calça jeans e peço um provador para a garota.

— Claro, sr. Alexander — diz ela. Talvez um dia eu odeie isso, mas por enquanto adoro ser reconhecido. Acabei de vestir a calça quando ela entra no provador com outra, num tom diferente. Sem um traço de apreensão por me ver seminu, ela estende a calça para mim. — Essa é a nova lavagem. Achei que você ia querer experimentar também. — Jogo a calça na pilha enquanto seus olhos passeiam pelo meu peito. Viro para o espelho como se não tivesse percebido, abotoo a calça jeans e visto uma das camisetas vintage.

— O que você acha? Muito roubei-do-guarda-roupa-do-meu-pai?

Sua boca se curva para cima e ela dá de ombros.

— Se o seu pai for descolado, tudo bem. — Ela morde o lábio levemente. — Deixa eu ver a outra.

Tiro a camisa e me aproximo.

— Segura pra mim? — Eu quase ouço a trilha sonora pornô começando na minha cabeça, até o meu celular apitar: mais um lembrete da minha mãe sobre o jantar. Respondo que estou a caminho. — Então, Kaci — toco no crachá pouco acima do seu seio —, vou levar as duas camisetas e a calça jeans que estou usando. Não tenho tempo pra tirar a calça agora. — Minha intenção é clara quando arranco a etiqueta e dou a ela. — Já vou usando, se você não se importar.

Quando saio, a etiqueta arrancada, com o número de telefone dela anotado no verso com caneta vermelha, está na sacola com as novas camisetas e a calça jeans que eu estava usando quando entrei.

* * *

Estaciono ao lado da vaga vazia do meu pai na garagem. Não é um bom sinal; espero que ele esteja apenas atrasado. Por mais que eu prefira não sentar à mesa em frente a ele, vivo num pânico constante de ter que presenciar o efeito sobre a minha mãe sempre que ele dá um bolo nela — ou seja, com muita frequência. Immaculada está empoleirada num banquinho na cozinha, com o queixo apoiado na mão, vendo um reality show na TV. Tudo no fogão está em fogo baixo. Esperando.

Tenho medo de perguntar, mas pergunto mesmo assim:

— Minha mãe está no quarto?

Sua cabeça se inclina na direção da suíte principal.

— *Sí*, no quarto dela. — Merda. Pelo seu tom, percebo o que isso significa.

A sala íntima ao lado do quarto dá a impressão de uma biblioteca pessoal aconchegante, o que é perfeito, acho. Minha mãe adora ler, ou pelo menos adorava. As prateleiras do chão ao teto abrigam uma seleção invejável de livros e poucos enfeites ou porta-retratos. Eu me jogo numa das duas poltronas de couro; ela está sentada na outra, com um livro aberto no colo, um copo de martíni vazio na mão, os olhos desfocados na janela escura.

— Mãe? — Não preciso fazer a pergunta.

Ela olha para mim e pisca como se estivesse acordando.

— Ele não vem. — As lágrimas estão na sua voz, mesmo que não estejam no rosto.

— Ficou preso num caso, imagino. — As palavras são amargas em minha boca, e nem sei por que as falei. Se as ausências e os cancelamentos de última hora dele não fossem frequentes, suas justificativas funcionariam. Mas são, e não funcionam. — Vem, a Immaculada já preparou tudo. Podemos curtir sem ele. — Tento afastar a amargura da voz, mas não consigo.

— Eu não... não estou com fome, na verdade — diz ela, e tenho vontade de sacudi-la. Como o comportamento dele pode surpreendê-la agora? Essa é a atitude dele em relação a nós dois desde sempre. Não *entendo*, mas não dou mais a mínima, e ela também não deveria dar.

— Tá bom. — Eu me levanto com as mãos nos bolsos, incapaz de consertar essa situação pela milionésima vez. — Acho que vou sair e encontrar o John. Vou falar pra Immaculada guardar a comida; talvez você sinta fome mais tarde. — Ela não vai sentir.

— Isso. Boa ideia. Obrigada, Reid.

Solto um suspiro. Quando ela diz meu nome, a raiva desaparece a raiva contra ela, pelo menos —, como se ela desligasse uma tomada. Eu me abaixo e a beijo antes de sair, fingindo não ouvir quando chego ao corredor e ela diz:

— Eu te amo.

Emma

Quando a Chloe vai comigo aos testes, insiste em ficar num hotel cinco estrelas, como se eu já fosse uma atriz famosa. Nada de suíte presidencial ainda, mas tenho certeza de que ela tem planos.

Sou a primeira a descer para o café da manhã. A garçonete me traz café com creme numa taça de cristal e tubinhos de açúcar mascavo numa caixinha de cristal combinando. Meu omelete é feito na hora e servido num prato de porcelana com imagens em relevo. Se eu conseguir esse papel e a fama e a fortuna que o meu pai quer para mim, essa poderia ser a minha vida. O tempo todo.

Do lado de fora da janela do restaurante, uma celebridade loira caminha, cercada por sua entourage. Óculos escuros escondem seu rosto. Ela abaixa a cabeça e entra no banco traseiro de um SUV preto da Mercedes com janelas escuras bem na hora em que os paparazzi aparecem, pelo menos uma dúzia de fotógrafos gritando seu nome.

Só fui abordada em público duas vezes. A primeira foi há vários anos, aqui em Los Angeles. Quando meu pai e eu estávamos almoçando depois de um teste, uma mulher com uma criança pequena se aproximou da mesa. Disse que o meu papel como filha de uma bipolar numa propaganda de TV de antidepressivos a fez buscar ajuda para sua depressão. Meu pai ficou radiante e disse:

— Quer um autógrafo? Emma, assina no guardanapo.

A segunda vez foi alguns meses atrás, resultado de um papel coadjuvante num filme da Lifetime que é reexibido de vez em quando. Emily tinha uma competição de corais em San Francisco, uns cento e cinquenta quilômetros ao sul de Sacramento, e eu fui junto para passar o fim de semana. Enquanto estávamos explorando uma pequena livraria independente, uma garota nos abordou.

— Ei, você não estava naquele filme sobre a Guerra Civil? Você era irmã daquele cara que desertou dos Rebeldes para se juntar à União? — Fiz que sim com cuidado, e ela continuou: — Bom, o meu pai estudou na Notre Dame, e o meu irmão decidiu ir pra Universidade do Michigan, e é como se ele tivesse desertado para o lado negro! — Ela colocou a mão no meu antebraço, e eu resisti à vontade de puxar o braço. — Minha família toda está *puta da vida*! Eu me identifiquei totalmente com a sua personagem, sabe? — Fiz que sim com a cabeça, mas não sabia.

Emily se ofereceu para tirar uma foto minha com a fã, essa desconhecida que envolveu o braço em mim e grudou o rosto no meu. Tenho quase certeza de que eu parecia mais que apavorada.

— Bom, agora a gente tem que ir, obrigada pela audiência — disse a Emily, enfiando o celular na mão da garota, pegando o meu braço e me puxando porta afora.

Enquanto eu estava revendo as falas no meu quarto ontem à noite, meu pai e Chloe saíram. Quando a Chloe bateu na minha porta para avisar, vi através do olho mágico seus brincos até os ombros e o delineador exagerado. Sua roupa não parecia uma saia e uma blusa, e sim dois cintos largos. Eles voltaram às três da manhã, obviamente bêbados. Ouvi os dois tentando pegar o cartão-chave para abrir uma porta ao lado, depois a minha e, por fim, a deles.

À mesa hoje de manhã, meu pai está mudo e a Chloe está usando óculos escuros e bebendo café preto. Ela não gostou da minha escolha de mesa, perto da parede de janelas do chão ao teto, com vista para o céu azul ensolarado neste raro dia sem nuvens, mas é o local perfeito para observar as pessoas. Até o Dan chegar para me interrogar sobre o teste para o papel invejável de Lizbeth Bennet como par de Reid Alexander.

— No último filme, ele praticamente escolheu a atriz que ia contracenar com ele. — Dan acena animadamente com as duas mãos, os cotovelos apoiados na mesa. — O diretor estava dividido entre duas ou três, e ouvi falar que ele disse: "Quero a Allyson", e ela estava dentro. — Duvido seriamente que Reid Alexander tenha *esse* tipo de poder, mas guardo esse pensamento para mim.

Dan me observa de perto, como sempre faz quando está prestes a fazer uma Declaração Importante.

— Eles estão procurando química. Afinal, estamos falando de *Darcy e Elizabeth*, caramba. — Os três me encaram. Química entre os protagonistas do romance. Que conceito inovador.

— Hum, tá bom, eu sei. — Mal consigo evitar de revirar os olhos. — Acho que foi tudo bem, mas ou nós dois vamos ter química ou não vamos, certo? Imagino que eles vão chamar de novo algumas...

— O Richter é diretor há duas décadas. Grandes nomes, grandes filmes. Ele entende de química e, se vocês dois tiverem, ele vai saber.

— Não foi isso que eu acabei de dizer? — O que *especificamente* ele disse quando interrompeu a cena? — Ele me fez a mesmíssima pergunta cinco minutos atrás. Não sei se ele acha que eu estou mentindo ou apenas omitindo alguma coisa significativa.

Meu maxilar fica travado e eu repito, palavra por palavra, a resposta que dei cinco minutos antes.

— Ele falou: "Ótimo, ótimo", depois me agradeceu e disse que eles entrariam em contato.

Dan aperta o queixo com os dedos perfeitamente bem cuidados e a face do relógio TAG Heuer aparecendo pelo punho da camisa social azul-celeste impecável.

— Ele parou vocês antes do beijo começar, então — reitera. — Mas disse "ótimo, ótimo" logo em seguida.

Ai. Meu. Deus.

— É.

— Isso pode funcionar, pode ser bom, possivelmente ele quer ver a progressão; quer dizer, qualquer um sabe beijar. — Se o Dan realmente acredita *nisso*, sinto pena dele. Mesmo com a minha experiência meio limitada, eu sei que nem todo mundo sabe beijar. Se os boatos forem confiáveis, Reid Alexander vai me fazer virar uma poça a seus pés. Mas eu duvido da probabilidade de isso acontecer, porque os caras mais bonitos nem sempre são os que beijam melhor, por mais maluca que essa ideia possa parecer.

Meu primeiro beijo foi com um ator coadjuvante no filme do explorador intergaláctico. Ficávamos envolvidos em horas de ensaios particulares depois de um tempo na locação. Mas Justin morava em New Jersey e, assim que as filmagens terminaram, éramos novos demais para atravessar a distância entre Newark e Sacramento. Naquela época, achei que eu ia morrer de coração partido. Depois, fiquei deprimida ao descobrir que Justin tinha sido uma forte luz beijoqueira num mar de lâmpadas fracas.

O celular do Dan começa a tocar um rap do fim da década de 80, e ele o tira do cinto e aperta o botão, levantando um dedo para calar a nós três, apesar de ninguém estar falando.

— Dan Walters. Sim, claro. Fabuloso. Três horas, sem problemas. Muito obrigado, Daria.

Sua expressão está quase alucinada quando ele vira para mim.

— Estamos na disputa, baby. Você e o Reid têm outra chance amanhã.

— Oba! — Chloe bate palmas como se o Dan estivesse falando com ela. Esse é o movimento fundamental da Chloe. Ela parece um macaco de corda que dá corda em si mesmo.

Dan balança a cabeça levemente (conheço essa sensação) e fala com o meu pai.

— Connor, faça ela chegar lá amanhã às dez para as três. Cedo o suficiente para parecer interessada, mas não ansiosa demais. Vou começar a trabalhar no que podemos tentar conseguir em termos de salário. Eu ligo pra vocês, espero que em breve. — Ele coloca uma das mãos no meu antebraço. — Arrasa com eles. — Mais um gole de café (de jeito nenhum o Dan *precisa* de mais estimulantes) e ele está deslizando pelo restaurante e saindo porta afora.

Mando uma mensagem para Emily:

Fui chamada de volta. 3 da tarde amanhã.
Provavelmente vou beijar Reid Alexander.
Me deseje sorte.

Vc PRECISA de sorte?!? Parece que JÁ TEM,
rsrs

6

Reid

Emma Pierce é a quarta de cinco atrizes que chamamos para um segundo teste. Numa tentativa de ser profissional, eu me concentrei em cada uma das três anteriores enquanto repassávamos as cenas, mas o dia todo estou estalando de energia, zumbindo, esperando por ela.

Quando Daria a traz, sinto como se tivesse sido ligado na tomada. Estudo as cenas do dia, apesar de ser capaz de recitar todas as minhas falas e as dela, adiando o momento em que nossos olhos se encontram, sabendo que isso vai provocar um surto de energia entre nós quando dissermos as falas. Vamos fazer a mesma cena de dois dias atrás, mas desta vez Richter não vai nos interromper.

Ele nos chama para as posições e ela vira a cabeça, com uma sombra de incerteza no rosto, mas pronta. Richter grita "ação" e, quando eu encosto no ombro dela, Emma vira para mim com a testa franzida, perfeita na personagem, e eu desejo que estivéssemos no set de filmagens agora, porque a cena não vai ficar melhor que isso. Repassamos as falas, apesar de termos ensaiado a cena umas dez vezes, e, quando ela diz a última fala: "O quê?", agarro seus ombros de acordo com o roteiro e a beijo.

Quando encosto nela, sei que o aperto vai parecer antagônico, mas estou seguindo as instruções do roteiro. Vamos ter que refazer, mas tudo bem. A química é inegável. Ela oscila um pouco quando a solto, e o verde de seus olhos cintila. Ela também sentiu.

— Corta. — Richter está em pé, com os lábios pressionados, pensando. Uma das mãos tamborila na lateral da perna enquanto ele nos encara. Ele não saiu da cadeira durante o teste com as três últimas atrizes. — Agressivo demais, Reid. — Mais lábios pressionados e tamborilado na perna. — Vamos de novo desde o começo. Mais paixão, menos dominância no beijo. — Ele está me deixando guiar fisicamente a cena, e é exatamente assim que eu trabalho melhor. — Emma, um pouco mais de reação: você está começando a corresponder quando ele se afasta.

Enquanto as câmeras são realinhadas, sorrio para ela e sussurro:

— Não se preocupa.

Ela sorri de volta, ainda nervosa, o que é bom. Tudo que ela precisa fazer é seguir a minha condução, e ela está fazendo isso com perfeição até agora. Desta vez, eu a puxo para mim, uma das mãos envolvendo sua nuca e a outra deslizando pelo braço, fazendo-a ficar na ponta dos pés, desequilibrando-a para que ela se apoie em mim durante o beijo. Com as mãos encostadas no meu peito, ela é a ilustração perfeita da entrega de Lizbeth Bennet à paixão de Will Darcy.

— Excelente, na mosca — diz Richter. Ele esfrega as mãos.

Caramba, foi *mesmo*.

Daria leva Emma até a saída depois que repassamos mais algumas cenas, e Richter diz a ela que vai entrar em contato. Ela faz que sim com a cabeça e agradece a ele, depois olha de relance para mim. Minha expressão relaxada não transmite nada, mas não ha dúvida na minha mente: ela é Lizbeth.

Quando volto para casa da academia, uma semana depois do teste, meu pai e Chloe estão abrindo uma garrafa de champanhe.

— Você conseguiu o papel! — diz ele enquanto ela solta gritinhos e me oferece uma taça.

Fui escolhida para interpretar Lizbeth Bennet em *Orgulho estudantil*. Os detalhes financeiros foram acertados para eu receber mais que a soma do que ganhei nos últimos anos. As filmagens começam no meio de agosto, numa locação em Austin.

Ofuscada pela novidade, pelo salário e pela ideia de trabalhar com Reid Alexander durante três meses inteiros, faço o que qualquer outra garota faria. Pego o celular e mando uma mensagem para minha melhor amiga. Emily está no ensaio do coral, mas espero que a ameaça de ira do regente não a impeça de me responder.

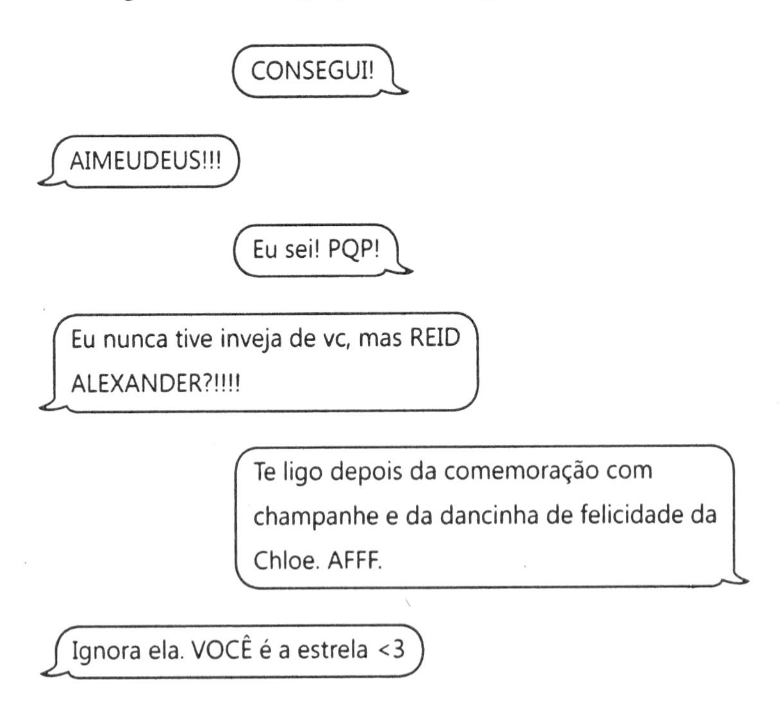

Vou tentar, não sei se é possível ignorar, vc nem imagina.

Ah, confia em mim, eu imagino.

* * *

— Acho que não vamos poder fazer isso pra sempre, né? — diz a Emily, olhando ao redor da praça de alimentação, sem tirar da boca o canudo da vitamina. Estamos no fim de julho. Daqui a menos de um mês, vou para Austin filmar meu primeiro filme de ampla distribuição.

— O quê, sair em público? — Eu me lembro da celebridade cercada de paparazzi que observei do restaurante do hotel em Los Angeles. — Acho que eu não vou ser *tão* conhecida.

— Bom, a gente não sabe quanto você vai ser famosa, né? Não esquece — ela se aproxima e abaixa a voz — que você vai beijar o *Reid Alexander,* e isso vai te transformar em alvo de ódio e mensagens iradas de metade das pré-adolescentes daqui até o Canadá.

Todas as vezes que penso naquele beijo, ainda o sinto. O que foi que eu disse sobre caras gostosos não beijarem bem? Apaga. Isso.

— Droga.

— Total. Exceto a parte de *beijar o Reid Alexander.* — Emily me lança um olhar malicioso, erguendo as sobrancelhas.

— Em — balanço a cabeça —, você está parecendo um disco riscado.

— Tanto faz, babe. Já tentei te alertar sobre o lado podre da vida dos ricos e famosos: não é bonito. Drogas, bebidas, pornografia acidental... — Ela suga o fim da vitamina.

— Emily, você sabe que eu não... Tá, espera, o que é pornografia *acidental?*

— Você sabe, aquele tipo em que você não tem a menor ideia de que o seu fim de semana inocentemente lascivo foi filmado com uma câmera minúscula no teto, até ser tarde demais e as pessoas estarem baixando o filme da internet como se fosse, bom, pornografia online. — Ela mergulha uma batata frita na piscina de ketchup que estamos compartilhando.

— Inocentemente lascivo? — Não tenho certeza se eu deveria me sentir insultada ou com inveja dessa versão minha que a Emily está pintando.

— Ei, não estou julgando a sua vida sexual, só estou dizendo o que acontece.

— Emily Watson, você sabe melhor do que qualquer pessoa que eu não *tenho* uma vida sexual.

— Hollywood muda essas coisas. É como um vórtice gigantesco de hedonismo. — A Emily claramente precisa de uma folga dos livros de preparação para o vestibular.

— E você é especialista em todas as coisas de Hollywood.

— *Dã*. Eu leio o *Globe*, o *Sun*, o *Star* e, é claro, o *National Enquirer*. Os fatos estão todos lá. Você se meteu num negócio sórdido. — Emily herdou a forma online da mãe de ser incapaz de passar por uma capa atraente de tabloide na fila do mercado sem comprá-lo. Em várias ocasiões pegamos pilhas deles quando íamos para a piscina, onde nos desafiávamos a encontrar a história mais maluca.

— Eu queria poder te levar comigo — digo a ela com intenção. — Você me mantém lúcida.

— É, bom, vou ter que continuar a fazer isso de longe. Uma de nós é obrigada a *frequentar* a escola de verdade, enquanto a outra estrela um *filme* no qual frequenta a escola. Ironia. Adoro.

7

Reid

Não importa quanto você é rico ou famoso, ainda tem que fazer as malas quando vai a algum lugar, e fazer uma mala de viagem para três meses é um saco.

Tadd Wyler vai interpretar Charlie, o melhor amigo do meu personagem. Fomos apresentados numa festa depois do Grammy alguns anos atrás e somos amigos desde então, por isso essa notícia foi superlegal. Ele vai me encontrar no avião, e a produção vai mandar um guarda-costas junto, o que é inédito. Normalmente, um guarda-costas me leva até o avião e outro me encontra quando pousamos. Meu último filme estreou dois meses atrás, e o fator reconhecimento aumentou demais desde então. Você não teve vida até o dia em que o simples fato de estar perto de um grupo de garotas as faz *chorar*. Insano.

Bob, o guarda-costas, chega na hora, pegando três meses de bagagem com suas patas musculosas e arrastando tudo em duas viagens até a limusine que está esperando. Ele é um prédio de tijolos em forma de homem. Não consigo imaginar alguém passar por esse cara — não que eu tenha medo das minhas fãs, mas, juntas, elas podem sair um pouco do controle.

— Eu vou voltar para pegar o restante da bagagem e espero no carro. Vamos sair daqui a uns quinze minutos, se for bom para o senhor, sr. Alexander.

Preciso superar a esquisitice de um adulto me chamar de "sr. Alexander". Parece que ele não está falando comigo.

— Obrigado, cara. E me chama de Reid.

— Claro, sr. Reid. — Ele desaparece no anoitecer enquanto minha mãe aparece atrás de mim.

— Vou sentir saudade. — Sua voz está trêmula. Ela tem uma bebida na mão, então não sei se está afogada em emoções ou se já está bêbada. Talvez um pouco de cada.

— Tenho alguns minutos. Vamos sentar.

Pego sua mão e a levo até a saleta da frente, afundando no sofá com ela. Minha mãe se recosta em mim, ainda segurando a minha mão, terminando a bebida e colocando o copo de um jeito torto num porta-copos. Essa deve ser a terceira bebida, pelo menos. Ela não costuma errar o porta-copos antes disso.

— Eu volto em um ou dois fins de semana durante a filmagem. Você mal vai perceber que eu fui embora. — Isso não é totalmente verdade. Mesmo que a gente não interaja muito, minha mãe e eu temos consciência da presença um do outro na casa. Eu vou estar em Austin trabalhando, me divertindo... Penso na Emma e minha pulsação dá um pico por um instante. Minha mãe vai estar aqui, andando como um fantasma pela casa. — Você não tem aquela instituição de câncer de mama para trabalhar? Isso vai te manter ocupada até eu voltar pra casa, né? — Detesto pensar nela sem nada para fazer além de beber. Sozinha.

Ela se ilumina.

— Isso. Melinda e eu estamos organizando uma festa beneficente.

— Viu? Você vai estar tão ocupada que nem vai sentir minha falta. — Coloco o braço ao redor dela.

— Não é verdade.

— Também vou sentir saudade de você, mãe. — As palavras não parecem verdadeiras. Vou pensar nela de vez em quando, me preocupar com ela aqui ou ali. Mas não vamos sentir a mesma saudade um do outro. Olho para o relógio de pulso. — Tenho que ir. O voo é daqui a umas duas horas, e tenho que fazer check-in, essas coisas.

Nós nos levantamos, e ela me abraça com lágrimas nos olhos. Beijo seu rosto e a abraço com delicadeza.

— Eu te amo — diz ela em meu peito, e me sinto tenso. Não sei por que acho tão difícil dizer essas três palavras. A maioria dos caras espalha isso como se fosse a própria respiração, feito uma isca.

Dou mais um abraço e a solto, segurando-a pelos ombros. Beijo seu rosto pela última vez e obrigo as palavras a saírem:

— Te amo.

Em seguida estou na limusine, encarando a casa que Mark e Lucy Alexander construíram, a casa em que morei a maior parte da vida. Contornamos a rotatória e chegamos à rua, e a tensão começa a escapar de mim.

Emma

Estou num voo para Austin — na primeira classe — com três membros do elenco de *Orgulho estudantil*, todos legais, mas nenhum deles é o Reid. Droga.

Meredith Reynolds vai ser Jane, a irmã mais velha de Lizbeth. Fizemos juntas um comercial de pasta de amendoim quando tínhamos cinco anos, e papéis pequenos num filme da Lifetime dois anos atrás. MiShaun Grant abandonou há pouco seu papel cômico numa série do Disney Channel que nunca alcançou a audiência desejada. Ela vai interpretar Charlotte, a melhor amiga de Lizbeth Bennet. A pessoa mais famosa no nosso voo é Jenna Black, que vai interpretar Lydia, a irmã Bennet mais nova.

Depois de fazer o papel de filha do personagem principal num filme indicado ao Oscar, dois anos atrás, Jenna recebeu críticas entusiasmadas por seu desempenho. Dizem que ela é incrivelmente inteligente e planeja fazer faculdade em Princeton. Vou receber meu diploma do ensino médio daqui a alguns meses e nunca pensei em cursar uma faculdade. Jenna, que aos quinze anos já tem a vida toda planejada, é insistente.

— Você devia fazer faculdade! Você pode querer fazer algo diferente um dia. E, se continuar na carreira de atriz, vai querer cultivar seu intelecto para conseguir papéis melhores.

Cultivar meu intelecto?

A lógica dela pode fazer muito sentido, mas não tenho certeza. Eu sempre me considerei uma aluna mediana, mas, quando a escola é um tutor num quarto de hotel e você entrega os deveres de casa pela internet, não existe comparação nem competição. Não tenho a menor ideia de como é meu desempenho em relação a outras pessoas da minha idade, em termos acadêmicos.

Discutimos o roteiro e ensaiamos informalmente durante o voo. De acordo com o cronograma do filme que o assistente de Richter mandou por e-mail, a filmagem começa amanhã às oito da manhã, numa escola de ensino médio de Austin. Temos duas semanas até as aulas começarem, quando as filmagens durante a semana serão suspensas, por isso vamos fazer as sequências na escola primeiro.

No hotel, garotas se agrupam ao redor da entrada, o que parece esquisito para essa hora num domingo.

— Fantástico — diz a Jenna. — O fã-clube Eu Amo Reid Alexander não perdeu tempo na vigilância de perseguição.

O concierge, depois de pedir desculpas efusivas por ter nos dirigido um olhar de repulsa quando entramos, confirma a suposição dela.

— Nós levamos as meninas para fora, mas elas continuam voltando sorrateiramente, Deus abençoe. — Seu maxilar tenso não diz "Deus abençoe", e sim "Estou ficando com dor de cabeça".

A maioria dos quartos no quarto andar está reservada para os atores e a equipe de *Orgulho estudantil*, e os guarda-costas musculosos do estúdio estão posicionados para proteger Reid das fãs mais ardentes. Quando localizo meu quarto e deslizo o cartão-chave na fechadura, uma porta se abre a dois quartos de distância e um cara bonitinho aparece no corredor vestindo calça de pijama amarrada e camiseta branca. Ele olha para trás como se estivesse se misturando ao trânsito, faz um aceno de cabeça na minha direção com um sorriso e um "Oi" suave e bate duas vezes em outra porta. Não sei se ele é da equipe de produção ou mais um ator, mas estou cansada demais para pensar nisso por muito tempo.

* * *

Reid não vai filmar nenhuma cena no primeiro dia, por isso não está no set. Estou tensa em relação a vê-lo, nervosa pelo que vamos fazer no filme, na frente de todo mundo. Nunca me preocupei com essas coisas, mas também nunca fui a protagonista de nada. Estou feliz por ter um ou dois dias para conhecer melhor o restante do elenco.

Terminamos o primeiro dia de filmagem por volta das cinco horas da tarde. Alguns dias serão muito mais longos, outros vão exigir filmagens noturnas, por isso é bom curtir esse descanso; mas perdemos duas horas entre a Califórnia e o Texas, e isso fez com que oito da manhã parecesse seis da manhã. Exaustas, Meredith e eu entramos em um dos carros que vão nos levar de volta para o hotel, e Brooke desaba no assento ao meu lado. Ela é basicamente uma Barbie em tamanho natural: corpo perfeito (magro, mas com curvas nos locais importantes, pernas compridas de dançarina), estrutura óssea perfeita, olhos azul-claros, cabelo loiro. Tudo é bonito e impecável. Noventa e cinco por cento do que as pessoas percebem ou mencionam é sua aparência, apesar de suas habilidades como atriz.

— Vocês estão com fome? Porque eu estou *morrendo*.

Meu estômago, ativado ao pensar em comida, me lembra que eu não almocei. O serviço de bufê serviu pizzas e saladas gourmet, mas eu estava nervosa com o primeiro dia e não consegui comer.

— *Sim* — eu e Meredith fazemos coro.

Graças a almoços com talos de aipo, jantares sem pão e muitos exercícios aeróbicos, Meredith e eu somos magras, com características físicas que provavelmente não inspiram ressentimento nem adoração, mas sempre vou preferir uma crítica positiva sobre a minha atuação a alguém falando sobre o formato da minha bunda. A cor do meu cabelo (e a da Meredith) poderia ser chamada de "pecã" ou "tweed", de acordo com a Chloe, falsa especialista no assunto, que vem tentando há anos me convencer a fazer luzes, falando coisas como "É tão *sem graça*" para me motivar.

Brooke dá ao motorista as instruções para chegar a um bar e restaurante de esquina a poucos quarteirões do hotel, onde sentamos perto da janela e observamos as pessoas saindo de seus escritórios no centro da cidade. Pergunto se ela já esteve em Austin antes, e ela responde:

— Eu cresci aqui. — E sorri quando um grupo de universitários passa por nós, os três diminuindo o passo quando a veem, um deles acenando com um sorrisinho tímido. Rindo, ela cruza os braços e suspira. — Eu poderia mastigar e cuspir esse garoto. — O cara que acenou olha de novo mais duas vezes, desapontado e ganhando um soco no braço de um dos amigos.

Como é que a Brooke encontra tempo para ter experiência de vida suficiente para provocar esse tipo de tédio sexual quando eu não tenho tempo nem de frequentar uma escola ou sair para um encontro normal? Meus momentos livres são irregulares, e eu provavelmente prefiro passá-los com a Emily a um garoto. Namorados foram raros — apenas três. Dois eram atores e o outro era amigo da Emily. Terminamos porque eu literalmente nunca via o cara.

Brooke analisa o ambiente depois de comermos, e seus olhos param em dois jovens executivos sentados no bar.

— Quero um cara mais velho — diz ela. Como se tivesse chamado o nome dele, um dos caras olha para a Brooke, bem no meio de uma frase, com a boca ligeiramente aberta. Ela sorri e mantém contato visual por um segundo a mais, de maneira que não haja dúvida quanto a seu interesse. O amigo, percebendo a reação dele, também olha.

Se um deles tiver assistido à série adolescente *A vida é uma praia*, de que Brooke participou nos últimos dois anos, ela deve ser familiar. Duvido muito, na idade deles. Eu vi o programa com a Emily algumas vezes. Brooke é chocantemente parecida com sua personagem praiana louca por garotos. Será que foi atuação ou a personagem era tão convincente porque ela estava essencialmente interpretando a si mesma?

Ela vira para nós, jogando o cabelo sedoso por sobre os ombros, e os caras no bar não conseguem tirar os olhos dela.

— Fazia um tempo que eu não vinha ao Texas. Talvez seja hora de descobrir se *tudo* é maior aqui.

— Aimeudeus — diz a Meredith. — Você é *tão* má.

— Eu tento. — Brooke ri e lança um sorrisinho rápido para o cara, que está decidindo se vai se aproximar ou não. — Vamos cair fora daqui.

8

Reid

Vejo a Emma no instante em que chego ao set e a observo olhando ao redor — me procurando, acho. Quando nossos olhares se encontram, ela dá um sorriso tímido. Retribuo e volto a atenção para o Tadd, que está fazendo um comentário sem fim sobre sua decepção com a falta de botas e chapéus de caubói desde que chegou a Austin.

— Eu entendo a ideia de "manter Austin excêntrica" e "somos uma cidade artística e com pensamento livre", mas eles podiam pelo menos *dar uma pista* do cara do Marlboro, só o suficiente pra trazer uma sensação autêntica do Texas. — Ele solta um suspiro e sacode a cabeça, e seu cabelo balança.

De vez em quando, alguém da imprensa ou do público vê meu cabelo loiro e os olhos azuis, acrescenta "mora na Califórnia" e conclui: surfista. Mas, ao lado do Tadd, eu podia ser do Canadá. Seu cabelo platinado, liso como uma lâmina, tem duas opções: caindo direto no rosto, como está agora, ou espetado para cima. Isso, somado ao par de olhos azul-claros, o bronzeado eterno e sua propensão a dizer coisas como "brôu", completa o pacote.

— Você sabe que *O segredo de Brokeback Mountain* foi filmado em Wyoming e não no Texas, né?

Ele me olha através da franja antes de afastá-la do rosto.

— E você está dizendo isso por quê?

— Talvez você devesse procurar lá o seu cara do Marlboro.

— Infelizmente estamos filmando a mais de mil e seiscentos quilômetros de Wyoming neste momento — retruca ele.

— Como é que você *sabe* disso? — pergunto. Tadd tem a memória cheia de inutilidades, o que aparentemente inclui um conhecimento inato da geografia dos Estados Unidos.

— Não é essa a *questão*! — Ele finge estar irritado, e eu rio enquanto as conversas diminuem e os olhos se arregalam perto de nós. — A questão é onde diabos estão os *caubóis*?

— Em Dallas?

— Ha, ha — ele diz sem emoção.

É aí que vejo a Brooke chegando ao set. Não a via há anos, pelo menos não pessoalmente. Ela está ainda mais linda do que aos dezesseis anos. Absurdamente. Uma curiosidade mórbida se instala em mim sobre como isso vai funcionar. Ela está falando com Meredith Reynolds quando me vê. Meu papel em *Orgulho estudantil* foi muito anunciado — não pode ser surpresa eu estar aqui. Mesmo assim, parece abalada. Eu a encaro com um sorriso muito discreto. Não quero que ela saiba que seu rosto ainda tem o poder de me tirar o fôlego. Seus olhos se estreitam pela duração de uma pulsação, depois seu rosto fica indiferente. Ela não hesita na conversa, vira para o outro lado e não olha de novo para mim.

Em algum momento, vamos ter que interagir. A personagem dela é irmã do melhor amigo do meu personagem. Temos cenas juntos, com falas entre nós. Além disso, num grupo tão pequeno, vai haver interação social entre todos nós. Se desejarmos a morte um do outro, mesmo em silêncio, alguém vai perceber.

* * *

Quando vou até a mesa do bufê durante o intervalo do almoço, acabo ficando logo atrás da Emma e da MiShaun. Analisando a variedade de sanduíches, frutas, biscoitos e bebidas, MiShaun encosta no braço da Emma e diz:

— Não durma em pé. Isso não ia dar certo.

— Hã? — Emma pisca, encara o copo fumegante na mão e boceja. — Eu mataria por um latte duplo. Esse café está horrível, mas eu preciso de cafeína.

MiShaun escolhe um sanduíche de peru e uma garrafa de chá gelado de framboesa.

— A mudança de horário pode dar a sensação de um pequeno jet lag. Por que você não pede para um dos assistentes do set ir até a cafeteria mais próxima e trazer um latte pra você?

— Posso fazer isso? Quer dizer, não é babaquice pedir isso?

Uau, ela tem muito a aprender sobre ser uma estrela de cinema.

MiShaun ri.

— Não, sua *doida*, eles não querem que os atores saiam do set para ir buscar sua droga preferida.

— Qual é a graça? — pergunto, me enfiando no meio das duas, pegando um sanduíche do topo de uma pirâmide e dando uma mordida. Atum. Não é o meu preferido, mas Olaf, meu treinador, aprovaria as proteínas.

MiShaun levanta uma sobrancelha para mim.

— *Você* é a graça. Vocês não têm uma cena de beijo daqui a alguns minutos? E você está aí comendo atum, sem se preocupar nem um pouco com a pobre da Emma.

Paro de mastigar.

— Merda. Eu esqueci. — Quero dar um chute em mim mesmo: "Esqueci que vamos nos beijar daqui a pouco" não é a coisa mais elogiosa a dizer.

— Hum, tudo bem. — Emma pega o menor sanduíche de atum na bandeja. — Vou comer um pouco, assim não vou perceber se você, hum, tiver comido também. — Ela dá uma mordidinha, com uma careta quase imperceptível. — Viu? Problema resolvido.

Ela acabou de comer uma coisa que provavelmente detesta para me fazer sentir melhor. Isso é um bom sinal em vários níveis.

— Quer dizer que, se nós dois comermos, o efeito é anulado? Inteligente. Eu ia procurar um vaso de planta pra cuspir.

Ela ri, graças a Deus.

— Nã-nã.

— Ãrrã!

MiShaun balança a cabeça, como se nós dois fôssemos desequilibrados.

— Então, alguns de nós vamos até a rua principal hoje à noite. Vocês não querem ir? — Eu a convido como parte do grupo, em vez de revelar que quero que ela vá. Pego mais um sanduíche, e MiShaun me dá uma olhada horrorizada.

— Reid Alexander, o que sua legião de fãs ia pensar se eu contasse que você come sanduíches de atum fedorentos sem parar?

— Meu treinador diz que eu preciso comer! O cara não pode comer um pouco de proteína sem querer a aprovação de todo mundo? Meu Deus! — Sorrindo, pego o terceiro sanduíche e começo a me afastar, virando sem parar e apontando para a Emma. E acrescento:
— Sim pra hoje à noite?

— Claro. Parece legal.

— Maneiro. Te vejo daqui a pouco.

Vamos filmar a cena do teste.

Quando Reid me puxa para os seus braços e roça a boca na minha, está com gosto de menta. Não há mais nenhum traço de atum, o que significa que nós dois escovamos os dentes desde a conversa mais cedo, na mesa do bufê. (Eu também passei fio dental e fiz gargarejo. Duas vezes.) Ninguém além de mim saberia ou se importaria se ele estivesse com gosto de peixe na hora do beijo; seu hálito fresco de menta é só para mim. Essa ideia me provoca uma fagulha boba de euforia.

E aí o Richter me traz de volta à terra.

— Corta! Perfeito. Infelizmente, vamos ter que filmar de novo. — "Infelizmente" não é a palavra que eu usaria para uma refilmagem necessária. Ele gira, procurando alguém. — Scott, a luz está ambiente demais. É um corredor de escola, pelamordedeus, tem que ser *claro*.

Dou uma olhada para o Reid ao meu lado, enquanto alguém puxa as pontas de seu cabelo para mostrar melhor as luzes claras no tom escuro natural. Seus olhos estão fechados enquanto nossa cabeleireira, com seu metro e meio, dá a volta ao redor dele, puxando e passando spray. Alguém passa pó na minha testa e renova meu batom. Antes que eu tenha o bom senso de afastar o olhar, ele abre os olhos e me encara. E sorri, e minha boca fica seca. Umedeço um pouco os lábios, e seu olhar dispara até a minha boca. Quando seu olhar volta para os meus olhos, o sorriso é provocante e de tirar o fôlego.

É isso aí. Estou encrencada.

* * *

Temos uma cena externa para filmar hoje à tarde. Meredith e eu ensaiamos as falas enquanto nos aproximamos da saída, até ouvirmos gritos vindos do estacionamento, na área mais próxima da rua. Brooke e Jenna aparecem atrás de nós, e ficamos espiando.

Jenna suspira.

— Parece que a filmagem da tarde está prestes a ser atrapalhada.

— Acho que cada garota desmiolada do Texas entre doze e vinte anos está do outro lado do estacionamento — diz Brooke.

— Mais fãs do Eu Amo Reid Alexander? — pergunto sem necessidade, e ela faz que sim com a cabeça. Fico aliviada de ver os guarda-

-costas do elenco e dois policiais do nosso lado da barreira temporária de um metro. Meredith e eu saímos com cuidado enquanto Jenna e Brooke vão adiante, despreocupadas.

— Não se preocupem, se alguma delas conseguir ultrapassar o bloqueio, vai direto até o Reid — diz Jenna para mim e Meredith. — Talvez até o Quinton, mas é melhor ele não ficar ansioso por isso.

— Ele ia querer *isso?* — Meredith aponta para a multidão aos berros.

— Os caras sempre querem — responde Brooke. — Eles acham que todas as garotas do planeta pensam que eles são absurdamente gostosos e que vão pra cama com alguém quando quiserem. O que, na maior parte das vezes, é verdade.

Um grito agudo com o nome do Reid atravessa o estacionamento.

— Meu Deus, como vamos conseguir filmar? — murmura Meredith.

— Depende do que o Richter fizer em relação a isso. — Jenna dá de ombros. — Fãs não são malvadas, não querem estragar o filme. São só um pouco irracionais.

O filme indicado ao Oscar da Jenna tinha como protagonistas um casal de atores da moda na casa dos trinta anos, e a experiência a deixou com uma percepção corajosa das tietes de celebridades. Imagino que ela vá precisar dessa indiferença. Seu cabelo escuro, olhos cinza enormes e lábios carnudos inspiraram uma fotógrafa da *Vogue* a chamar seu rosto de obra de arte na última primavera, e a capa com sua versão não-tão-desenvolvida do corpo da Brooke deu início a algumas contagens regressivas até os dezoito anos (mais um motivo para eu estar satisfeita com o meu corpo "não mulherão").

A saída do Reid do prédio provoca um pandemônio diferente de tudo que eu já vi, talvez com exceção de uma jogada ruim durante um jogo que eu e o meu pai vimos no estádio dos Yankees anos atrás. Ele abaixa a cabeça, tímido, antes de levantar uma das mãos na direção do barulho, o que só aumenta o clamor.

As fãs acabam sendo persuadidas a se acalmar com a promessa de uma aproximação do Reid para fotos e autógrafos quando terminarmos a filmagem. Ou ele é excepcionalmente dedicado ou apenas destemido; *nada* me incentivaria a chegar perto daquela insanidade. A multidão fica em silêncio todas as vezes em que o Richter vira para elas e levanta a mão, até o momento em que ele grita "Corta!" e elas perdem o controle de novo.

Quando a luz do dia fica fraca demais para filmar do lado de fora, as fãs já esperaram durante horas.

— Vem comigo — diz o Reid, sorrindo e estendendo a mão para mim.

— Errr... — Olho para a multidão, me lembrando da minha decisão anterior de *nunca* chegar perto daquilo.

— Vem, elas vão querer conhecer Lizbeth Bennet. — Sua voz é aconchegante, sedutora. Respiro fundo e pego a mão dele contra toda a minha inclinação natural.

Bom. Talvez não *toda* ela.

Mais tarde, atualizo a Emily com as notícias do dia:

O Reid me arrastou pra conhecer suas fãs alucinadas quando terminamos.

Jura?! Vai ter foto na internet??

Ha, tenho certeza. Vou sair com todo mundo hoje à noite. Uma boate, acho. Será que eu posso entrar?

Agora vc é uma celebridade, pode entrar em qualquer lugar!

Não sei.

Se vc der uns beijos no Reid, tira fotos com o celular e ME MANDA

Emily, vc sabe que eu não beijo e saio espalhando.

Ah, tudo bem, já vai esquecer a gentinha, agora que vc é uma grande estrela

Em, vc sabe que nunca vai ser gentinha pra mim.

Tb estou com saudadeeee

9

Reid

— Olha essa suíte! Caramba, brôu, as garotas chegam a entrar no quarto antes de arrancar a calcinha? — Tadd veio até meu quarto para usar meu notebook.

— Com inveja?

— Das garotas? Acho que não. Do seu quarto? Claro que sim, caramba. — Ele se joga na cama king size com as mãos atrás da cabeça. — Varanda de canto. Cama elevada. Flores frescas. Brôu. *Maneiro.* — Passo a ele o notebook, e ele consulta o e-mail. — Ei, cara, o Quinton vai hoje?

Pego o celular e digito uma mensagem. Quinton responde com um "sim" um minuto depois.

— Claro que sim, o Quinton sempre vai. Quem mais? A MiShaun e a Emma confirmaram mais cedo.

— Falei com alguns figurantes pra saber quais são os melhores lugares, e vários podem aparecer. E falei com a Meredith, a Jenna e a Brooke... e o Graham, que por sinal é *muito* gostoso e eu esperava que fosse gay, porque parece ser bem amigo da Brooke, mas não tive essa sorte.

Processo a informação por um instante.

— O Graham e a Brooke são próximos... e ele é hétero? Como você sabe que eles não estão transando? Talvez eles tenham um caso. Ou uma amizade colorida.

Tadd dá de ombros.

— Talvez. Não percebi essa vibe, mas vocês, héteros, adoram complicar as coisas.

— O que é complicado numa amizade colorida?

Ele balança a cabeça, com os olhos ainda na tela.

— Brôu, isso é uma coisa que o meu pessoal aperfeiçoou há muito tempo. Vocês não conseguem fazer direito porque as garotas têm mais probabilidade de querer emoção, relacionamento, *amor*. — A última palavra é pontuada com uma encolhida de ombros exagerada.

— Você obviamente não conhece bem a Brooke. Ela é um cara com peitos.

Ele ri.

— Desculpa, Reid, mas no meu mundo a característica principal para ser um cara *não é* ter peitos ou não. Eu vi os anúncios da Brooke em *A vida é uma praia*... os maiôs dela parecem fitas amarradas. Se ela tiver atributos físicos que eu não conheça, gostaria de saber onde ela está escondendo.

— Eeeee muito obrigado por essa imagem mental — digo. — O que eu quero dizer é que ela pensa como um cara. Ela é desprendida. Calculada.

Ele fecha o notebook e o coloca de lado.

— Quer dizer que vocês transaram e ela não se apaixonou? Ahhh, que triste.

— Não enche, cara. — Rindo, eu o empurro e ele cai da cama.

— O que eu quero dizer é que ela parece perfeita! Vocês podem transar até cansar e simplesmente ir cada um pro seu lado. — Ele senta de novo na cama, com os olhos nos meus. — Ou foi exatamente isso que já aconteceu...

Eu esqueci como o Tadd consegue mergulhar fundo rapidamente.

— Algo assim. Eu realmente não me importo. — E é verdade.

— Então, quem se importa com o que ela e o Graham andam fazendo? — diz ele, fazendo muito sentido.

Penso na Emma.

— Você está certo. Tenho jeitos melhores de passar o meu tempo.

Emma

Levanto a voz acima da música para a MiShaun me ouvir.

— Não acredito que conseguimos entrar.

— Vai se acostumando com a vida de celebridade, baby! — Ela bate o copo no meu. Quando o cara na porta viu o Reid, todos fomos levados para dentro sem mostrar a carteira de identidade.

Nosso grupo ocupa um canto perto do bar e metade da pista de dança minúscula, e nossos guarda-costas musculosos parecem estar no meio de um playground infantil. Enquanto tomo golinhos da minha bebida, analisamos o restante do elenco. Jenna, Meredith, Tadd e Reid estão dançando. Brooke está sentada num sofá de veludo com o cara que eu vi saindo de pijama do quarto de hotel duas noites atrás.

Eu me aproximo da MiShaun.

Quem é o cara sentado ao lado da Brooke?

Graham Douglas. — Apesar de ele estar a uns seis metros de distância e não poder ouvir, seus olhos se levantam de repente. Ele sorri e inclina o queixo para trás, como os caras fazem para indicar um tipo de "oi" não verbal, e MiShaun ergue a bebida na direção dele. Quando Brooke vira para ver quem roubou a atenção do Graham, desenvolvo um interesse súbito e intenso pela pista de dança.

Repassando os nomes do elenco na cabeça, percebo que Graham vai interpretar Bill Collins, um dos caras mais nerds da literatura.

Deslizo os olhos de volta para ele. Numa conversa próxima com a Brooke, ele se aproxima enquanto ela fala, com um braço sobre o encosto do sofá baixo.

— Você conhece o cara? — pergunto.

Seu cabelo escuro é mais para comprido, penteado para trás, exceto em partes irregulares que caem para frente. Diferentemente dos outros caras do nosso grupo, calculadamente desleixados de camiseta e jeans, Graham está vestindo calça social preta e camisa social azul, com os botões de cima abertos e as mangas dobradas.

— Nunca trabalhamos juntos. Ele faz muita coisa independente. Participou de um filme que se destacou no Festival de Sundance este ano...

Graham Douglas não se parece nem um pouco com a imagem que eu tenho do primo ridículo de Elizabeth Bennet.

— Ele não é meio, sei lá, bonito demais pra fazer o papel do Collins?

— Mais uma fã de Jane Austen! — MiShaun levanta a mão para me cumprimentar no ar. — Não se preocupa, quando ele começar a ser maquiado, vão fazer coisas horripilantes com essa carinha bonita.

Não consigo evitar de pensar que isso é uma pena.

Arrastando o olhar para longe de Graham, percebo que Reid reuniu um pequeno harém de garotas locais na pista de dança. Os guarda-costas ficam ao redor sem interferir, mas prontos para agir se necessário. MiShaun segue a direção do meu olhar e balança a cabeça.

— Esse garoto é um safado.

De tudo que eu já ouvi sobre Reid Alexander, uma coisa que ele não fez foi manter um relacionamento por mais que algumas semanas. *Safado* é correto, e eu não devia esperar nada mais dele, com ou sem química. Mesmo assim, acho que ele não olhou para mim nem uma vez desde que chegamos.

Quinton Beauvier, que vai interpretar o charmoso George Wickham, aparece atrás de nós nesse momento, colocando uma das mãos no ombro de cada uma.

— Senhoritas — diz ele. Alto, com a pele escura e o cabelo raspado curto, ele é bonito de um jeito meio menino e facilmente o cara mais musculoso do elenco. Um artigo na revista de fofocas preferida da Emily disse que ele era o ator jovem mais quente para ficar de olho e incluiu um pôster, agora colado com destaque na porta do armário dela, no qual ele se inclina sobre uma cerca com um olhar introspectivo, as mãos enfiadas nos bolsos da frente na calça jeans de cós baixo e os bíceps destacados numa camiseta branca bem apertada.

— Sr. Beauvier — diz MiShaun, sorrindo.

— Alguma das duas gostaria de dançar? O Reid e suas seguidoras estão monopolizando a pista, e aquele garoto nem sabe dançar. Olha pra ele, só balançando. Digno de pena.

— Em defesa do Reid, ele não tem muito espaço pra fazer nada além disso — digo, e Quinton ri.

— Tá bom, tá bom. É o princípio da coisa.

— Vai dançar, Emma. Vou voltar pro bar e pegar mais um desses — MiShaun levanta seu cosmopolitan quase no fim —, depois vou chamar aquele loiro que está me encarando faz quinze minutos pra dançar. Ou alguma outra coisa... — Ela faz um gesto por cima do ombro, para onde um cara de camisa branca e gravata folgada está recostado no bar com um grupo de amigos. Todas as vezes que ele afasta o olhar da MiShaun, seus olhos voltam para ela segundos depois.

Quinton pega minha mão e me dá um sorriso iluminado.

— Vamos mostrar para aquele garoto como é que se *faz*. — Não sei se o Reid está olhando ou não, mas, por alguns minutos, me esqueço dele.

Dez minutos depois, digo ao Quinton:

— Você dança muito bem.

Ele sorri, revelando covinhas e dentes totalmente perfeitos. Emily vai *morrer* quando eu contar a ela.

— Eu adoro dançar. Era o meu plano B, se não desse certo ser ator. — Olho por sobre a multidão, e a maioria está observando o nosso grupo. Reid bebe uma cerveja perto do bar, com garotas ao redor. Ele levanta o olhar para mim, mas não faz nenhum movimento para se afastar das tietes.

Viro para o outro lado e pergunto ao Quinton se ele viu a MiShaun.

— Ela ainda está conversando com aquele cara branco decadente. — Ele aponta para um canto escuro, onde os dois estão sentados a uma mesa minúscula bem próximos, conversando animadamente. Quinton dá de ombros, e nós dois sorrimos.

Depois de algumas horas, outra bebida e várias danças com inúmeros membros do elenco (nenhum deles é o Reid, droga), o esforço físico me lembra que preciso voltar à rotina diária de corrida. De jeito nenhum posso voltar tarde se quiser acordar ao nascer do sol para correr. Digo ao Quinton e à Meredith que vou voltar para o hotel.

Ele se aproxima dançando, com uma cerveja na mão e a outra estendida.

— Você não pode desistir agora. É cedo!

— É uma da manhã! — Dou risada. — Isso é cedo?

— Estamos só começando! — diz a Meredith.

— Tenho que acordar cedo amanhã para correr.

Os dois parecem horrorizados.

— O quê, antes da filmagem?

Aceno para Jenna, que está dançando ali perto, mas *não* procuro o Reid.

— É, ao meio-dia faz um milhão de graus. Vejo vocês amanhã!

O manobrista chama um táxi enquanto espero na sombra do prédio, observando a mistura de jovens executivos e universitários passando. Nunca contei a ninguém além da Emily, mas eu sei que devo minha capacidade de atuar à observação compulsiva de pessoas. Eu nunca conseguiria expressar as emoções de tantas pessoas diferentes, algumas das quais eu não suporto *nem* quando são fictícias, se não observasse constantemente a interação entre elas.

— O táxi vai chegar em alguns minutos — me diz o manobrista, com a fala meio arrastada.

— Obrigada — respondo, dando uma gorjeta a ele.

— De nada. — Ele sorri e guarda a nota no bolso da frente do colete.

Enquanto desembrulho uma bala de hortelã, Graham Douglas sai da boate sozinho e vai até o lado oposto da entrada, acendendo um cigarro. Alguma coisa num cara bem-vestido acendendo um cigarro é curiosamente atraente. Talvez seja por causa dos filmes em preto e branco que eu e minha mãe costumávamos ver, nos quais todo mundo fumava: Cary Grant, Clark Gable, Bette Davis, homens de smoking, mulheres de vestidos cintilantes, cigarros parecendo pequenos acessórios sutis.

Guardando o isqueiro de volta no bolso, Graham dá uma tragada forte, expirando como se todos os músculos de seu corpo estivessem liberando o estresse do dia com a fumaça. Garotas que estão passando lançam olhares de esguelha para ele, verificando se as percebeu enquanto ele se encosta na parede de tijolos, passando a mão pelo cabelo escuro e digitando no celular. Ele parece alheio, até que, sem nenhum aviso, levanta o olhar, e eu sou pega o encarando pela segunda vez nesta noite. Sorrindo e se afastando da parede, ele se aproxima de mim.

— Ei, me pegou — diz ele, ecoando os meus pensamentos.

— Dando um tempo do cenário da boate, ou você simplesmente é viciado demais? — pergunto, brincando.

Ele olha para o cigarro na mão como se não tivesse ideia de como foi parar ali.

— Hum... os dois?

— Senhorita, seu táxi chegou — interrompe o manobrista.

— Vai voltar pro hotel? — pergunta ele, e eu respondo que sim com a cabeça. — Se importa se eu for junto?

— Claro, sem problemas — respondo. Ele amassa o cigarro no cinzeiro em cima de uma lata de lixo e me segue até o táxi, enquanto dou o nome do hotel para o motorista.

— A propósito, meu nome é Graham. — Ele estende a mão e eu a aperto. Seu aperto é firme, mas não esmagador.

— Emma. — O motorista do táxi faz um som de *humpf*, e percebo que acabamos de entrar num táxi em direção a um hotel e estamos trocando *nomes*. Meu rosto se incendeia na escuridão.

Os olhos do Graham se estreitam, olhando momentaneamente com raiva para o taxista. Ele pigarreia.

— E aí, como foi a filmagem hoje? Eu ia junto pra observar, mas decidi usar o dia para repassar o roteiro e, você sabe, dormir um pouco mais.

— Foi muito boa. Um pouco de ação interessante fora das câmeras também. O Reid tinha uma multidão de tietes do lado de fora do set.

Ele dá de ombros, sorrindo.

— É, quando as fãs descobrem onde ele está filmando, ele é atacado de todos os lados.

— Hum — digo.

O celular dele apita e ele olha para a tela, digita uma resposta e devolve o aparelho para o bolso. Quando chegamos ao hotel, ele dispensa minha tentativa de pagar metade. Nós dois ficamos em silêncio enquanto nos dirigimos ao elevador. Penso nele saindo de pijama do quarto para brincar de dormir no quarto de alguém, provavelmente a Brooke, pela postura dos dois na boate... Mas ele saiu da boate, a deixou lá e voltou para o hotel comigo. Talvez fosse com ela a troca de mensagens.

O toque grave do elevador anuncia o quarto andar, e quase paro de respirar quando percebo o que ele pode estar esperando — depois de voltar para o hotel *comigo*. E se ele achar que *eu* quero brincar de dormir no quarto de alguém? Com o coração martelando no peito enquanto andamos pelo corredor acarpetado, não ouço nada além do *shhhh, shhhh, shhhh* do sangue passando pelos meus ouvidos. Eu me lembro das histórias da Emily sobre hedonismo em Hollywood.

Merda. Eu não planejava me destacar como a moralista do elenco tão cedo, mas de jeito nenhum vou dormir com um cara que acabei de conhecer, não importa quanto ele seja gostoso.

Quando nos aproximamos de sua porta, ele abre a carteira, pega o cartão-chave e vira para mim enquanto o coloca na fechadura.

— Obrigado por dividir o táxi.

— Sem problemas. — *Shhhh, shhhh, shhhh.*

A fechadura pisca uma luz verde e ele abre a porta.

— Boa noite — diz, enquanto eu fico parada ali feito uma paspalha.

— Boa noite. — Eu me viro rapidamente, vasculhando a bolsa em busca do cartão-chave enquanto me afasto. Destranco a porta, olho para trás e estou sozinha no corredor, murmurando "idiota" para mim mesma.

10

Reid

Uma e quinze da manhã e eu não vejo a Emma há alguns minutos. Andei registrando disfarçadamente onde ela estava a noite toda. Na única vez em que fizemos contato visual, ela estava dançando com o Quinton. Eles se mexiam juntos com perfeição, e ela estava tão gostosa que eu quase dispensei o grupo idiota de garotas amontoadas ao meu redor e a chamei para dançar naquele momento. Optei por esperar um pouco mais. Agora estou repensando essa decisão estúpida, porque ela desapareceu.

Será que ela saiu com algum cara? Decepcionante, mas não impossível. Ela pode ser melhor nesse jogo do que eu pensei. Hora de ver quem está presente. Quinton está aqui, dançando com a Jenna. Tadd está conversando com a Brooke — o que me faz parar momen taneamente, mas ele é fiel demais para contar a ela alguma coisa que eu disse. Ele também não *me* conta nada do que *ela* diz, mas, de qual quer maneira, não me interesso em saber o que ela pensa ou fala.

Olhar para a Brooke, no entanto, me lembra do Graham. E eu não o vejo em lugar nenhum.

— Meu Deus, estou muito bêbada! — diz uma das garotas perto de mim, fazendo questão de que eu escute. — Estou totalmente louca hoje, como se pudessem me convencer a fazer praticamente *qualquer coisa*.

Uau. Que sutil.

— Ah, é? — digo.

— Totalmente. Experimenta. — Ela se aproxima de mim, com os peitos quase escapando do decote profundo do vestido de alças.

— Tá bom. — Olho ao redor do círculo e pego a mão de outra garota de boca aberta. Eu a puxo para frente com delicadeza e digo à srta. Estou-Muito-Bêbada: — Pega a minha amiga aqui e vão dançar juntas.

Um brilho de decepção passa pelo rosto das duas antes de uma avaliar a outra. Compartilhar é melhor do que não ter nada. Com um sorriso travesso, a garota número um pega a garota número dois pela mão e elas passam a dar um espetáculo, só porque eu mandei.

Enquanto isso, Meredith vai até o bar pegar uma bebida e eu a puxo de lado.

— Você viu a Emma? — Minha voz soa tão casual quanto eu consigo.

— Ah, sim, ela foi embora faz um tempinho. Ela falou alguma coisa sobre correr de manhã.

— O quê, antes de filmar?

— É. Maluquice, não? — Ela pega duas bebidas com o bartender.

— Definitivamente. — Pego outra bebida e presto atenção na Coisa Um e na Coisa Dois, que estão aprendendo o valor de compartilhar.

Emma

O despertador do celular toca às seis da manhã. Fico momentaneamente desorientada, depois me arrependo de ter feito um pacto comigo mesma para correr. Enquanto coloco o short e escovo o cabelo para fazer um rabo de cavalo, evito olhar para a cama desarrumada, com lençóis macios e travesseiros fofos. Analisando o mapa de trilhas de corrida ao redor do lago Town que o hotel ofereceu, amarro os tênis, determinada a escapar do quarto antes que a cama me convença a abandonar a corrida e voltar a dormir.

Quando atravesso o saguão, ouço meu nome. Viro e sou surpreendida ao ver Graham de camiseta, short e tênis.

— Oi, você vai correr? — pergunta ele, depois para, percebendo minha expressão confusa. — Escuta, não quero atrapalhar, se você prefere correr sozinha...

— Ah... não, eu só ia procurar uma das trilhas neste mapa.

— Então vem — diz ele enquanto saímos do hotel. — Tenho a vasta experiência de um dia para encontrar trilhas, então eu meio que sei para onde ir. No mínimo, posso prometer que não vamos parar em Dallas. Nem no México.

Percebo algumas garotas num grupo ali perto, com café na mão. Elas observam enquanto Graham e eu descemos os degraus, com uma decepção clara no rosto. Eu me pergunto se elas fazem parte do fã-clube Eu Amo Reid que a Jenna mencionou.

— Você corre todo dia?

Ele encolhe um dos ombros.

— Eu faço todo tipo de exercício: corrida, escalada, bicicleta, spinning, musculação, ioga. Senão vira um tédio.

— Hum — digo. — Eu praticamente só corro. Tenho dificuldade até pra lembrar de fazer abdominais de vez em quando. Não posso fazer aeróbica porque danço muito mal. E *me recuso* a fazer spinning. Se eu quiser que alguém grite comigo durante os exercícios, peço pro meu agente dirigir do meu lado e ficar gritando obscenidades enquanto eu corro.

— Não acredito que você dance mal, já que eu sei por experiência própria... bom, não experiência exatamente, mas por *observação* própria. — Ele está analisando o mapa e as placas de rua, e me pergunto se ele quis dizer que me observou dançando ontem à noite. Um zumbido quente dispara pelo meu corpo, especialmente ao pensar na dispensa do Reid, que não dói menos hoje de manhã do que ontem à noite.

— Dançar numa aula é diferente, principalmente quando tem equipamentos, tipo steps ou aqueles elásticos gigantes. É um desastre.

Ele ri.

— Sério, quem inventou esses elásticos?

Corremos alguns quarteirões até a trilha enquanto o sol aparece totalmente atrás de nós, e o céu se transforma em um tom cada vez mais claro de azul, sem nuvens à vista. Austin está passando por uma "frente fria" fora de estação. De acordo com a meteorologia local, a temperatura vai chegar a *apenas* trinta e cinco graus às cinco horas da tarde. Eu me pergunto se eles entendem a definição da palavra "frio" por aqui.

— Obrigado por me convidar pra vir junto — diz o Graham e, quando olho para ele com a mesma expressão confusa do saguão, ele sorri.

Não consigo evitar de sorrir de volta enquanto ele acerta o passo com o meu.

Estamos longe o suficiente do hotel agora, de modo que, quando olho para trás, não consigo vê-lo.

— Você viu aquelas garotas na frente do hotel?

— Está se perguntando se eram seguidoras do Reid? — pergunta ele, e faço que sim com a cabeça. — Provavelmente sim.

— Que loucura.

— É bom você se preparar para ter seus próprios fãs, viu?

— Pffff. — Eu o dispenso com um aceno, não convencida de que estou prestes a ficar famosa, apesar de ele estar apenas ecoando o que a Emily disse pouco antes de eu sair de casa.

— Quando você faz o par de alguém com a quantidade de fãs dele, tudo que vocês dois fizerem é investigado. Por exemplo, se tiver química na tela, as pessoas vão supor que também tem fora da tela.

— Hum — digo, lembrando dos meus pensamentos bobos sobre Reid e química. Antes da noite passada. Quando ele me dispensou.

— Você diz muito isso, sabia? — Quando encontramos a trilha, a paisagem da cidade dá lugar a caminhos de cascalho cercados de grama desbotada do fim do verão.

Franzo a testa.

— Eu digo muito o quê?

— Hum.

Uma lâmpada se acende na minha cabeça.

— Eu digo muito "hum"?

— Talvez a gente devesse começar a contar. — Ele sorri para mim enquanto analiso meu nível exato de vergonha. — Quando chegar a vinte, você vai ter desistido do hábito no mínimo para se livrar da chateação. Vamos contar esta vez como *um*.

Franzo a testa para ele de bom humor, e ele ri baixinho de novo. Será que isso é um hábito antigo ou recém-adquirido? *Por que* a Emily não me diria isso? Faço uma anotação mental para questioná-la na próxima conversa.

— Talvez a gente não seja tão convincente na tela — digo, voltando ao assunto anterior, que não é, percebo tarde demais, bom para uma conversa agradável.

— Duvido. É a adaptação de uma das histórias mais românticas já escritas. *Tem* que ter química.

Olho para ele com os olhos semicerrados.

— Se essa é a sua ideia de "sem pressão", não está funcionando.

— Eles não teriam te escolhido se não tivesse química. Só estou dizendo o que ser par romântico dele pode fazer com a sua vida particular. Tipo: de jeito *nenhum* o Reid poderia fazer o que estamos fazendo agora sem um guarda-costas. — Ele passa brevemente para trás de mim para que o casal mais velho que vem na nossa direção não precise se espremer.

— Eu não tinha pensado por esse lado — digo quando ele volta ao meu lado. Penso na Emily, que não é uma fã alucinada, mas surtaria do mesmo jeito se visse o Reid ao vivo.

— Bom, você não tem motivo para entrar em pânico. Ainda.

— É. Ainda — ecoo.

11

Reid

A maior parte do elenco vai ao Kenichi para comer sushi. Até agora, Austin não tem se mostrado tão atrasada como eu pensava, apesar de a maior parte da cidade ser mais relaxada e casual do que as partes de Los Angeles a que estou acostumado.

Uma olhada para a Emma me diz que ela ainda está se adaptando à comoção provocada quando todos nós vamos a algum lugar. Esta noite, Richter e Leslie Neale vão se juntar a nós, o que aumenta a loucura. Leslie, que vai fazer o papel de sra. Bennet, tem uma carreira impressionante de quase quarenta anos no cinema. Mesmo assim, é inegavelmente linda e famosa tanto por suas proezas românticas (normalmente com homens décadas mais jovens) quanto pela capacidade profissional. Os tabloides a adoram.

Os funcionários do restaurante estão acostumados com celebridades ou foram alertados para manter a compostura. O efeito sobre os clientes é outra história. Celulares apontam para nós enquanto somos conduzidos até a mesa, vozes sussurram de pessoa a pessoa ao nosso lado, como uma plantação de trigo oscilando ao vento. Reação típica da multidão quando vê uma celebridade por perto.

Graham e Brooke estão atrás de mim, Quinton e Tadd ao entrarmos; Emma e as outras garotas, na nossa frente. Não vi Graham com Emma, então não sei se eles se conhecem. Se ela saiu da boate com ele ou com outra pessoa, fez isso de forma muito discreta, porque ninguém parece ter a menor ideia. Eu me aproximo dela e digo baixinho:

— Oi, linda — com a mão em sua lombar. Ela olha para mim, um leve rubor se espalhando pelas bochechas. O salão instantaneamente começa a especular sobre nós. Posso sentir isso.

Somos levados pelo restaurante até uma mesa comprida, separada das outras, paralela à parede dos fundos, que é coberta por painéis japoneses. Estamos num ambiente semiprivado, em termos de conversa, mas à vista de todos. Pego o cotovelo da Emma e a levo até o centro da mesa, de frente para a entrada, e me sento ao lado. MiShaun senta do outro lado dela. Richter fica numa das pontas, com Leslie Neale à esquerda, Quinton na outra ponta, e todos os outros escolhem um lugar. Graham senta ao lado da Brooke, bem na nossa frente. Ele sorri para Emma, o que me diz que eles definitivamente se conhecem.

Os funcionários ficam ao redor, cumprimentam de um jeito cordial e profissional e anotam os pedidos de bebidas. Enquanto Richter e Leslie estão fazendo o pedido, Quinton se ajeita e pergunta aos outros:

— A gente vai sair depois daqui?

— Ouvi dizer que tem um lugar legal de blues por aqui — responde o Tadd.

MiShaun olha para ele sem acreditar.

— Você gosta de blues?

— Eu gosto de *música*, principalmente ao vivo.

— Você toca alguma coisa? — Ela toma um gole de saquê.

— Toco violão — responde ele. — Só o suficiente para ser perigoso.

— O Graham toca violão — diz a Brooke e, do meu ponto de vista, parece que ela acompanha essa declaração com uma das mãos na perna dele debaixo da mesa. — Ele é *fantástico*.

— Oh-oh — digo baixinho, me aproximando do ouvido da Emma. — Parece que a Brooke já escolheu a vítima deste filme. — Ela fica confusa, e eu continuo: — Você sabe, um cara pra cada filme. Não sei qual foi a política dela no seriadinho de TV a cabo. — Isso é fofoca, não um fato, mas, ei, não fui eu que inventei.

A voz dela é igualmente baixa.

— Hum, isso é meio grosseiro.

Dou risada.

— Você acha?

— O quê? — Brooke toma um gole de cerveja japonesa, com os olhos semicerrados para mim. Emma fica tensa enquanto Graham observa nossa conversa particular do outro lado da mesa, com a expressão cautelosa.

— Nada, nada, relaxa — digo. — A gente só estava pensando em quem seria mais perigoso com um violão: o Tadd ou o Graham.

Brooke arqueia uma sobrancelha e estreita os olhos ainda mais.

— Qual é o veredito?

— Bom, eu nunca ouvi o Graham tocar, então não posso decidir.

— Talvez a gente pudesse fazer uma competição no meu quarto mais tarde — sugere a Brooke. — Os dois podem tocar pra todo mundo.

— Parece legal — diz o Tadd. — Só que eu não trouxe o meu violão na viagem. Esqueci meu notebook, as lentes de contato sobressalentes. Caramba, eu mal me lembrei das calças. — Emma ri baixinho ao meu lado. Ela é tão linda que eu mal consigo aguentar.

— Você pode pegar o do Graham emprestado — diz a Brooke, virando para perguntar a ele depois de oferecer: — Pode ser?

— Claro, sem problemas. — Ele não poderia ser mais submisso. Ela *deve* estar transando com ele. — Mas vamos chamar de jam session, e não de competição.

— Sabe, se não tiver uma competição, você não pode *ganhar* — acrescenta ela, e eu ouço esse comentário tendo em mente a fofoca que acabei de passar para a Emma.

— As pessoas dão importância demais a ganhar — responde ele.

— Hum — diz a Emma, e os olhos do Graham voam até os dela. "Quatro?", diz ele sem som, e ela balança a cabeça uma vez, com um olhar furioso, mas parecendo que está mais tentando não rir. "Três", diz ele sem som, e ela revira os olhos e diz, também sem som: "Tá bom".

Hãã, *o que foi isso?* Olho para a Brooke e vejo que seus pensamentos são parecidos com os meus, seus olhos disparando entre os dois.

Emma e Graham não se olham de novo pelo restante da refeição.

Emma

Brooke sugere que todo mundo ataque seu próprio frigobar e pegue garrafinhas de bebidas para unir recursos. O quarto dela, previsivelmente, é aquele em que eu vi o Graham entrar na minha primeira noite em Austin, menos de uma semana atrás, quando ainda não sabia quem ele era. Agora estamos ficando amigos, mas ele não falou nada sobre ela.

Ligo para a Emily enquanto estou trocando de roupa no meu quarto, umas duas horas depois.

— Ele parece um cara legal... e ela parece uma filhote de Chloe.

— Você não conhece o cara o suficiente para falar isso. E, se eles estão só transando sem compromisso e vocês são só amigos... vocês *são* só amigos, né?

— *Sim.*

— Ele é homem, Em. Eles pensam diferente de nós. Pode apostar que foi um *cara* que inventou essa coisa de amizade colorida. Se bem que, se o Quinton Beauvier aparecesse na minha porta e dissesse "Onde fica o seu quarto?", eu ia responder: "Por aqui!" Mas, você sabe, não seríamos amigos. Só coloridos.

Balanço a cabeça. Com toda essa conversa, Emily é a pessoa mais reservada que eu conheço quando se trata de se envolver de verdade com um cara. Isso é inteligente, porque, depois que se envolve, ela mergulha fundo. Seu coração foi estraçalhado duas vezes, e vê-la sofrer foi a coisa mais difícil da minha vida.

— Bom, pelo menos você tem seus padrões. Vou te colocar no viva-voz enquanto me visto pro desafio de guitar hero.

— O que você vai usar para essa festinha?

— A Brooke sugeriu pijama. — Jogo o celular na cama depois de apertar o botão do viva-voz e ajustar o volume.

— O que vocês vão fazer? E, principalmente, se todos esses caras gostosos vão estar lá, *por que eu não fui convidada?*

Eu resmungo.

— Emily, *foco*. Não tenho ideia de qual é a programação, além do violão. Eu nunca estive num set com tantas pessoas da minha idade. Sempre fui excluída das saídas do elenco, já que era uma década ou várias mais nova que todo mundo. — Fico na frente do espelho segurando uma camiseta cor-de-rosa e depois uma regatinha preta, alternando entre as duas. — Além do mais, você *sabe* que, se estivesse aqui, eu ia te convidar.

— Tudo bem, tá perdoada. Você tem uma calça de pijama curta?

— Ãrrã. — Pego a calça numa gaveta e a sacudo para tirar o amassado. — É rosa de bolinhas pretas. Infantil demais?

— Não, é perfeita. Rosa e preto são cores de lingerie retrô, muito chique. Coloca a regata preta e você está pronta. — Visto a calça, amarro o cordão sem apertar muito e visto a regata. Uma olhada no espelho. Gostei.

— Emily, você é um gênio.

— Tá, tá. Me manda uma mensagem quando voltar pro quarto. Quero saber de *tudo*.

— Você é uma fofoqueira compulsiva, Emily.

— Ei, fique feliz que eu não estou pedindo pra você colocar uma webcam... Espera, é uma ideia...

— Tchau, Emily! — Dou risada, balançando a cabeça.

— Mensagem, mensagem, mensagem. — Sua voz sem corpo vem da cama. — *Não* esquece!

— Não vou esquecer! Você sabe que eu te conto tudo. Saudade.

— Saudade também.

Quando passo pelo quarto do Graham, ele sai com o violão numa das mãos e uma garrafa de tequila de tamanho normal na outra, o que me lembra que minhas mãos estão vazias.

— Ih, esqueci... — digo, virando.

— Leva isso. — Ele me dá a tequila. — Deve ser suficiente pra garantir a entrada de nós dois. — Ele está usando uma calça de pijama diferente da outra noite, combinada com uma camiseta cinza-mescla.

Estou prestes a entrar num quarto cheio de pessoas da minha idade, todas de pijama e bebendo. Sinto uma leve dose de pânico.

— O que exatamente a gente vai fazer?

Ele dá de ombros.

— Acho que o Tadd e eu vamos oferecer uma diversão musical. Depois não sei. Ficar sentado e conversar, acho.

Conversar. Tá certo.

Graças à Emily, eu não perdi *todas* as minhas experiências no ensino médio. Fui a várias festas com ela e seus amigos onde havia um barril de chope, ou o pai de alguém não trancava o armário de bebidas, ou uma identidade falsa era suficiente para conseguir uma caixa de cerveja ou uma garrafa de vodca. Conversar não é o que as pessoas fazem quando são jovens e estão chapadas. Mas esse é um grupo pequeno, e ainda temos a maior parte do filme para gravar. As coisas não podem sair tanto do controle, senão vai ser muito constrangedor.

Paramos na porta da Brooke e eu respiro fundo. Graham encosta no meu braço.

— Ei, não se estressa. Vou dar um jeito de você voltar pro seu quarto em segurança. Bom, com o máximo de segurança possível, se você beber um pouco *disso aí.* — Ele aponta para a garrafa na minha mão.

— Tá bom. — Só espero que eu mais álcool mais Reid Alexander no mesmo quarto não resulte em sinceridade potencialmente humilhante.

— Pronta? — Quando faço que sim com a cabeça, Graham bate na porta, do mesmo jeito que fez algumas noites atrás. Tadd abre e Graham dá um passo para trás, sorrindo para mim. — Damas primeiro.

12

Reid

Fui o primeiro a chegar ao quarto da Brooke. Quando ela abriu a porta, tive um déjà-vu por uns dois segundos. E depois passou. Quatro anos atrás, nós estaríamos nos agarrando antes mesmo de eu dar alguns passos para entrar no quarto dela. Hoje à noite, ela só me olhou furiosa e recuou o suficiente para eu entrar.

— Reid — disse ela.

— Brooke. — Coloquei várias garrafinhas sobre uma mesa, guardando algumas e abrindo uma, que virei imediatamente. Joguei a garrafa no lixo e abri a segunda. — Quanto tempo faz? — perguntei, sabendo que esse era um caminho perigoso.

Seu maxilar ficou tenso, e ela se jogou no sofá de dois lugares, tentando parecer indiferente e destemida ao mesmo tempo, levantando o queixo e me olhando nos olhos.

— Não tenho ideia.

Ouvimos uma batida e eu virei, aliviado, vendo MiShaun, Quinton e Jenna. Um instante depois, Tadd chegou.

Brooke faz pose de rainha no sofá de dois lugares enquanto MiShaun folheia o exemplar mais recente da *Cosmo* na única poltrona.

O restante de nós senta no chão, conversando, enquanto eu me pergunto se deveria estar perturbado pelo fato de Emma e Graham serem os únicos que ainda não chegaram. Cinco minutos se passam antes de eles aparecerem juntos.

— As primas-donas chegaram — provoca MiShaun.

— Sério, por que vocês demoraram tanto? — Os olhos da Brooke disparam entre os dois.

Emma percebe sua vibe territorial e fica visivelmente nervosa, com os ombros tensos.

— Eu precisei fazer uma ligação. — Ela estende a garrafa. — Hum, onde...?

— Coloca com as outras coisas. — Brooke indica uma mesinha lateral com uma dúzia de garrafinhas. Emma dá a tequila para o Quinton enquanto o Tadd alinha copinhos de shot com emblemas de universidades. Sorrindo para Graham, Brooke dá um tapinha ao seu lado no sofá, enquanto Emma senta no chão, no espaço entre mim e Jenna, exatamente onde eu quero que ela esteja.

— O que vai ser primeiro, crianças? — pergunta a Brooke.

Tadd se levanta, coloca uma das mãos no coração e anuncia, como se estivesse recitando *Hamlet*.

— Preciso de uma dose de coragem líquida para o desafio à minha frente.

— Concordo. — Quinton tira o lacre da garrafa que Emma trouxe, que eu suspeito de que veio do Graham, gira a tampa e começa a servir shots de tequila.

Pegando uma garrafinha de rum da mesa e derramando direto em sua garrafa de Diet Coke, Brooke sugere um brinde ao sucesso do filme, "antes que a gente fique chapado demais pra lembrar do que está fazendo". Todo mundo bate os copos e garrafas, murmurando:

— Ao filme.

— Onde está a Meredith? — pergunta Jenna.

— O *namorado* estava esperando por ela no saguão quando voltamos do jantar. — Brooke dá de ombros. — Senti cheiro de chute na bunda.

— Tá, espera. — Tadd não acredita. — O cara apareceu *no set* para terminar com ela? Que babaca.

— Não sei quem vai terminar com quem, só que parecia iminente. Então, sr. Wyler, o que você vai tocar para o nosso prazer auditivo? — pergunta ela enquanto Graham passa o violão para ele.

— "Stairway to Heaven", ou alguma coisa do John Mayer — propõe Tadd, se levantando e dedilhando alguns acordes, testando o instrumento.

— Se isso é tudo que você tem a oferecer, definitivamente John Mayer. Você acha que a gente tem o quê, cinquenta anos? — diz a Brooke.

— Led Zeppelin é clássico! — insiste ele, e recebe uma vaia das meninas.

— Falou a rainha — digo, dando mais um shot de tequila a ele, captando o olhar da Brooke e sorrindo enquanto ela ferve de raiva. Ela está determinada a se irritar com tudo que eu digo ou faço, então é melhor eu me divertir com isso.

Tadd vira a tequila, coloca o copo na mesa e começa a dedilhar o violão, cantando "Your Body Is a Wonderland" para cada uma das garotas, andando pelo quarto e terminando a exibição empoleirado no colo da MiShaun. Enquanto todos aplaudem, ele faz uma mesura e passa o violão para Graham.

— Graham, nada de Zeppelin, acho que já combinamos isso — diz a Brooke.

— Pensei em tocar algo em que eu estava trabalhando.

— Que você compôs?

— Ainda não terminei, mas sim.

— Legal. — Ela encosta levemente no braço dele, e eu cutuco Emma e levanto as duas sobrancelhas, no gesto universal de "Você viu isso?".

Graham desliza para a borda do sofá e começa a tocar acordes complicados, os dedos se movendo pelo braço do violão como se ele o estivesse acariciando. A letra definitivamente é boa. Diferentemente do Tadd, ele não olha para ninguém enquanto está tocando, exceto uma vez, no fim do último refrão, quando seus olhos encontram os da Emma por um microssegundo. Passo de *não gosto muito* para *odeio esse cara.*

Quando ele termina, todo mundo explode em aplausos. Ele e Tadd se cumprimentam enquanto o restante de nós toma o veneno escolhido, e Quinton sugere um jogo com bebida.

Brooke explica as regras para Jenna, que nunca brincou.

— Esse jogo tem dois objetivos: descobrir coisas idiotas sobre os outros e ficar bêbado. — Ela sai do sofá, pegando a mão do Graham e o puxando para o chão. — O Tadd começa dizendo "Eu nunca...", seguido de alguma coisa que ele nunca fez. Todo mundo que *já* fez o que ele falar tem que tomar um shot. Meninas, podemos ser café com leite e tomar meio shot.

O primeiro "Eu nunca..." que me vem à cabeça envolve a Emma, e não posso falar em voz alta. Além do mais, pretendo que não seja mais válido até o fim da semana, ou quem sabe da noite.

Emma

Quinton serve os shots enquanto Tadd começa a brincadeira.

— Eu nunca... fui filho único.

Reid e eu viramos nossos copos e, quando a tequila queima ao descer pela garganta, eu engasgo. Nunca fui muito de beber. Nas festas a que eu ia com a Emily, a gente mais fingia que bebia de verdade.

— Não é um bom começo pra gente. — Ele sorri enquanto meus olhos lacrimejam. — Ou é um *ótimo* começo. — Ele se aproxima e encosta no meu braço por um instante, a pele um pouco mais morena, o antebraço esculpido, os pelos loiros fininhos provocando arrepios onde nos tocamos. — Está com frio? — Ele passa um dedo pelo meu braço, aumentando os arrepios.

— Acho que sim. — Não quero admitir que estou com o corpo todo arrepiado, que meu estômago acabou de dar uma volta completa por causa de sua proximidade e atenção. Ele se aproxima mais, até nossas laterais se encostarem. Ah, sim. *Isso* vai ajudar muito.

— Eu nunca pulei de bungee-jump — diz a Jenna.

— Ai, que droga. — MiShaun vira o meio shot, assim como Tadd.

— Longe de mim sugerir que você coloque mais roupas para se aquecer. — O hálito do Reid atiça os cabelos finos atrás da minha orelha, seu sorriso faminto depois de uma olhada na direção do decote da minha regata. *Obrigada, Emily.*

Minha vez.

— Eu nunca cantei no palco. — Sei que sou minoria neste quarto cheio de pessoas do cinema e do teatro.

— Diabólica — diz o Reid, com a voz grave e admiração no sorriso malicioso que ele me dá antes de se juntar aos outros em mais um shot. O início da embriaguez faz minha cabeça flutuar, e eu me esforço para não oscilar na direção dele como um ímã em uma barra de metal.

Reid vira para todo mundo, sabendo que é sua vez, enquanto eu estou consciente de pouca coisa além dele.

— Eu nunca... beijei um cara. — As quatro garotas, inclusive eu, reviram os olhos e bebem os meio shots, e percebo que estou a caminho de uma ressaca colossal. Ainda bem que não tem filmagem amanhã.

— Um bom jeito de me derrubar logo de cara, brôu. — Tadd vira o shot, sorrindo com malícia. — E me avisa se quiser que eu dê um jeito nisso pra você.

Graham também toma seu shot.

— Malditos filmes independentes — ele rosna com bom humor enquanto o Quinton uiva de tanto rir.

— Eu nunca comi lagosta — diz Quinton, e todo mundo no quarto pega o copo.

Tadd faz um "T" com as mãos.

— Tempo, tempo, isso *não* pode ser verdade. Eu digo que é mentira.

— Jogo errado, baby. Fica frio. — MiShaun bagunça o cabelo claro e liso dele.

Brooke espera o Tadd xingar uma vez e beber.

— Eu nunca me apaixonei — diz ela, encarando o Reid. Ele a encara de volta, e nenhum dos dois se mexe. Graham toma um shot, me observando. Não tenho certeza de qual é a sensação de se apaixonar, mas acho que o que eu senti por Justin, de Newark, ou por qualquer outra pessoa desde então, não era paixão. Não bebo.

— Eu nunca fui ao Havaí — diz o Graham. Sou a única que não bebe, e ele sorri para mim do outro lado do círculo. Havaí foi onde meu pai e a Chloe passaram a lua de mel.

— Eu nunca... — MiShaun faz uma pausa para dar efeito dramático — ... joguei esse jogo antes. — Ela bate o copo no da Jenna enquanto todo mundo bebe.

Tadd admite que nunca aprendeu a andar de bicicleta, e todo mundo geme e vira um shot antes de a Jenna admitir que nunca aprendeu a nadar.

— O quê? — Brooke engole o meio shot. — A gente precisa te levar pra piscina. E se você conseguir um papel num filme em que precisa mergulhar num lago e sair toda molhada e sexy?

— Boa pergunta. — Jenna morde o lábio.

— Molhada e sexy? Sério? — Quinton se abana com a *Cosmo*. — Será que todo mundo precisa sair da água parecendo o seu pôster de *A vida é uma praia?*

— Sim, e eu sou bem qualificada para ensinar essa habilidade. — O pôster da Brooke foi lançado no mês em que ela completou dezoito anos. Ela está em pé na água até a canela, segurando uma prancha de surfe e usando uma roupa de mergulho aberta até o meio do peito, com o dedo no zíper, como se o estivesse abrindo. O irmão da Emily tem esse pôster em destaque no quarto.

— Eu estou disposto a ajudar nessa causa digna — diz o Quinton, deitando no carpete. — Me avisa quando as aulas começarem.

— Te mando um memorando — diz a Brooke.

Quando completamos mais uma rodada, já estamos trocando o nome uns dos outros e qualquer palavra que tenha mais de uma sílaba, e os erros parecem hilários. Graham está mais calado que os outros caras, o sorriso fácil e sincero por causa da bobeira ao redor. Percebo seus olhos escuros em mim algumas vezes, mas ele também observa a Brooke.

— Vamos deixar isso mais interessante — diz o Tadd, deitando para trás e se apoiando nos cotovelos. Ele espera até todo mundo calar a boca. — Eu nunca... fiquei com alguém que trabalhou no mesmo filme que eu.

— Espera. A gente está falando de beijar ou algo mais? — pergunta o Quinton. — Porque eu não acredito nem por um segundo que você, quase um cachorro no cio, não encontrou nenhuma alma gêmea no set.

— Tanto faz. Digamos, só uns amassos.

— O *quê?* Men-ti-ra — diz o Quinton.

— Não. — Tadd faz uma cruz no peito. — Sou completamente puro no set. Mas não se preocupem: um dos figurantes está na minha lista de coisas a *fazer*.

MiShaun dá um tapa na cabeça do Tadd com delicadeza demais para ser uma boa bronca. Quando todo mundo vira a tequila, incluindo a Jenna, há um silêncio chocado antes de o quarto se encher de risadas e o Quinton cumprimentá-la com a mão espalmada enquanto ela fica vermelha. Tadd lança um olhar desfocado para ela.

— Você é um enigma — ele tenta dizer, mas sai mais como "Você é um enema". Rimos até sentir dor na barriga; Quinton gargalha tanto que está chorando.

Ao meu lado, o olhar do Reid passa lentamente do meu rosto para o meu peito, para a fita amarrada na minha cintura, para minhas unhas do pé cor-de-rosa e voltam. Quero saber o que ele sente por mim — não apenas pelo meu corpo (quando está bêbado e prestando atenção), mas por *mim*. Depois das nossas cenas dessa semana, fiquei mole como mingau, mas ele me ignorou na boate. Eu *devia* estar puta da vida. Mas isso é impossível quando minha cabeça está rodando e ele está sentado bem ao meu lado, absurdamente lindo.

Droga. A tequila subiu depressa.

— O que eu faço com você, Emma Pierce? — Ele está a centímetros de distância, com a boca curvada para cima, os olhos azul--ardósia na luz fraca do quarto.

— O que você quer fazer? — paquero de volta.

— Hummm. — Seus olhos estão presos aos meus, e sinto a vibração até os dedos do pé. — Você não sabe?

Balanço a cabeça, imediatamente desejando não ter feito isso. Os efeitos da tequila estão aumentando, apesar de eu ter começado a roubar no jogo uma hora atrás, fingindo que bebia os shots. Meus pensamentos giram com minha visão. Fecho os olhos por um instante e ouço a risada baixa do Reid.

Ai, caramba. Não posso deixar as coisas acontecerem tão rápido com Reid; ainda não sei muito bem o que ele quer. Correção: eu sei muito bem o que ele quer, mas não sei o que isso quer dizer. O jogo de quente/frio é confuso. Ele está tentando diminuir o ritmo? Ele sempre fica com alguém durante as filmagens? Será que o que eu quero é uma ficada, se isso for tudo que eu vou conseguir com ele? Estou tonta demais para pensar com clareza.

— Vamos brincar de girar a garrafa — sugere Quinton. — Ou de sete minutos no paraíso. Podemos usar a varanda.

MiShaun se levanta.

— É aqui que eu uso o privilégio de velhinha, crianças. — Ela anda em zigue-zague até a porta, dispensando os protestos com um aceno. — Já *passei* da época de escola.

— MiShaun, acho que você só está com medo de me beijar — diz o Tadd.

Ela se vira, com uma das mãos no quadril.

— Talvez você esteja certo.

Quando ela sai do quarto, ele ironiza:

— Acho que acabei de ser insultado.

Os olhos do Graham se encontram com os meus, mas tenho certeza de que ele não lembra de jeito nenhum o que me prometeu várias horas atrás, até ele se levantar e espreguiçar.

— Estou morto. E, só pra você saber, Tadd, *não* estou com medo de te beijar. — Ele pega o violão. Como um adendo, vira e diz: — Emma, você disse alguma coisa sobre correr de manhã? — estendendo a mão para mim. Pego sua mão, e ele me puxa e me levanta. O quarto gira, mas ele segura meu pulso com firmeza. Meio minuto depois, estamos no corredor indo em direção aos nossos quartos, um de nós menos estável que o outro.

— Talvez eu seja estranha, mas esses jogos de beijo são tão constrangedores. — Minhas palavras se embolam: *jogsdebeijssãotãocostrangedors*, e isso me faz rir.

Ele passa pela porta dele com a mão quente na minha cintura, me impedindo de quicar nas paredes ou cair.

— Concordo. Prefiro controlar quem eu beijo do que deixar por conta do destino ou de uma garrafa vazia — diz ele baixinho, pegando meu cartão-chave, destrancando a porta e abrindo.

— Eu não estava pronta pra ir para a varanda com... bom. Quer dizer, estamos todos meio bêbados. Varandas não são seguras. Alguém podia cair. Ou alguma coisa assim. — Eu me encosto na porta aberta, com um rubor subindo pelo pescoço.

— Sabe, você podia acabar lá comigo, não com ele. — Olho para ele nesse momento, e seus olhos castanhos estão quase pretos enquanto ele me provoca em relação aos sete minutos que poderíamos ter passado na varanda da Brooke, fazendo... quem sabe o quê.

— Hum.

Ele me devolve o cartão-chave e sorri.

— Boa noite, Emma.

E volta para o próprio quarto. Observo enquanto ele destranca a porta e abre.

— Emma? — ele chama baixinho conforme eu entro cambaleando no meu quarto.

Agarro a porta antes de ela fechar, meu coração martelando nos ouvidos, e respondo sem olhar:

— Sim?

— São definitivamente quatro. — Ele está dando risinhos quando sua porta se fecha com um clique.

13

Reid

Emma e Graham vão embora antes que eu possa reagir, graças à quantidade de shots que bebi. Com exceção daquele único olhar entre os dois, ele parecia concentrado na Brooke a noite toda, então ele se levantar e levar a Emma com ele foi inesperado.

Tadd se levanta cambaleando depois de uma olhada rápida para mim e Brooke.

— Quinton, me ajuda a levar essa bebê pro quarto dela. — Ele aponta para Jenna, que está encolhida no chão, dormindo. Colocamos uma adolescente de quinze anos na estrada da perdição, como outras pessoas fizeram com cada um de nós. Tadd quase consegue acordá-la, e ele e Quinton pegam seus braços, um de cada lado. — Graças a Deus ela pesa tanto quanto um selo — diz o Tadd, levantando-a.

Quinton fecha os olhos, se firmando com um braço ao redor da Jenna.

— Vou me odiar de manhã.

— Eu te odeio *agora*, cara. Ainda não acredito que você nunca comeu lagosta.

Os dois riem, tropeçando em direção à porta, com Jenna quase inconsciente entre eles.

— Boa noite. Comportem-se. — Tadd dá um olhar atravessado para mim e Brooke, com as sobrancelhas erguidas, enquanto os três saem cambaleando para o corredor.

A porta se fecha e ficamos sentados, nos encarando no carpete. Nenhum de nós fala nada por alguns minutos.

Por fim, inclino a cabeça em direção à cama dela.

— Umazinha, pelos velhos tempos?

Sem acreditar, ela pisca, analisando meu grau de seriedade. Já que Emma acabou de sair do quarto com Graham, Brooke está bêbada, gostosa e transável e estamos sozinhos no quarto, estou no jogo se ela também estiver. Por alguns segundos — um, dois, três —, acho que ela pode estar. Mas aí ela acaba com a minha graça.

— Não nesta vida.

— Tão séria e amarga. — Minha boca se retorce de diversão. — Não foi tão ruim.

Ela ofega ligeiramente, formando um "O" pequeno com a boca enquanto pisca, e de novo, antes de fechá-la, tem muito mais emoção revelada em seu rosto do que eu achei que ela fosse capaz. Ela consegue controlar as emoções rapidamente, com os olhos grudados nos meus. E aí engatinha os três metros que nos separam, sobe com as pernas abertas no meu colo, os joelhos nos meus quadris. Ela me beija, primeiro suavemente, depois com força, como uma punição, e envolve os braços no meu pescoço, as unhas se enterrando na minha pele através da camiseta enquanto os dedos varrem meus ombros e ela roça a pélvis na minha. Apesar do álcool no meu sangue, meu corpo reage, mas, talvez *por causa* do álcool no meu sangue, não percebo o que ela está fazendo.

Sem aviso, ela recua e sai do meu colo, afastando minhas mãos de seu quadril.

— Também não foi tão *bom*. — Seu tom é desinteressado, e seu sorriso, glacial. Ela dá um impulso e se levanta, andando em zigue-

-zague até o banheiro, me dispensando. — Pode ir, Reid. Não quero nada de você.

Eu me levanto e dou risada, observando como seus ombros ficam tensos ao me ouvir.

— Tá certo. Por um instante, eu esqueci que você é uma megera fria, Brooke. Agora já lembrei. Não se preocupa, você é bem mais fácil de deixar do que imagina.

— Vai se foder, Reid — diz ela enquanto abro a porta. Dou um risinho quando ela se fecha, sem parecer ter sido afetado.

Quando chego ao meu quarto, preciso de todo autocontrole para não fazer um buraco na maldita parede. Brooke foi a minha primeira, e eu fui o primeiro dela. Éramos novos e burros e, por um breve período, eu achei que a amava. Não era verdade, claro, assim como ela também não me amava. Por mais que eu queira não ser afetado por ela, é impossível. Mas também não tenho motivo para não conseguir disfarçar.

Emma

Enquanto o quarto gira, fico deitada de atravessado na cama, calculando quantos shots bebi. Definitivamente mais do que já bebi antes numa noite só. Correr de manhã está fora de cogitação; adeus, novos hábitos saudáveis. Eu me lembro de mandar uma mensagem para a Emily pouco antes de a bateria do celular acabar, apesar de a mensagem provavelmente ser um bolo incompreensível de letras, já que os botões do meu celular ficam mudando de lugar.

Acordo com um barulho de batida e, a princípio, estou convencida de que vem de dentro da minha cabeça. Abro um dos olhos. Minha boca parece estar forrada de feltro. *Toc-toc-toc.* Não, definitivamente é na porta. O relógio na mesinha de cabeceira diz que ainda não são dez horas da manhã.

Na ponta dos pés, espio pelo olho mágico. Destranco a porta, abro só um pouquinho e estreito os olhos com a iluminação forte do corredor.

— Graham?

Ele levanta um copo do Starbucks e sorri.

— Vai escovar os dentes e jogar uma água no rosto.

— Graham, estou com aparência e sensação de lixo.

Ele desliza para dentro do meu quarto.

— Vai lá, isso ajuda. Como você gosta do seu café? — Ele coloca os cafés na mesa, tirando do bolso pacotes de açúcar e creme.

Suspiro, sem conseguir argumentar com a cabeça cheia de algodão.

— Pode colocar tudo. — Obediente, vou até o banheiro e fecho a porta. Lavo o rosto, escovo os dentes e prendo o cabelo num rabo de cavalo, evitando o espelho o máximo possível, o que não é muito difícil, já que meus olhos se recusam a abrir totalmente.

Quando saio, ele me estende o copo.

— Como é que você está *acordado* e sentindo essa... — estalo os dedos — ... essa... qual é a palavra... — Faço um gesto em direção a ele, esfrego os olhos e sento na cama.

— Falta de ressaca?

— Isso!

— Bom, eu tenho pelo menos trinta quilos a mais que você. Esse é o segredo, basicamente. — Ele tira um par de sapatos da cadeira, coloca no chão e senta.

— Quer dizer que você nunca tem ressaca?

— Eu não diria isso. Mas peguei leve ontem à noite, enquanto todo mundo ficou chapado com a ajuda de jogos de festas do ensino médio.

— Então você não se divertiu muito? — pergunto, tomando um gole e fechando os olhos.

— Ontem à noite foi divertido de um jeito diferente.

— Como assim?

Ele me observa, bebericando o café e se recostando na cadeira com um pé cruzado sobre o joelho.

— Hummm. Eu gostaria de saber o que você achou.

— Estou feliz que não brincamos de girar a garrafa, nem... Bom, não sou fã do conceito geral de jogos que envolvem beijos...

Ele toma um gole de café, pensando.

— É, nem eu.

— Achei que os garotos gostavam desse tipo de jogo.

Seus cílios se abaixam, escondendo os olhos.

— Não sou um cara de jogos. — Penso nisso enquanto ele bebe o café e, em seguida, muda completamente de assunto, algo que eu começo a perceber que é uma manobra típica dele. — Está a fim de um brunch e depois compras?

Um cara que quer fazer compras?

— Você não vai me arrastar para uma loja de esportes nem uma livraria de quadrinhos, né?

— Eu estava pensando numa livraria. Mas, se você gosta de quadrinhos...

— Não, por favor. Livraria sim, quadrinhos não. — No ano passado, eu namorei por pouco tempo um cara que gostava de quadrinhos. Ele nunca parava de falar no assunto, mesmo quando eu ameaçava começar a falar das reprises de *Gilmore Girls*. Sei mais de quadrinhos do que qualquer garota gostaria de saber.

— Termina o café, se arruma, e eu volto daqui a uns, sei lá, quarenta e cinco minutos? — Ele se levanta e vai em direção à porta.

Enquanto tomo banho, percebo que Graham desviou completamente da minha pergunta sobre seu comentário de que a noite passada foi "divertida de um jeito diferente". Eu definitivamente não estou funcionando com todas as baterias hoje, como diria meu pai.

Meu celular está recarregado e piscando quando saio. Tem uma mensagem da Emily respondendo à que eu mandei na noite passada:

kogamis 3i bibca 4 eu sao antrs de gorsr a gsttafs

Suponho, pela mensagem, que teve álcool envolvido. Oi?? Alguma coisa que eu consiga LER???

Escrevo de volta, e ela responde imediatamente.

Desculpa, ataque de tequila. O teclado ficava se mexendo.

Vc prometeu contar tudo. Pode começar!

O que eu quis dizer ontem à noite é que jogamos eu nunca, e eu saí antes de girar a garrafa.

O QUÊ??? PUTA MERDA!!! Vou te ligar.

— Não é verdade que vocês jogaram eu nunca e girar a garrafa, né?

— Sim e quase.

— Eu sempre imaginei que as festas de celebridades fossem mais... sofisticadas.

Dou risada.

— É, eu também. Saí quando o Quinton sugeriu girar a garrafa ou sete minutos no paraíso.

— Você está *louca?* Existia a possibilidade de sete minutos no paraíso com Quinton Beauvier e você *vai embora?*

— Em, você sabe o que eu penso desses jogos...

— É, eu sei. Só não sei por que eu não posso ser sua dublê nessas horas! Seria uma tarefa árdua, mas eu faria esse sacrifício por você.

Reconheço o *toc-toc* do Graham na porta.

— Hum, vou sair para o brunch, posso te ligar mais tarde?

— Claro. Não se preocupa comigo, totalmente abandonada em Sacramento, um tédio. Sozinha. Sem vida.

— Emily, você sabe que sempre está comigo em espírito.

— Ah, que legal — diz ela. — Eu quero estar com você *ao vivo*, brincando de girar a garrafa com Reid e Quinton.

— Quem é a reclamona agora? — provoco.

— Tá. Mas um dia desses espero obter os benefícios de ser a melhor amiga de uma grande estrela.

— Claro. Você vai ser a primeira da fila.

14

Reid

Acordo pouco antes do meio-dia e peço café no serviço de quarto, depois ligo para o correio de voz para ouvir uma mensagem que o meu pai deixou hoje cedo. Como se não soubesse que eu ainda estaria dormindo no horário em que ligou.

Fui acusado de porte de maconha no verão, e ele evita falar diretamente comigo desde então. Eu estava numa festa, revezando uns baseados com algumas pessoas, quando John me mandou a seguinte mensagem:

> Passa o baseado pra garota ao lado e sai pela porta dos fundos AGORA.

Apesar de o John não ter nada parecido com juízo, ele *sempre* sabe quando algo vai dar errado. Por isso eu obedeci. Ele me puxou para o beco onde sua garota do dia estava esperando no carro dela, bem na hora em que a polícia entrou pela porta da frente. Havia fotos de mim fumando, mas estava escuro, e as imagens eram indistintas demais para definir com certeza que era eu e que era maconha. Sem evidências físicas para provar que eu estava presente ou com posse, o escritório do meu pai alegou ser um boato e o caso foi abandonado... o que não o impediu de surtar.

Gastamos uma fortuna com a empresa de relações públicas para limpar a mancha na minha imagem. O dinheiro saiu diretamente da *minha* conta, mas, por algum motivo, quem pagou o quê não era um argumento viável. Meu pai extremamente conservador nunca saiu da linha na vida e, como já expressou em várias ocasiões, não entende por que eu vivo do jeito que vivo.

Achei que a mensagem dele envolveria alguma informação financeira que eu precisava saber, ou um contrato que esqueci de assinar e ele ia mandar por courier.

— *Reid* — ele suspira profundamente —, *estou ligando para avisar que a sua mãe decidiu entrar num programa de reabilitação.* — Ele não diz *de novo*, mas isso fica ali, sem ser dito, mesmo assim. — *Clínica exclusiva, de frente para o mar, não muito longe de casa. Ela vai receber um bom tratamento. É um programa de noventa dias. Ela espera voltar para casa para as festas de fim de ano, possivelmente antes de você terminar as filmagens.*

Ele fica em silêncio por vários segundos, e não sei se esse é o fim. Mas depois acrescenta:

— *Ela vai poder receber ligações daqui a umas duas semanas, se você... tiver tempo de ligar para ela. Só não... diz nada perturbador.* — Ele tem muita cara de pau para dizer isso. Normalmente não sou eu quem perturba a minha mãe. — *Se tiver alguma pergunta, me liga. Se não... Bom, me liga se precisar de alguma coisa.*

Ótimo.

Eu devia ter percebido que ela estava chegando ao fundo do poço. Apesar de eu quase nunca estar por perto, todas as vezes que a via ela estava com uma bebida na mão. Com exceção de quando eu era muito novo, e durante períodos curtos e variados depois de cada estadia na clínica, é assim que eu a vejo: minha mãe, uma bebida na mão. É seu acessório, parte do seu figurino. Às vezes eu me pergunto se seu desânimo vem de tentar ser uma coisa que ela não é: alguém constantemente sóbrio, sem a capacidade de enfrentar os golpes duros da realidade. Talvez mãe-com-uma-bebida-na-mão seja quem ela realmente é, e pensar que isso é imoral ou a torna uma pessoa ruim é que provoca a crise.

Ou talvez eu seja um indulgente clássico, como um dos terapeutas dela gritou, num surto de exasperação vocal incomum a um terapeuta.

Ou talvez eu olhe no espelho todos os dias e morra de medo de ver um dos meus pais olhando de volta para mim.

Emma

— Obrigada de novo pelo café. — Graham e eu estamos andando pela 6th Street. Ele diminui a passada para combinar com a minha, como faz quando a gente corre. — Foi legal da sua parte. Se não fosse isso, eu ainda estaria escondida debaixo dos travesseiros, me sentindo como se tivesse engolido uma camiseta suja.

Ele sorri.

— Uma camiseta suja? Isso é... nojentamente descritivo.

— Nojentamente correto, infelizmente.

Ele está andando com as mãos nos bolsos e bate ligeiramente com o cotovelo no meu braço.

— Quer dizer que você me acha legal, é? Talvez eu seja um completo babaca com motivos ocultos.

Dou uma batidinha no lábio com o dedo, olhando para ele.

— Você teria que ser um indivíduo nefasto com intenções seriamente malignas pra me levar café e ser um babaca.

Ele olha para mim com as sobrancelhas erguidas. Aqui fora, na luz do sol, seus olhos, apesar de ainda serem escuros, parecem mais caramelo e menos ônix. O cabelo tem um tom avermelhado também, algo totalmente invisível em ambientes fechados. É como se estar ao ar livre girasse um tiquinho o seu botão de cores para mais claro.

— Boa dedução. E bom uso da palavra *nefasto* — diz ele. — Especialmente considerando a ressaca e tal.

O dia já está quente. Imaginei que estaria e vesti um short e a camiseta cor-de-rosa que deixei na cama ontem à noite para usar a regata preta. Coloquei meu All Star vermelho em vez de chinelos, porque não tinha ideia da distância que o Graham queria caminhar. Isso também foi bom, porque já andamos uns cem quarteirões até agora.

— Quanto falta? — A boa notícia é que eu já estou com vontade de comer em um futuro próximo. A má é que eu não sei se estamos planejando andar até a próxima cidade antes.

— Estou percebendo que você é o tipo de garota do subúrbio. Eu cresci em Nova York, muita caminhada. Isso aqui não é nada. — Esse cara é *mestre* em evitar perguntas.

— É, sou uma garota preguiçosa do subúrbio... que, não devemos esquecer, está sofrendo de uma ressaca assassina porque não pesa cinquenta quilos a mais.

— Trinta. E odeio te dizer isso, mas... — Ele pega meus ombros e me vira, me conduzindo até a porta do restaurante, localizado numa velha casa reformada. — Chegamos.

Lanço um olhar arrogante para ele.

— Nesse caso, estou feliz de não precisar te dar uma surra, porque estou cansada demais, depois de andar mil quilômetros, para esse tipo de esforço. — Ele sorri e balança a cabeça, abrindo a porta para mim.

Vinte minutos depois, estou comendo o muffin de mirtilo mais fofo do mundo e resmungando um pedido de desculpa.

— Desculpa pelo mau humor.

Ele dá uma garfada num pedaço de omelete, mergulha na piscina de molho que despejou num canto do prato e enfia na boca. Mastigando, ele parece confuso.

— Que mau humor? — Ele prepara outro pedaço. — Ah, você está falando daquela hora em que você queria fazer um motim por ter que andar alguns quarteirões?

— Alguns? Foram pelo menos quinze!

— Na verdade, dez.

— Nã-não. — Eu tinha certeza de que era mais próximo de vinte.

— Ãrrã. Exatamente dez.

Meu Deus, estou em pior forma do que eu imaginava.

— Hum.

— São cinco — diz ele, antes mesmo de eu ter tempo de me ouvir e me encolher.

— Sabe-tudo.

Ele ri.

— Você preferia estar no quarto, enterrada debaixo dos travesseiros?

— Não. — Pareço uma criança emburrada. Bebericando meu café, eu relaxo, e a casa parece suspirar comigo, o piso de madeira reformado gemendo quando um garçom passa perto com uma bandeja cheia sobre a cabeça. — Este lugar é demais.

— Eu te disse.

Depois do brunch, voltamos e passamos algumas horas na livraria. Tem um teatro de marionetes na área das crianças, e ele insiste para a gente sentar no chão e assistir. É aí que eu descubro que o Graham e suas irmãs mais velhas costumavam criar marionetes de meia e fazer apresentações para os pais. Essa ideia é tão estranha para mim que tenho certeza de que ele está inventando. Na caminhada de volta para o hotel, pergunto a ele que tipo de apresentação.

— A gente fazia marionetes de nós mesmos ou dos nossos personagens preferidos de livros, como *Onde vivem os monstros*, colando lã e olhos que se mexiam. — Tento imaginar um Graham de marionete de meia. — Uma vez a gente fez pinguins, pintamos palitos de sorvete como sabres de luz e colamos nas nadadeiras, aí fizemos uma encenação de *Guerra nas estrelas* no aniversário do meu pai. Ele adora pinguins e qualquer coisa relacionada a *Guerra nas estrelas*.

Marionetes de pinguim com sabres de luz? De jeito nenhum ele poderia inventar isso.

— Então, de acordo com um dos shots que você tomou ontem, você é filha única — diz ele. — Como é... ser o centro das atenções o tempo todo?

Meu primeiro pensamento é que, depois que minha mãe morreu, eu me senti mais uma criança invisível do que o centro das atenções. Aí começo a pensar em como contar que minha mãe morreu. O assunto de família sempre, mais cedo ou mais tarde, traz à tona a história da minha mãe. Não existe um jeito simples de dizer, nenhum jeito de expressar totalmente tudo o que essas duas palavras significam para mim: ela morreu. Os sentimentos ficam abafados a maior parte das vezes, algo que só se consegue com o passar do tempo, mas nunca desaparecem. Eu sei disso, agora. Existem momentos em que eu queria que a dor desaparecesse, mas, na maioria das vezes, é uma dor reconfortante. Eu perdi minha mãe e sinto isso — às vezes como um hematoma que não dói até ser pressionado, às vezes como uma facada.

— Aposto que você foi muito mimada — diz o Graham, diminuindo o passo perto da vitrine estreita de uma loja de skates e pranchas.

— Eu pareço uma pentelha? — faço biquinho, estragando qualquer defesa contra o que ele falou.

— Eu não disse *isso*. Mas consigo te imaginar criança: adorável, sem ninguém por perto para roubar os holofotes. Isso é tudo que você precisa para enrolar os seus pais. Quer dizer, nessa época é uma questão de autopreservação, né? A teoria menos conhecida de Darwin: sobrevivência do mais fofo.

Sorrio, me obrigando a não corar.

— Acho que não sei ao certo se fui mimada ou não.

— É justo. Eu era o mais novo e um monstrinho. Pelo menos é o que dizem as minhas irmãs.

Ele não tem ideia de como estou aliviada por termos desviado do assunto da minha família.

— Mas elas não são desqualificadas para julgar isso, já que eram suas concorrentes em termos de atenção?

— Poderiam ser... mas minha mãe concorda com elas.

Examinando joias feitas à mão na vitrine de uma loja, ele me pega desprevenida, e eu não consigo controlar o riso.

— Isso é terrível!

Ele dá de ombros, como se estivesse resignado.

— Existem alegações de extrema falação, ataques de birra e roubo de biscoitos. Mas não me peça os detalhes. Eu apelo ao direito de permanecer calado. — Seu celular apita e ele o tira do bolso, lendo a mensagem e digitando uma resposta rápida.

— Tenho uma pergunta relacionada à carreira — digo, depois de andarmos um minuto em silêncio. — O que te fez querer interpretar Bill Collins? Você já leu *Orgulho e preconceito*?

— Li depois que fui chamado para o teste. Eu *poderia* dizer que Collins é um personagem complexo e que interpretá-lo vai ampliar meus horizontes, mas, sinceramente, eu financio a minha carreira de ator. Se o meu agente recomenda um papel e eu o consigo, vou em frente. Ficar escolhendo demais pode ser suicídio econômico.

— Hum. — Mostro a língua quando ele sorri e levanta seis dedos, e isso o faz rir.

— E você? Por que Lizbeth Bennet? — Seu celular toca e ele olha para a tela. — Ah... eu preciso atender. Podemos...? — Faço que sim com a cabeça, e ele sai da trilha de caminhada. — Alô? — Faço um sinal para ele de que vou andando em direção ao hotel, a meio quarteirão. Ele faz que sim com a cabeça antes de se virar, com a voz aconchegante e feliz. — Sim, estou aqui, tudo bem?

Quando chego à entrada do hotel, olho para trás. Ele foi para a margem da calçada e está colocando o isqueiro de volta no bolso, rindo, com um cigarro pendurado entre os dedos.

15

Reid

Depois de pedir o café da manhã no serviço de quarto ao meio-dia, mando uma mensagem para Tadd e Quinton para saber qual é a boa de hoje à noite, sabendo que eles podem não responder durante horas. Tenho uma leve ressaca; poderia ser pior. Acho que a adrenalina durante e depois da conversa com a Brooke apagou a maior parte da bebedeira. A última coisa que eu preciso hoje é dela. Precisamos de uma noite dos caras.

Quanto mais eu penso na saída da Emma e do Graham ontem à noite, mais premeditada ela parece, pelo menos por parte dele. Ainda não entendi qual é a dele. Ele é uma concorrência imprevista em relação à Emma, considerando que também está ficando com a Brooke. Sinceramente, não estou acostumado a ter que competir por uma garota. Eu provavelmente devia achar animador, mas não acho.

Tadd me liga meia hora depois.

— Primeiro, *puta merda*, não me deixa mais beber tanto. Segundo, estou dentro da noite de saída com os caras. Mas já vou avisando: se eu me der bem, pode se transformar numa noite de entrada dos caras.

— Tá bom, tá bom. Vou mandar uma mensagem pro Quinton... Não tenho o número do Graham, mas imagino que ele vai ser convidado. — De jeito nenhum eu vou deixar esse cara aqui com a Emma, no mesmo corredor.

— Ele está no quarto ao lado do meu; vou até lá convidar.

Perfeito. Tenho a sensação de que Graham ia suspeitar se o convite fosse meu; não consigo imaginar que a Brooke guardou suas opiniões sobre mim para si mesma. Eu sabia que não tínhamos terminado em termos amigáveis, mas não fazia ideia de que ela seria tão hostil.

— Legal. Oito? Nove?

Tadd solta um gemido de ressaca.

— Nove. Temos o dia livre amanhã.

— Vou ligar pro Bob e avisar que vamos precisar de um guarda-costas e de um carro, talvez carros separados na volta. — Vou trazer alguém comigo, isso é fato. Emma está se mostrando mais esquiva do que eu esperava, e preciso de alguém para me acalmar.

* * *

Quando nos encontramos no térreo, às nove da noite, Bob e Jeff estão esperando para nos levar até o carro. Tadd é o último a descer. Sozinho.

— O Graham vai encontrar com a gente depois?

— Ele disse que vai ficar no hotel hoje.

Paro de repente no meio do saguão.

— O quê?

— Ele disse que ainda está se recuperando da noite passada e vai ficar no hotel. — *Mentiroso.* Ele era a pessoa menos bêbada no quarto ontem à noite. Tadd esbarra em mim e continua andando. — Qual é, cara. Qual é o drama? Vamos.

Não tenho escolha a não ser ir em frente. Os paparazzi são afastados com habilidade por Bob e Jeff e, dois minutos depois, estamos no carro indo para um bar que alguém indicou para o Tadd.

— O que as meninas vão fazer? — Isso não saiu tão espontâneo como eu pretendia, mas, por sorte, o Tadd não se importa.

— Encontrei com a Brooke e a Meredith mais cedo, e elas estavam planejando uma noite só de meninas. A Brooke pareceu tão aliviada por ter uma noite longe de você quanto você por ter uma noite longe dela. — Ele tem a coragem de dar um sorrisinho irônico, mas na verdade eu estou aliviado por saber onde a Emma vai estar hoje à noite. Uau. Isso é *bem* mais atenção do que eu estou acostumado a dispensar.

Quinton se mete.

— O que está acontecendo entre vocês dois, afinal?

— Nada, cara. — Compartilho um olhar rápido com o Tadd e dou de ombros. — Tivemos um lance, tipo, anos atrás, e ela parece não ter superado ainda.

Quinton bate o punho fechado no meu, sorrindo.

— Um brinde a sempre deixar as garotas querendo mais.

Não conto a ele que *querer mais* não é exatamente o que está acontecendo entre mim e a Brooke.

Emma

Minha ressaca desapareceu, mas preciso de uma noite tranquila. Eu *estava* planejando uma conversa longa com a Emily, mas ela tem um encontro com um cara que trabalha na Abercrombie, a algumas lojas de distância da Hot Topic, onde ela trabalha. (Falei que esse cenário contém um grande potencial de estranheza entre o casal, mas ela não gostou muito.) Ela está numa longa abstinência, e a possibilidade de começar o último ano do ensino médio sem namorado e sem candidatos é "intolerável".

Meu plano de recuperação envolve mais do que eliminar a dor de cabeça prolongada. Meu pai e Chloe vão chegar amanhã e ficarão em Austin durante cinco dias. Vou precisar de energia para lidar com o cronograma cansativo de filmagens e o estresse de estar tão perto dela ao mesmo tempo. É demais esperar que ela fique nos bastidores. Chloe não gosta de bastidores.

Decidi não participar do tour noturno por Austin hoje — os caras num grupo e as garotas em outro. O serviço de quarto entrega uma salada de espinafre, e a televisão passa videoclipes com o volume baixo. Impaciente, vou até a minúscula varanda sobre a rua e me apoio no parapeito de pedra, encarando o céu escuro, onde só consigo ver algumas das estrelas mais brilhantes. O centro da cidade é iluminado demais para observar estrelas. As pessoas se movimentam lá embaixo, e, mesmo a essa altura, consigo captar um pouco da conversa e das risadas. E um rastro de tabaco?

— Emma, oi. — Graham está a duas varandas de distância, desencostando do parapeito, fumando. Seus olhos, encontrando os meus, estão pretos com a escuridão e a distância. Ele dá um trago e a ponta do cigarro brilha vermelha perto de sua silhueta, à luz fraca dos postes de luz e faróis lá embaixo.

— Oi. Achei que você tinha saído com os caras.

Uma brisa momentânea passa, ele sacode a cabeça para tirar o cabelo dos olhos e expira um rastro de fumaça que se dissipa em todas as direções.

— Decidi passar hoje.

Faço que sim com a cabeça.

— Eu também.

Ele dá mais um trago e volta a se apoiar no parapeito, encarando o turbilhão de cores e barulhos no nível da rua. Ele não volta a falar e, apesar de eu estar curiosa em relação ao telefonema que interrompeu nossa conversa mais cedo, não consigo pensar num jeito casual de perguntar sobre isso. Volto para o quarto sem interromper seus pensamentos. Penso em arrastar uma das poltronas acolchoadas para a varanda e ler, mas, se o Graham ainda estiver do lado de fora, pode ser meio esquisito.

Depois de analisar o cardápio de sobremesas e me convencer a não pedir uma fatia de bolo duplo de chocolate, pego o livro que comprei hoje de manhã e me ajeito na cama. Meu estômago resmunga em protesto e não fica quieto quando eu murmuro "cala a boca". Abro o livro e sinto o conhecido toque de prazer: o estalar das páginas e da encadernação, o cheiro de tinta. E quase dou um pulo quando o telefone na mesinha de cabeceira toca no volume mais alto.

— Alô? — atendo com o coração aos pulos, procurando o controle de volume.

— Emma? É o Graham. Eu, hum, não tenho o número do seu celular...

— Ah.

— Então... eu pedi um bolo de chocolate no serviço de quarto, e ele é ainda mais enorme do que parecia no cardápio... e eu achei que a gente podia dividir. Se você quiser. Mas entendo se você preferir ficar sozinha.

Dou um sorriso, porque planejei exatamente isso para a noite, assim como tinha planejado inicialmente correr sozinha todas as manhãs.

— *Acabei* de me convencer de que não preciso desse bolo... Mas acho que, se eu dividir com você, não vai contar de verdade.

— Exatamente. Chego aí num minuto.

— Posso pedir um café? — Porque é disso que eu preciso perto das dez horas da noite, quando eu tinha a intenção de dormir cedo: *café*.

— Boa ideia.

Ligo para o serviço de quarto e corro até o banheiro para escovar os dentes. Tenho tempo suficiente apenas para passar um gloss nos lábios antes de o Graham bater suavemente na porta. Quando abro, ele está segurando dois garfos e a fatia de bolo mais gigantesca que eu já vi.

— Uau. Essa coisa é enorme.

— Pois é. Basicamente um bolo inteiro. — Ele passa a mão no cabelo e alguns fios no meio ficam espetados. Está descalço, de calça jeans e camiseta gasta, com o nome de uma banda indie que eu mal reconheço. Emily ia saber qual é.

Arrastamos as poltronas e uma mesinha até a varanda, onde tomamos café e comemos de lados opostos do bolo. O barulho abafado da noite de sábado sobe da rua. Depois de alguns minutos de garfos tinindo e suspiros de felicidade, Graham pergunta o que me fez querer interpretar Lizbeth Bennet, voltando à conversa de hoje à tarde, como se a interrupção tivesse ocorrido instantes atrás, e não horas.

— Que garota não ia querer participar de uma adaptação de *Orgulho e preconceito?* — me esquivo.

— Disse ela, misteriosa — ele retruca, com uma sobrancelha erguida. Ele toma mais um gole de café, esperando, se largando na poltrona, virando mais de frente para mim, com as pernas compridas estendidas.

Puxo os joelhos para cima da poltrona, virando para encará-lo.

— Bom, como a maioria das garotas no mundo anglófono, eu adoro Elizabeth Bennet. Ela é a heroína absoluta, decidida e independente, inteligente, leal, mas ao mesmo tempo ela não é perfeita, não está acima dos erros nem de uma paixão.

Ele faz que sim com a cabeça.

— Quer dizer que, assim que soube do filme, você quis participar?

Uau, ele é bom nisso.

— Não exatamente. Quer dizer, não é Elizabeth Bennet, afinal. É *Lizbeth*, uma versão americanizada. E algumas das falas do roteiro... Acho que sou purista em relação a algumas coisas, e Jane Austen é uma delas.

— Faz sentido. Quando você leu *Orgulho e preconceito* pela primeira vez?

Lá vamos nós.

— Não sei. Era o livro preferido da minha mãe. Eu me lembro dela lendo em voz alta pra mim quando eu era muito pequena. — Meu estômago se agita, e eu culpo o bolo cheio de açúcar e a cafeína, quando a origem desse desconforto é bem conhecido. Evito essa conversa sempre que possível. Eu podia fazer isso agora, com o Graham, mas não vou fazer. Quero contar a ele.

— E o que ela acha? Ela quis que você fizesse o filme, ou também é purista com Jane Austen?

Lá vamos nós, lá vamos nós, lá vamos nós. Cutuco uma unha, encarando minhas mãos.

— Ela morreu quando eu tinha seis anos. — As palavras saem rapidamente, mas de um jeito suave, e quero lhe contar todos os detalhes, tudo, apesar de não conseguir falar mais nada, porque não consigo encarar as partes que eu sempre escondo e guardo sob a superfície. Meu pai e o modo como perdemos a conexão desde que ela morreu. Minha incapacidade de ter uma infância normal, porque estava sempre na frente das câmeras, fingindo ser outra pessoa, desde antes de ela partir. Chloe e o modo como ela espera ser o centro de todos os universos ao seu redor. E eu fico bem, de verdade, na maior parte do tempo. Mas às vezes simplesmente não fico.

Graham não fala até eu olhar para ele. Seus olhos grudam nos meus e não se afastam, desconfortáveis com o fato de que os meus estão cheios de lágrimas.

— Sinto muito, Emma — diz ele.

Faço um sinal de positivo com a cabeça, respiro e pego um guardanapo sob o prato quase vazio, secando os olhos.

— Obrigada.

Ficamos sentados ali fora por um tempo, às vezes falando sobre outros trabalhos que fizemos. Conto a ele sobre o diretor nazista do comercial de suco de uva, e ele me conta sobre a estrela atraente de quarenta e poucos anos de um filme de arte que ele fez uns anos atrás, a qual apareceu na porta do trailer dele usando apenas um robe e nada mais.

— Será que eu quero saber como você descobriu a parte do "nada mais"?

Ele faz uma careta.

— Exatamente como você está pensando.

— Eca... Quer dizer que vocês...?

— Hum, *não*. Eu disse que precisava acordar cedo, e ela respondeu: "Não precisa ter medo, Graham", e eu simplesmente fingi, dizendo alguma coisa do tipo: "Ah, não, não é isso, só estou muito cansado". E não abri mais a porta depois disso. Ela acabou entendendo.

— Uau.

— Pois é — diz ele, rindo. — Pode ser que eu ainda precise de terapia por causa daquela noite.

Terminamos sentados na minha cama, com uns quinze centímetros entre nós, vendo um filme no pay-per-view. Caio no sono mais ou menos na metade. Quando acordo, pouco depois das quatro da manhã, ele não está mais lá. As poltronas estão do lado de dentro, a porta da varanda trancada. O edredom está dobrado em cima de mim como um casulo, e tem um bilhete na mesinha de cabeceira.

Obrigado por me ajudar com a montanha de bolo.
Se quiser correr, estarei lá embaixo às seis.
Graham

Ajusto o alarme do celular para cinco e quarenta.

16

Reid

Eu devia dormir até meio-dia. Em vez disso, estou acordado e encarando o teto às nove da manhã, decidindo quanto eu deveria estar puto.

Entre o jantar tardio e o bar ontem à noite, passamos de carro por Brooke, Meredith, MiShaun e Jenna indo para uma boate. Tadd apontou para elas.

— Olha lá as garotas. Que mundo pequeno, hein!

— Não vi a Emma — comentei.

Quinton bocejou, olhando para elas pela janela de trás.

— É, eu falei com a Meredith mais cedo, no caminho pro elevador. Ela disse que a Emma estava decidindo se ia sair ou não. Parece que ela estava com uma ressaca monstra hoje de manhã.

Isso significa que Graham e Emma deram bolo.

— Filho da *puta* — xinguei.

— O quê? — perguntou Quinton enquanto Tadd sorria e balançava a cabeça para mim. Ele sempre é fã de qualquer garota que me deixa irritado.

Éramos três para três na noite passada, o que, de algum modo, aliviou a irritação — pelo menos até hoje de manhã. Havia uma festa de despedida de solteira no bar: nove garotas e três caras, e *todas* pareciam gostosas. Quinton estava pronto para liderar a ofensiva, mas Tadd alertou que, ao encontrar um grupo como esse, você precisa ficar de olho no efeito da líder de torcida: a inexplicável consequência de algumas garotas maravilhosas trazerem amigas menos atraentes para acompanhá-las, e essas amigas parecerem bonitas meio que por osmose. Possível situação perigosa. Como homem de ação, Quinton estava cético.

Tadd olhou para o grupo de relance.

— Tá bom, olha. À primeira vista, os três caras são lindos. Mas, na verdade, só um deles serve pra passar a noite.

Quinton e eu olhamos para os caras.

— Não estou enxergando isso — disse o Quinton.

— Fácil: é o loiro — falei.

Tadd suspirou.

— Reid, você obviamente tem preferência por cabelos loiros...

Virei as mãos para cima, dando de ombros.

— Loiras são meu padrão.

— Não se deixe enganar pela cor do cabelo. — Ele balançou a cabeça, os cabelos caindo perfeitamente ao redor do rosto, e se aproximou. — Brôu, é *obviamente* o latino. Olha de novo.

Quinton encarou, franzindo a testa.

— Ainda não estou enxergando.

Tadd revirou os olhos.

— Isso porque *você* é desproporcionalmente hétero.

— Espera! A menos que desproporcionalmente signifique *totalmente*: aí eu sou culpado. E, por sinal, Reid, quero prioridade na irmã que parece a reencarnação da Halle Berry.

Tadd franziu os lábios.

— Brôu, a Halle Berry não morreu, então não pode reencarnar.

Quinton esvaziou o copo e se levantou.

— Tanto faz, cara, vou cair matando.

Tadd e eu pegamos cada um um braço dele e o obrigamos a sentar.

— Espera aí, novato — disse o Tadd. — Vamos fazer a Halle e o sr. Alto Moreno e Gay trazerem a amiga mais atraente até *aqui*.

Quinton sentou, ainda não convencido.

— A gente consegue fazer isso?

— Observe e aprenda. — Tadd se virou para mim. — Reid, você acabou de dizer uma coisa incrivelmente engraçada. — E aí ele deu sua Risada-Sexy-de-Tadd-Wyler patenteada enquanto eu sorria e dava uns risinhos junto.

Uma dúzia de pares de olhos viraram para nós. Tadd fez contato visual com seu alvo enquanto Quinton — que aprende muito rápido — fez o mesmo com o dele. Eu parecia alheio, encarando o martíni, tirando a azeitona da minúscula espada de plástico com os dentes. Tadd quebrou o contato visual, só para olhar de novo alguns segundos depois. Quinton deu um sorriso travesso, se empertigando e esticando os braços para trás do pescoço, numa demonstração flagrante de seus bíceps. E aí ficamos sentados e esperamos que eles nos reconhecessem.

Algumas horas, vários dirty martínis e dois charutos depois, Bob estava acompanhando a futura noiva do meu quarto de hotel até o Town Car que a esperava. Política pessoal: não acordo com elas na minha cama. E não se preocupe — de jeito nenhum ela ia conseguir usar o vestido branco comigo.

Emma

Meu pai e Chloe pousaram — ela me mandou uma mensagem para reclamar de uma senhora de cadeira de rodas na frente do avião "atrapalhando todo mundo". Eles vão ter de pegar as malas da Chloe depois de saírem do avião (ela não consegue viajar sem pelo menos duas malas colossais e várias menores), então tenho mais ou menos uma hora até eles chegarem, que passo desejando que tivéssemos filmagem hoje, roendo uma pele solta da unha, verificando minhas roupas, trocando de roupa e ajeitando o quarto de hotel num estado de ansiedade total.

Ela me manda outra mensagem quando está no táxi, chateada porque não tinha uma limusine para pegá-los. Eles reservaram um quarto no mesmo hotel, e ela quer que eu desça até o saguão para encontrá-los quando eles chegarem. Ao sair do elevador, ouço a sua voz irada na recepção um segundo depois de ser tarde demais para voltar. Ela está puta porque o quarto deles não é no mesmo andar do elenco e da equipe. Os produtores deixaram instruções rígidas para a gerência do hotel, com uma lista de hóspedes aprovados para os quartos no nosso andar. Não há exceções, por questões de privacidade e segurança. Infelizmente, "sem exceções" é algo que a Chloe não aceita.

Faço a única coisa que tem sentido naquele momento. Atravesso o saguão dos elevadores em linha reta e me escondo atrás de uma coluna.

— Mas a nossa filha *menor de idade* está no quarto andar! — A voz dela está cada vez mais aguda, e imagino todas as cabeças do saguão virando na sua direção, do jeito que ela gosta. O concierge começa a falar num tom calmo, garantindo que há um quarto adorável reservado para eles um andar abaixo do meu. E acrescenta que vai mandar uma garrafa de champanhe de cortesia em breve, na esperança de tornar a estadia dos dois mais agradável.

Enquanto contorno a coluna para não ser vista, Chloe resmunga um consentimento desanimado, e os dois embarcam no elevador com o carrinho de bagagem superlotado. As portas se fecham e o mostrador exibe o terceiro andar, e fico presa escutando inadvertidamente o concierge brigar com a recepcionista.

— No futuro, diga apenas "Desculpe, senhora, mas o andar está totalmente ocupado".

Dou mais um passo ao redor da coluna. A recepcionista é jovem e magra, tem cabelos pretos e feições clássicas e bonitas. Chloe ia odiá-la imediatamente. Com o rosto vermelho, ela encara o balcão de mármore.

— Parentes de celebridades podem ser irracionais e, se o parente se sentir ofendido, corremos o risco de perder a clientela da celebridade — diz o concierge.

— Sim, senhor — murmura a recepcionista. Graças ao furor da Chloe, a "celebridade" em discussão sou *eu*. Que maravilha.

— Hum, Emma?

Dou um pulo, pega escondida entre a coluna e um vaso de plantas gigantesco.

— MiShaun — ofego. — Meu Deus.

— De quem você está se escondendo? — Ela espia ao redor.

— Da minha madrasta. Ela e o meu pai acabaram de chegar, eles ainda não me viram, e ela já humilhou a recepcionista e o concierge. Eles vão ficar aqui *a semana toda*. Vão interagir com todo mundo. — Fecho os olhos. — Ai. Meu. Deus.

MiShaun pega o meu braço e me leva até o elevador.

— Emma, deixe eu compartilhar uma verdade libertadora sobre a nossa relação com os pais, especialmente quando ficamos adultos. — Ela aperta o botão do quarto andar e as portas se fecham. — As pessoas que nos conhecem e nos amam não vão usar nossos pais, nem seus comportamentos malucos, contra nós.

— Mas e o resto das pessoas, aquelas que não me conhecem e não me amam?

— Foda-se o resto.

* * *

Chloe e meu pai foram convidados por Adam Richter para jantar. Esse evento já seria amaldiçoado por si, mas alguns membros do elenco também vão. Estou pensando em desculpas (garganta inflamada, ataque epilético, morte prematura?) quando o concierge liga para avisar que o táxi chegou; uma sensação de desastre iminente me segue até o quarto deles. Chloe abre a porta usando um vestido preto e sapatos pretos de salto agulha; o vestido é mais curto e mais apertado do que deveria, mas, para a minha madrasta, é praticamente recatado. Assim que solto a respiração que eu estava prendendo desde que saí do elevador, seus olhos me analisam.

— Emma, quando é que você vai começar a usar roupas de adulto? Uma joia estilosa também seria um progresso.

Minha roupa: blusa azul-turquesa de alcinhas e saia meio transparente com estampa aquarelada fluida em vários tons de turquesa. Estou usando pequenas argolas de prata na orelha e o anel da minha mãe na mão direita — um diamante solitário com corte princesa, aplicado numa aliança sólida de platina.

Chloe suspira, retocando o batom escuro no espelho.

— E mais uma coisa. — Ela tira o excesso dos lábios com um lenço de papel. — Um pouco de maquiagem não faz mal a ninguém.

Meu pai sai do banheiro, dando o nó na gravata.

— Acho que estou bem desse jeito — diz ele, colocando um braço sobre os meus ombros, alheio ao ataque dela contra mim, como sempre.

— Ah, *Connor*. — Ela empurra o peito dele de brincadeira.

Foda-se o resto, foda-se o resto, foda-se o resto.

17

Reid

Chego ao restaurante com Richter e uma das assistentes de produção.

— Reserva em nome de Richter, mesa para oito — diz ela ao maître, cujos olhos se arregalam quando me vê. Garçons se embolam para preparar a mesa enquanto Graham e Brooke entram, seguidos de Emma e dos pais dela. A mãe dela é gostosa.

Numa mesa redonda, Emma senta entre o pai e Laura, a assistente de produção, e eu sento ao lado da Brooke. Graham está do outro lado dela, claro, e ela se inclina nitidamente para longe de mim e em direção a ele.

— Oi, sou a Chloe, madrasta da Emma. — Ela se joga na cadeira ao meu lado.

— E eu sou o Reid, par dela no filme. Prazer em conhecê-la. — Estendo a mão e ela dá um risinho. Aperto a mão do pai dela também e sorrio para a Emma.

— Emma — diz a assistente de produção. — Está pronta para amanhã?

— Ãrrã, tudo certo. — O sorriso dela é nervoso, e eu me pergunto por que até uma hora depois, quando Chloe está na terceira taça de vinho, conversando comigo. Minha mãe diria que Chloe não está acostumada a ouvir sua voz interior. E não tem a menor discrição.

Ela apoia o queixo na mão, com o cotovelo sobre a mesa, e se aproxima.

— Me conta: qual é a coisa mais *maluca* que uma mulher já te pediu pra autografar? — Com a mão livre, ela mexe distraidamente no brinco cintilante, depois pousa a mão no meu antebraço por um segundo a mais: modo de paquera clássico. Ela não poderia ser mais oposta à Emma.

Eu me aproximo.

— Bom, uma vez uma mulher linda me pediu para autografar a calcinha dela.

— Tá *brincando*! — A risada da Chloe é alta e um pouco aguda, e, quando olho para Emma, ela parece pronta a explodir. Sua pulsação se acelera na garganta e seus olhos se arregalam na direção do Richter, da Laura e da Brooke.

E depois do Graham. Registro o contato visual entre eles, apesar de não ver o rosto dele deste ângulo. Ela inspira devagar. Sua expressão se recompõe.

Humm.

Richter faz uma pergunta a ela sobre seu último filme, uma porcaria de fim de ano feita para a TV sobre uma mulher surda cuja filha a ensina a tocar violino. Enquanto isso, a conversa da Chloe comigo fica mais explícita a cada minuto ("Ela estava *usando* a calcinha?"), e a Emma está fazendo tudo que pode para ignorar. Se fosse outra pessoa, eu estaria surpreso com o modo como ela está deixando a situação afetá-la. Só que sinto vontade de protegê-la, mas não tenho ideia do que fazer. O conceito de usar um filtro pessoal em público não existe para essa mulher.

Brooke olha rapidamente para a Chloe, depois se inclina para o Graham e sussurra alguma coisa. Ela se empertiga e ri.

— Você não acha?

Sem responder, Graham enche a taça de vinho dele e, depois, a da Emma, cuja mão está apertando um garfo enquanto considera sua eficácia como arma. Ou como dispositivo para suicídio. Seus olhos se conectam com os do Graham por uma fração de segundo, e ela se acalma visivelmente mais uma vez.

Não gosto nem um pouco disso.

Emma

Esta noite é um pesadelo. Quando olho para o meu pai, ele parece mais tolerante com o comportamento da esposa do que horrorizado. Eu nunca entendi o relacionamento dos dois, e acho que nunca vou entender. Perto do fim da refeição, Chloe pisca os cílios para Reid, falando alto e de um jeito efusivo sobre alguma coisa que ele acabou de dizer. A expressão dele é velada, mas não o suficiente para eu não perceber que ele está analisando a Chloe do jeito que um cientista analisaria uma nova espécie esquisita. Ai, meu Deus.

Qual é a sensação de um ataque de pânico? Não consigo respirar, e minha pulsação está irregular, espalhada pelo corpo, e eu queria estar morta. Meu *diretor* está sentado aqui, e os atores que vão contracenar comigo. Todo mundo está encarando a Chloe, me encarando. Olho para o Graham, e ele está me observando, de novo, com olhos simpáticos e reconfortantes. Respiro fundo. Digo a mim mesma que uma hora esta noite tem que acabar.

É aí que o Reid anuncia que vai encontrar o Quinton e o restante do pessoal para irem a uma boate na 6th Street.

— Emma, você vem, né?

Antes que eu consiga responder, a Chloe diz:

— É claro que ela vai! Ah, Connor, podemos ir junto? — Ela bate palminhas como um macaco de corda enquanto o meu pai dá de ombros e concorda. Quero estrangulá-lo.

Pego meu celular no táxi enquanto a Chloe tagarela para o meu pai sobre como o Reid é bonito e simpático.

Tô ferrada. A Chloe está indo com a gente pra boate. Cadê minha capa de invisibilidade?!?

PQP. Quando eles voltam pra casa?

Quinta. Os prédios aqui não são altos o suficiente pra eu pular!

NÃO FALA ISSO. Vou torcer pra ela quebrar o tornozelo. Ou a pélvis.

A mensagem da Emily me dá uma ideia e, quando chegamos lá, consigo convencer todo mundo de que dei um mau jeito no tornozelo correndo de manhã e não posso dançar. Espero um pouco empoleirada num banquinho e dou uma gorjeta de dez dólares para o bartender encher meu copo de água várias vezes. Na primeira chance que eu tiver, vou desaparecer. Ela surge quando a Chloe e o Reid vão para a pista de dança, logo depois de o meu pai escapar sem mim — mais um ponto contra ele, no que me diz respeito.

O hotel fica a apenas dois ou três quarteirões bem iluminados de distância. Apesar da multidão meio bêbada e de alguns comentários típicos de "ei, gostosa", eu me sinto segura. Mas, quando percebo uma mão agarrar meu braço levemente por trás, eu viro de repente, pronta para enfiar um soco no nariz de um cara qualquer.

— Ei, calma. — Graham solta o meu braço, com as mãos para o alto, se rendendo.

— Aimeudeus, Graham. — Espero o coração desacelerar enquanto a multidão se espalha ao nosso redor.

— Achei que o seu tornozelo estava muito machucado. — Ele sorri para mim enquanto começamos a andar na direção do hotel, lado a lado. Eu não o vi na boate, apesar de ter visto Brooke e Quinton dançando.

— Bom...

— Ah, um subterfúgio criativo — diz ele, tirando um cigarro e o isqueiro do bolso.

— Você saiu só pra fumar?

Ele envolve o cigarro com a mão e acende o isqueiro.

— Eu provavelmente saí pelo mesmo motivo que você.

— Duvido *muito*.

— Ah, é?

Por favor, não me faça falar. Olho para o Graham, querendo que essas palavras entrem em seu cérebro. Ele faz que sim com a cabeça, segurando o cigarro na chama minúscula e dando um trago, virando na direção da rua para soprar a fumaça, que faz um rastro atrás dele.

— Graham... imagino que você não goste que te achem hipócrita.

Ele me dá um olhar confuso.

— Certo...

— Então, se você vai me chamar atenção por causa da minha compulsão de falar "hum", acho que é justo eu chamar a sua para um pequeno vício chamado *nicotina*.

— Oh-oh. — Ele dá mais um trago, descartando a guimba antes de entrarmos no hotel. — É, eu sei que você está certa.

Uau. Essa foi fácil.

— E o que você vai fazer em relação a isso?

— Não sei. Já tentei parar algumas vezes. Não deu muito certo. — Ele passa a mão no cabelo enquanto esperamos o elevador. — Foi um fracasso total, na verdade.

— Bom, você está me ajudando a parar de falar "hum" a cada cinco segundos, então talvez eu possa te ajudar. Como foi que você tentou parar antes?

— Abstinência total. — A porta do elevador se abre e nós entramos. Ele aperta o botão 4.

— Ouvi dizer que abstinência repentina não funciona muito bem.

— Ah, é?

— É. Eu, hã, pesquisei no Google sobre parar de fumar. — Andamos pelo corredor, chegando primeiro ao quarto dele.

— Sério? — diz ele, sorrindo. — E o que funciona? De acordo com a sua pesquisa.

— Bom, adesivos e chicletes de nicotina aumentam a chance de sucesso, além de parar com alguém ou ter um grupo de apoio. E antidepressivos ajudam, mas você ia precisar de receita médica pra isso.

— Você pesquisou essas coisas pra mim? Pra me ajudar a parar? — Tem um pequeno franzido entre suas sobrancelhas, e me pergunto se essa interferência é exagerada.

— É...

Ele olha para mim, a boca curvada para cima num dos lados.

— Obrigado.

— De nada.

Ele pega a carteira e tira o cartão-chave.

— Quer entrar, ver um filme ou... provocar mais um coma induzido por bolo?

— Meu Deus, não, eu não consigo comer mais nada hoje.

— Ah. Tá bom, então. Te vejo de manhã?

— Claro. — Percebo, então, que eu só queria recusar a comida, não a companhia dele. Viro para ir até o meu quarto e abro a minha porta quando ele diz:

— Emma? — Seu olhar passeia pelo meu corpo. — Gostei da sua roupa. Meio cigana. Combina com você.

Talvez a noite não tenha sido um desperdício total.

18

Reid

Emma desapareceu ontem à noite. *De novo.* Eu meio que esperava encontrar um sapatinho de cristal na saída, dessa vez. Não que eu não entenda a reação dela quando se trata de sua madrasta. Quando ela desapareceu, eu entendi.

Depois, em algum momento, percebi que o Graham também tinha sumido. Que *diabos?* Meu cérebro me diz para simplesmente recuar, porque existem milhões de garotas para eu pegar. Eu podia sair e voltar com várias neste momento. E a maioria delas ficaria empolgada de fazer o que eu quisesse, do jeito que eu quisesse. Então por que estou reagindo assim a Emma? É o desafio? Foi assim que me senti em relação à Brooke, numa época — e veja aonde isso me levou.

Hoje vamos filmar uma das cenas iniciais: uma festa na casa de Charlotte Lucas, melhor amiga de Lizbeth. Quando chego à locação, sinto como se estivesse preso num catálogo da Pottery Barn. Observo MiShaun e Emma fazerem a cena de abertura, e não me importo se faz sentido. Eu a quero. Nenhum babaca secundário de filmes independentes com pouco talento como Graham vai me afastar dela. Além do mais, que diabos ele está fazendo com a Brooke?

Laura diz que Tadd e eu somos os próximos, então me afasto e faço exercícios de respiração. Tenho tempo suficiente para pensar nisso depois.

INT. CASA DOS LUCAS — NOITE

WILL e CHARLIE olham para outros convidados da festa enquanto LIZBETH se esconde ali perto e escuta a conversa:

CHARLIE

(falando acima da música)

Isso não é demais? As garotas aqui são lindas.

WILL

(de um jeito condescendente)

Charlie, não tem nenhuma garota gostosa nesta festa, fora aquela que estava conversando com você. Concordo com essa, e é só.

CHARLIE

Jane Bennet é a garota mais linda da festa. Mas a irmã dela, Lizbeth, é bonitinha — conversei com ela por alguns minutos. Ela parece legal e inteligente. Bem o seu tipo. Você devia falar com ela.

WILL

Ela é aceitável, acho, mas não vale o esforço.

CHARLIE

Meu Deus, Will, você é impossível, caramba. Alguém um dia vai servir pra você?

WILL

Eu não esperaria em pé.

LIZBETH, indignada, sai do esconderijo e passa marchando por eles, atravessando a sala até Charlotte, que está recolhendo latas de refrigerante e guardanapos descartados.

— Corta! — diz Richter.

Emma

— Emma, boa cena. — Reid está com um macchiato de caramelo duplo, sua bebida cafeinada preferida. Ele toma pelo menos um por dia, às vezes dois ou três, quando Richter o proíbe de consumir mais cafeína, porque ele começa a falar tão rápido que embola as palavras, como uma versão mais jovem e mais bonita do meu agente, Dan. Assustador. — Quando você passou voando por mim e pelo Tadd, foi como um tornado. Eu definitivamente não quero te irritar.

— Sabe, o pessoal chama isso de "atuar" por um motivo — retruco, tentando não sorrir.

— Você é muito convincente como mulher rejeitada, foi isso que eu quis dizer. — Ele tenta parecer sério, com os olhos provocantes.

— Você está sugerindo que eu tenho experiência em ser rejeitada? — Estou tentando parecer sarcástica e brincalhona, esperando não soar megera e ressentida.

Ele olha para mim com as sobrancelhas erguidas.

— Não estou sugerindo nada disso. Só não consigo ver um cara sendo burro como o Will, se a Lizbeth for gostosa como você. — Não consigo impedir o vermelho que sobe pelo meu rosto. — O que aconteceu com você ontem à noite? — Ele é tão bonito de perto que eu perco o fôlego. Sinto como se estivesse parada diante de uma obra de arte. — Eu te procurei e você tinha sumido.

— É, tenho tentado dormir mais ultimamente. — Viro para pegar uma garrafa de água no cooler, quebrando a conexão hipnótica.

Eu quase conto a ele que estou acordando cedo para correr todos os dias, mas não faço isso. Graham e eu somos os únicos do elenco acordados tão cedo, apesar de eu ter cruzado com algumas pessoas da produção. Não que o Reid fosse querer acordar cedo para correr comigo. Digo a mim mesma que não quero essa complicação.

O diretor assistente grita para chamar atenção.

— Muito bem, pessoal, vamos fazer umas filmagens gerais da festa, gente dançando, alguns toques semi-inadequados et cetera, e depois terminamos por hoje. — Esse aviso provoca uma comemoração exausta em todo mundo. — Aos seus lugares!

* * *

Hoje de manhã, Graham estava esperando no saguão quando desci. Conforme nos dirigíamos à trilha, decidindo inverter a direção de sempre para diversificar um pouco, ele olhou para o céu.

— Está nublado hoje. — As nuvens estavam escuras e pesadas, o ar repleto de um cheiro metálico pré-tempestade. — A gente pode pegar chuva.

O céu continuou apenas ameaçador até chegarmos à metade da trilha, quando se abriu por alguns segundos depois de um único barulho ensurdecedor de trovão sacudir o chão e provocar um gritinho constrangedor em mim. Quando começou a chover, olhamos um para o outro e caímos na gargalhada. Ficamos encharcados em cinco minutos. Quando uma área coberta de piquenique apareceu perto da trilha, ele correu até lá e eu o segui. Sentamos na mesa com os pés no banco, encarando a paisagem molhada.

Passei os dedos no cabelo, espremendo a água.

— E aí, o que você decidiu sobre fumar?

— Quero tentar. Parar, quer dizer. — Ele passou as mãos no cabelo pingando, tirando-o do rosto. — Mas não vai ser fácil. — Cutucou meu joelho com o dele. — E aí, está preparada para ser o meu grupo de apoio?

Sorri.

— Acho que eu meio que tenho que fazer isso, já que fui eu que te convenci.

Ele me encarou como se estivesse tentando ler meus pensamentos, e de repente fiquei consciente da proximidade dele, seus olhos analisando o meu rosto.

— Talvez eu não mereça a sua ajuda, depois de te provocar sem dó por causa do seu hábito fofo de falar "hum".

Levando a mão até o meu rosto, ele tirou gentilmente um fio de cabelo molhado da minha testa, ajeitando-o atrás da orelha. (Hábito. Fofo. De. Falar. Hum?) Engoli em seco, minha pulsação latejando tão alto nos ouvidos que abafou o barulho do dilúvio ao redor. Nossos olhares ficaram grudados enquanto ele baixava a mão, roçando na minha orelha, no meu ombro e descendo pelo braço, provocando uma onda de arrepios numa trilha que seguiu seus dedos até minha mão, pousada na coxa.

Respirando fundo, ele desceu da mesa num pulo, puxando minha mão e encarando a chuva.

— Acho que não vai parar tão cedo. Vamos ter que encarar. Só pensa em *café*. — Ele olhou para mim e sorriu. — E eu vou tentar *não* pensar em *cigarro*. Mas sem promessas até eu conseguir esses malditos adesivos.

— Tá bom. — Minha voz estava sem força, fraca demais para ser ouvida.

— Pronta?

Fiz que sim com a cabeça. Ele apertou minha mão uma vez, depois soltou e saiu correndo para a chuva. Eu o segui, com um milhão a mais de perguntas na cabeça do que dez minutos antes.

19

Reid

Walt Riggs, um amigo de Los Angeles vocalista de uma banda, está em Austin para um show amanhã à noite. Estou exausto como o diabo depois de filmar durante doze horas, mas não tenho nenhuma cena amanhã, então falei para ele que podíamos sair hoje à noite. Eu o pego no aeroporto com a limusine e Bob insiste em ir junto. O cara leva a sério o trabalho de guarda-costas.

Enquanto esperamos no carro em frente ao aeroporto, Bob e eu jogamos Call of Duty. Estou acostumado a jogar com o Tadd e o Quinton, por isso não vejo nada de mais em dar um tiro na cabeça do carinha do Bob depois de uma campanha. Fazemos isso o tempo todo. Mas o Bob não está acostumado. Sua boca se abre de repente, e ele me olha.

— Que diabos, cara?

— Hum, desculpa, Bob. Não sabia que você ia ficar chateado.

— Somos *parceiros*. Acabamos de arrasar juntos, Semper Fi e essas merdas, e você me deu um *tiro*. Isso é errado, cara. Isso é muito errado. — Ele balança a cabeça, desapontado. Meu Deus. Nota mental: não jogar Call of Duty com o Bob.

Walt aparece nessa hora, com o cabelo punk emo irregular caindo nos olhos, pulseiras de couro nos braços, camiseta justa, jeans apertado até o tornozelo. Ele sempre se vestiu assim e ouvia um monte de críticas dos irmãos mais velhos atletas e do pai até recentemente, quando de repente se tornou uma estrela do rock. Sua mochila está pendurada num ombro, assim como o estojo da guitarra. Aperto o botão para abrir a janela opaca, gritando seu nome conforme ele olha ao redor. Ele me vê e sorri, vindo devagar enquanto o motorista sai para pegar suas coisas. As pessoas inclinam o pescoço para olhar enquanto ele entrega as coisas.

Ele tem pouca possibilidade de ser reconhecido por muitas pessoas nessa etapa, mas vai ser, e em breve. A revista *Rolling Stone* mandou alguém fazer uma entrevista e um ensaio fotográfico com sua banda uma semana atrás, mais ou menos. Além de sua aparência metade irlandesa, metade coreana — pele clara, cabelo preto como carvão e olhos verdes penetrantes —, o cara tem muito talento vocal.

— Oi, cara. Demais. — Ele analisa a limusine enquanto abro a porta para ele entrar, tirando o cabelo dos olhos.

— É bom você se acostumar.

— É, vamos ver. — Ele olha para o Bob, estendendo a mão imediatamente. — Oi, sou o Walt.

O guarda-costas lhe dá o aperto de esmagar os ossos que eu conheço por experiência própria e rosna:

— Bob.

Walt nem se abala.

— Maneeeeiro. — Ele olha para mim. — E aí, o que vai rolar, cara? Estou totalmente ligado, mas preciso de um banho. O voo foi um horror, o ar-condicionado não estava funcionando direito ou alguma coisa assim. Parecia o inferno no céu. — Ele para, pega o bilhete da passagem e rabisca alguma coisa na parte de trás; imagino que seja uma letra de música.

Olho a hora no meu relógio. Passa um pouco das oito da noite.

— Podemos te deixar no seu hotel e voltar, tipo, umas dez horas?

— Brilhante.

Quando Bob e eu voltamos para o meu hotel, ele diz que o carro vai estar pronto às nove e quarenta. Ele sai do elevador, menos efusivo que o normal, e vira na direção do seu quarto. Eu provavelmente devia ter pedido desculpas de novo por ter matado seu avatar no Call of Duty. Balanço a cabeça, virando para a direita no corredor em direção ao meu quarto, e levanto o olhar bem a tempo de ver o Graham entrando no quarto da Brooke. Eles com certeza estão se pegando.

O quarto da Emma fica a poucas portas do da Brooke e, como eu já sei onde o Graham está — e, portanto, onde ele *não* está —, penso em convidá-la para sair comigo e com Walt. Mas ela teve um dia mais cansativo que o meu — mais cenas, o que significa mais cenas refeitas devido a falhas do tipo o ar-condicionado não dar conta de manter a temperatura na casa e todo mundo parecer brilhante. Além disso, ela tem que gravar amanhã e teria que voltar cedo para o hotel.

Sou um cara paciente. Tá bom, isso é mentira... mas posso ser paciente por um bom motivo. O show de amanhã à noite será perfeito para testar a química entre mim e Emma fora da tela. Eu já tinha planejado convidar o grupo todo. Brooke é alucinada por música, especialmente bandas revoltadas pouco conhecidas mas em crescimento, como a do Walt. Ela *definitivamente* vai estar lá e, sem dúvida, vai ocupar a atenção do Graham, deixando a Emma para mim. Passo reto pelo quarto da Emma e viro alguns shots de vodca no meu quarto para relaxar.

Emma

Depois do dia de filmagem, eu estava cansada demais para pensar, quanto mais fazer qualquer coisa além de vestir um short e uma camiseta, pedir uma tigela de frutas no serviço de quarto, dar algumas garfadas e desmaiar. Graças a Deus meus pais decidiram sair sozinhos hoje à noite.

Eu poderia jurar que o Graham ia me beijar hoje de manhã, e eu *queria* que ele fizesse isso, mas ele virou e foi embora. Ou fugiu, o que é mais provável. Por causa da Brooke? E aí eu fui para o set, e o Reid estava atencioso e me paquerando o dia todo, mas não tenho certeza se ele quer mais do que um passatempo. Acho que não é isso que eu quero.

Adormeci cedo demais, com pensamentos sobre Reid e Graham girando na cabeça, e acordei às dez da noite com as imagens ritmadas de um clipe do Nirvana na TV: "Come as You Are". Dormi por duas horas, e sei que não vou conseguir pegar no sono de novo pelo menos pelas próximas duas. Caminho sem rumo pelo quarto, inquieta, como alguns amendoins do frigobar, escovo os dentes, vejo uns vídeos, faço uns abdominais.

No fim, pego a chave do quarto, abro a porta e dou uma espiada no corredor. Não tem ninguém do lado de fora. Vou na ponta dos pés até a porta do Graham e bato de leve, espero uns vinte ou trinta segundos e bato de novo, um pouco mais forte. Nada. Quando viro para voltar ao meu quarto, ouço uma porta se abrir a uma certa distância no corredor. Olho para trás e vejo o Graham saindo do quarto da Brooke. *Meeerda.* Praticamente corro até o meu quarto, enfio o cartão na fechadura e, pela primeira vez, ele pisca em verde imediatamente e eu entro, fechando a porta. *Droga. Droga. Droga.*

Um minuto depois, Graham bate na minha porta; eu sei que é ele sem olhar. Mordo a unha do dedão, pensando. Ele talvez quase tenha me beijado hoje de manhã e acabou de sair do quarto da Brooke. Mas somos amigos, e nada aconteceu de verdade entre nós, e é bobeira me recusar a falar com ele só porque ele estava no quarto dela.

Respiro fundo e abro a porta, usando todas as minhas habilidades de atriz para exibir uma expressão agradável no rosto. Seus braços estão apoiados na moldura da porta, o corpo magro e musculoso ocupando o espaço todo. Não presto atenção em nada além de como ele está casualmente sexy: descalço, usando calça jeans e uma camiseta branca.

— Oi. — Seus olhos escuros analisam o meu rosto. — Você precisava de alguma coisa? Eu só... achei que você estava batendo na minha porta...

— Ah, não. Quer dizer, *não*, eu não preciso de nada, e sim, eu estava batendo na sua porta, mas tudo bem. Só estou entediada. Dormi por um tempo, e agora estou acordada e meio ligada... — *Cala a boca, Emma.* — E... hã... é isso.

— Entediada, é? O que você tinha em mente?

Tento afastar as respostas que se atropelam, principalmente: "Entra e termina o que você começou hoje de manhã".

— Não sei. Eu só pensei que talvez você ainda estivesse acordado ou sei lá...

— Bom, você estava certa. — Ele sorri, se alongando na moldura da porta, as mãos segurando o topo, a camisa se levantando de um jeito provocante e mostrando um pedacinho de pele. — E aí? Posso entrar?

— Ah. — Recuo para dentro do quarto. — Claro. Desculpa. Caramba. Acho que eu ainda estou meio confusa com o cochilo.

Ele passa por mim e se joga numa das poltronas, e eu sento na cama, cruzando as pernas sob mim.

— Quer ver alguma coisa? — pergunta ele, inclinando a cabeça na direção da televisão. — Ou... posso te interrogar, descobrir todos os seus segredos.

Minha cama está desfeita, cobertas e travesseiros jogados, e a única luz no quarto vem de um abajur pequeno e de imagens piscantes da MTV. Depois de uma vida inteira lendo arrumações de cenários, sei que esta é a definição de íntimo.

— Você já sabe muita coisa sobre mim, mais do que muitas pessoas — digo. — Sou relativamente sem graça.

— Hummm, acho que isso não é verdade. E eu nem sei as coisas básicas. Tipo, quantos anos você tem? — Ele se inclina para frente na poltrona, com os cotovelos apoiados nos joelhos.

— Bom, *esse* certamente é um assunto estimulante. Tenho dezessete por mais dois meses e... — faço as contas de cabeça — ... três semanas.

— Dezoito daqui a menos de três meses.

— É... Surpreso?

— Bom, sua aparência é de mais nova que isso, mas você parece mais velha, mais madura. Não é surpresa; eu só não tinha certeza.

— E você, quantos anos tem? Vinte?

— Isso, desde junho. Como você sabe?

Eu *não* vou contar que o pesquisei na internet.

— Bom, você *parece* mais novo que isso, muito imaturo, na verdade, mas a *aparência* é de mais velho... — Dou risada com a expressão chocada em seu rosto, depois ele rosna e começa a se levantar da poltrona. Recuo na cama, balançando a cabeça e ainda rindo. — Nãããão...

— Quer dizer que eu pareço um cara velho e imaturo, é isso que você está dizendo? — Um dos cantos da sua boca se curva para cima, e ele coloca um joelho sobre a cama, me seguindo.

— Positivamente decrépito. — Levanto as mãos, claramente fingindo me proteger enquanto ele avança. Estou quase do outro lado da cama quando ele agarra minhas mãos com uma dele, passando o outro braço ao redor da minha cintura e me puxando na sua direção. Em dois segundos, estou deitada de costas, e ele está de joelhos ao meu lado.

Ele solta um punho por tempo suficiente para pegá-lo com a outra mão e prende minhas mãos na cama, dos dois lados da minha cabeça. Seus olhos estão pretos na luz fraca do quarto.

— Você se rende?

Meu coração está batendo forte, e eu estou formigando da cabeça aos pés.

— Me rendo a quê? — sussurro, meu peito subindo e descendo, os olhos grudados nos dele.

Seu olhar não oscila.

— Um beijo.

Imagens surgem na minha mente: a sinceridade da preocupação dele quando falei que perdi minha mãe. A sensação dele sentado ao meu lado hoje de manhã, ensopado e tocando o meu rosto. O susto de vê-lo saindo do quarto da Brooke poucos minutos atrás. Nada disso é lógico ou faz sentido, e eu quero me importar com isso, mas não encontro força de vontade para resistir — não só a ele, mas ao meu próprio desejo ou curiosidade ou o que seja. Não me importa o quê. Eu quero esse beijo.

Ele me segura com menos força e começa a recuar, porque eu não respondi.

— Sim — sussurro, e ele congela.

— Sim?

— Sim.

Ele passa os dedos na lateral do meu rosto, da têmpora até o pescoço, fazendo uma trilha, então do pescoço até a cintura. Sua mão direita se move palma a palma com a minha esquerda, entrelaça nossos dedos enquanto ele abaixa a cabeça e, em seguida, sua boca está se movendo sobre a minha, com suavidade e cuidado. Aperto a mão que está segurando a minha e me aproximo dele, agarrando sua camiseta com a mão livre, e ele aprofunda o beijo, deitando ao meu lado, com um joelho sobre a minha coxa. A mão na minha cintura desce até o quadril, se movendo sobre a minha perna nua até o ponto sensível atrás do joelho. Sua mão é quente em minha pele, puxando minha perna sobre a dele até estarmos embolados no meio da cama, seu ombro sob a minha cabeça, o braço me envolvendo. Sua língua traça meus lábios devagar, separando-os, entrando em minha boca. Solto um gemido, abrindo a boca e me apertando contra ele.

Rápido demais, ele se afasta, nós dois ofegando, puxando ar como se estivéssemos debaixo d'água. Passando os dedos de um jeito provocante no meu cabelo, ele ajeita uma mecha atrás da minha orelha, e fecho os olhos enquanto ele envolve meu rosto com a mão, o dedão acariciando minha bochecha e meu maxilar. Nossa pulsação diminui enquanto ficamos deitados ali, quase parados, durante vários minutos.

— É melhor eu ir. — A voz dele está baixa e rouca, cheia de tudo que ele não diz.

Abro os olhos para encará-lo, querendo protestar, mas nenhuma palavra coerente sai. Seus olhos estão tão escuros que não têm cor, apenas profundidades resguardadas, cheias de pensamentos e motivações que não consigo decifrar.

— Te vejo amanhã — diz ele, se libertando devagar das minhas pernas e mãos. Ele se inclina sobre mim, beija minha testa, vira e sai do quarto sem olhar para trás. Fico deitada sem me mexer, exceto pela entrada e saída de ar dos pulmões, as batidas do coração e a pulsação nas veias. Quase convencida de que sonhei a coisa toda, durmo e sonho com isso. Várias vezes.

20

Reid

Walt está numa fase meu-corpo-é-meu-templo. Não quero julgar — afinal, talvez ele tenha batido com a cabeça na parede. Ele pegou muito pesado durante um tempo, entrando numas merdas em que eu nem toco. E olha que eu já toquei em muita coisa. Estamos no bar onde eles vão tocar amanhã e, enquanto estou na segunda cerveja, Walt convenceu a bartender a aquecer água para ele tomar uma xícara de *chá* (ele trouxe o próprio saquinho).

É, o cara que é metade asiático está tomando chá *no bar.* E eu não acredito que isso conseguiu atrair algumas das garotas que estavam por perto.

Bob, obviamente ainda ofendido porque eu atirei no seu avatar, mandou Jeff nos acompanhar hoje. Jeff é bem imponente. Ele tem tanta massa quanto Bob, é coberto de tatuagens e tem uma cicatriz fina que atravessa uma sobrancelha, chegando até a bochecha e descendo pelo maxilar. Em algum momento, eu vou estar bêbado o suficiente para perguntar como ele a conseguiu. Só espero me lembrar da resposta, se ele contar. Deve ser uma história e tanto.

A banda é boa. Não tão boa quanto a do Walt, mas decente. O espaço em frente ao palco baixo está cheio de pessoas dançando — principalmente garotas. Conforme a noite segue, elas começam a notar o Walt e eu... e o Jeff. Esse é o problema dos guarda-costas. O objetivo principal é intimidação, com proteção logo atrás, em segundo lugar. Se houver intimidação suficiente, o elemento de proteção não precisa aparecer. Isso tudo é ótimo quando há uma ameaça, que não é o caso, neste momento. Estou prestes a mandar o Jeff ficar invisível quando duas garotas finalmente se afastam do rebanho e se aproximam.

— Com licença — diz uma delas. — A gente achou que vocês pareciam solitários. — Nada muito original. Mas as duas são deliciosamente gostosas, então quem se importa?

Aparentemente, o Walt se importa.

— Nah. Estou curtindo a música e observando vocês dançarem. Reid?

O rosto da garota passa pelas emoções de ter sido rejeitada e então elogiada, depois seus olhos se arregalam e ela olha para mim, piscando.

— Você é *mesmo* Reid Alexander? A gente achou que você se parecia com ele, mas é você de verdade? Você não está me zoando?

Jeff se empertiga e cruza os braços. A postura não passa despercebida, mas também não faz as duas desistirem.

— Sério? — diz a segunda garota. — Aimeudeus. — Ela olha de novo para o Walt.

— Não sou ninguém — diz ele e toma um gole de chá, observando-a através da franja preta.

Ela parece não acreditar nele.

— Então ele — ela aponta para o Jeff — não vai se importar se eu levar *você* comigo?

Walt ri.

— Acho que não, em teoria. Só que eu não estou interessado em ir a lugar nenhum. Mas você pode sentar com a gente.

Ela olha para o colo dele enquanto ele puxa com o pé uma cadeira vazia de uma mesa próxima. Enquanto ela está pensando, uma música pop gravada começa a tocar, porque a banda está no intervalo. As duas garotas soltam gritinhos e nos chamam para dançar. Alguma coisa na expressão do Walt diz: *Por Deus, não*, mas ele meio que sorri.

— Não, obrigado.

Nesse momento, a guitarrista da banda, uma garota cheia de curvas com cabelo roxo, vários piercings e enormes olhos azuis, desliza por entre as garotas e senta na cadeira, ignorando completamente as duas e a mim e se inclinando na direção do Walt. O pé dele ainda está enroscado na perna da cadeira.

— Você é Walt Riggs. — Ela estende a mão. — Eu sou a Carrie. — Ele pega a mão dela e a vira para ler o texto da tatuagem em seu pulso, que parece latim. — Basicamente, "já passei por isso" — diz ela.

— Legal... Você já passou por tudo o suficiente para escrever isso de forma permanente?

Ela dá de ombros.

— Talvez não. Mas estou quase lá, e já tenho a tatuagem dizendo isso quando eu chegar lá.

Ele dá um sorriso genuíno, e ela ri de um jeito rouco e sincero. Tenho que reconhecer que ela é, de longe, a garota mais intrigante daqui.

— Já volto — digo, levando as duas outras garotas, nas quais o Walt não está prestando a mínima atenção, para a pista de dança.

Jeff e eu o deixamos em seu hotel umas duas horas depois. Achei que ele ia levar a Carrie para o quarto, porque eles conversaram o tempo todo quando ela não estava tocando, mas ele disse:

— Não, cara, isso é um relacionamento profissional, saca? Já ouviu a frase "onde se ganha o pão não se come a carne"?

— Mas você acabou de conhecer a garota, como pode ser um relacionamento profissional?

Ele morde a bochecha, pensando.

— Essa é a questão. Como poderia ser profissional, se um usasse o outro pra sexo agora?

Hum.

— Se você estivesse usando a garota, acho que esse argumento faria sentido. Mas e se for mútuo?

Ele sorri e balança a cabeça.

— Nunca é mútuo. Alguém sempre quer mais. A mente das pessoas é complexa, cara.

Penso nisso por uns cinco segundos.

— Tá bom, me manda mensagem amanhã com a hora em que a gente precisa estar na entrada dos fundos. São entre cinco e dez pessoas.

— Maneiro. Te vejo amanhã.

Emma

A última coisa que eu esperava, depois de um beijo daqueles, era correr sozinha na trilha hoje de manhã.

O saguão estava deserto, exceto pela recepcionista e por mim. Nada incomum, porque era cedo e eu já tinha descido antes do Graham outro dia. Peguei o jornal numa mesa do saguão e li em pé, com a certeza de que ele ia descer a qualquer minuto. Eu estava nervosa, com as mãos frias e o estômago agitado, mas certa de que, quando começássemos a correr, essas sensações iam desaparecer.

— Srta. Pierce? — Virei e encontrei a recepcionista em pé a mais ou menos um metro de distância. — Tenho um recado para você. — E me entregou uma folha de papel dobrada, com "Emma Pierce" escrito do lado de fora. Reconheci a letra do Graham pelo bilhete que ele deixou na minha mesinha de cabeceira algumas noites atrás.

Emma,

Aconteceu uma coisa e eu tive que ir para casa. Me desculpa por não poder correr com você hoje de manhã, como sempre. Pode ser que eu demore uns dias para voltar. Ainda não sei ao certo. Só não queria que você ficasse me esperando.

Graham

Durante alguns minutos, eu me perguntei se havia uma mensagem oculta na última frase. E depois fui correr sozinha, feliz com meu hábito matinal renovado, que me deu algo que nada mais conseguiu: a capacidade de me concentrar em pouca coisa além de colocar um pé na frente do outro, marcando o tempo ao contar cada passo, até finalmente voltar para o quarto e tomar um banho quente.

* * *

— Terra chamando Emma. — MiShaun interrompe minha falta de atenção. Enquanto a equipe de filmagem trabalha em tomadas de cenário na frente da casa dos Bennet, estou sentada à mesa da cozinha, encarando a janela dos fundos, repensando o beijo do Graham à luz de sua ausência súbita e da mensagem possivelmente enigmática.

— Desculpa, MiShaun. — Não tento inventar uma desculpa, porque já usei demais a defesa de falta de cafeína, quando o motivo real não tem nada a ver com estimulantes líquidos. Não consigo tirar aquele beijo da cabeça. Além disso, antes de nos beijarmos, ele tinha acabado de sair do quarto da Brooke. Não tenho a menor ideia do que ele estava fazendo com ela, apesar de ter afastado esse pensamento da cabeça antes de nos beijarmos.

— Eu ia ver se você queria repassar as falas, mas, se estiver precisando não pensar em nada, longe de mim interromper... — Ela parece curiosa. Eu devo estar mais distraída do que pensava.

— Não, estou bem, só... com muita coisa pra pensar ultimamente, com os meus pais ainda aqui. — A verdade é que eu praticamente esqueci que eles estão aqui. — Acho que não vamos fazer as cenas do shopping esta semana, né?

— Ouvi dizer que eles vão segurar as cenas do shopping até a semana que vem, porque o Graham está nelas.

— Ah, sim, o Graham... — digo como se não estivesse pensando nele o dia todo. Faço círculos na mesa com o dedo. — Por que ele saiu de Austin? Alguém falou alguma coisa?

— Ouvi falar em problema de família em Nova York.

Eu me sinto culpada na mesma hora.

— Que tipo de problema de família?

MiShaun dá de ombros.

— Tenho certeza que a gente vai ficar sabendo quando ele voltar.

Tenho o peso emocional de uma bola de pingue-pongue, voando de um lado para o outro entre os sentimentos pelo Reid e pelo Graham, não importa o que eles sintam. Na superfície, Reid não está prestando atenção em ninguém além de mim, enquanto Graham muitas vezes está ocupado com a Brooke. Reid é um safado reconhecido, e Graham — quem sabe o que ele está fazendo? Na noite passada, ele foi direto do quarto da Brooke para o meu e, como uma idiota, eu deixei que ele me beijasse. A situação devia ser clara... mas o beijo me pareceu tão certo.

E aí ele desapareceu hoje de manhã, e tudo está mais confuso do que nunca.

— MiShaun? Você é muito boa para dar conselhos...

— Você precisa de mais? Manda bala, baby.

Engulo em seco.

— Tá bom. Então... como você decide se deve seguir a lógica ou a intuição? Quer dizer, quando uma coisa *parece* uma coisa, mas *dá a sensação* de outra... como você sabe qual é a verdade?

Ela deixa as páginas sobre a mesa e nivela o olhar com o meu.

— Você está falando sobre o Reid?

— O quê? Não, é só uma pergunta geral, sem relação com ninguém específico. — Apenas *dois* ninguéns. Eu devia estar cruzando os dedos sob a mesa.

Ela pressiona os lábios, com um franzido se formando na testa. Por fim, suspira.

— Às vezes não dá pra saber. Mas vou lhe dizer o seguinte: se os fatos estão em conflito com os seus sentimentos, você precisa de mais informações antes de decidir.

— Mesmo que os seus sentimentos pareçam ser *muito* certos? — pergunto, sabendo a resposta.

— *Especialmente* nesse caso. — Ela estreita os olhos para mim, com uma sobrancelha erguida. — Tem certeza que não é sobre o Reid? Porque essas parecem as perguntas que uma garota se faria depois de ser beijada por ele até perder os sentidos.

— A gente não... Eu não...

— Ãrrã.

— Percebi que você foi deixada no hotel na segunda à noite — solto. — E o motorista parecia meio conhecido... — Emily chama isso de redirecionar o assunto. Ela é muito fã dessa tática quando está perdendo uma discussão com a mãe. — MiShaun, você está ficando *vermelha*?

— Não seja ridícula. Meu povo não fica vermelho. — Ela veste seu rosto formal e adequado e eu sorrio, porque ela está *errada* em relação a isso. — Bom, eu obviamente não sou tão sorrateira quanto pensava.

— Como ele é? O que ele faz?

— Ele é da área de computadores. Não sei os detalhes e já falei para ele não se preocupar em contar, porque fico desorientada quando preciso fazer qualquer coisa no meu notebook além de ligá-lo.

— Área de computadores? Hum... — Eu me pergunto vagamente se esse "hum" conta no cálculo do Graham. *Ele não está aqui para analisar as regras, então eu digo que não conta.*

— Entre outras coisas. — Um sorrisinho aparece no seu rosto.

— Tipo?

— Ah, Emma. Você sabe que eu não sou de contar coisas íntimas.

— Certo — digo. — Mas você pode me perguntar sobre beijar o Reid Alexander.

Como se ouvisse a deixa, Reid aparece, para e coloca a mão no encosto da cadeira ao meu lado.

— O que foi? — Ele sorri e eu sei que me ouviu.

— Hã, a gente só estava, é...

— Repassando as falas — diz MiShaun, ajeitando as folhas e as colocando entre nós. — O que você está fazendo aqui, sr. Alexander? A tarde de hoje é uma cena entre Lizbeth e Charlotte. E, por mais que os produtores gostassem de ter seu rostinho bonito em todas as tomadas possíveis, você não está na filmagem de hoje.

— Eu tive que conversar com o Richter sobre um assunto. Além disso, tem um show hoje à noite. É uma banda de Los Angeles, eu conheço o vocalista. Ele disse que a gente pode entrar pelos fundos, longe da multidão, e ficar numa área isolada para os guarda-costas poderem agir. Vocês topam?

Faço um sinal de positivo com a cabeça para MiShaun, e ela diz:

— Claro, a gente topa.

— Legal. A gente se encontra no saguão às oito para jantar, e a banda começa mais ou menos às dez. — Ele tamborila no encosto da cadeira, os olhos azuis cintilando. — Vou deixar vocês voltarem ao... assunto que estavam discutindo.

21

Reid

— Mesa pra sete em nome de Alexander. — A recepcionista levanta a cabeça e sua expressão muda para aquela de olhos arregalados a que estou acostumado fora de Los Angeles ou Nova York. Você quase pensaria que celebridades são seres imaginários, pelo modo como as pessoas reagem quando nos veem em público. Como se alienígenas tivessem pousado na Terra ou Jesus tivesse ressuscitado. Minha presença por si só teria sido suficiente para ela, mas o acréscimo de todas as pessoas que ela consegue reconhecer no grupo a torna incapaz de falar sem gaguejar. Brooke, MiShaun, Quinton, Tadd, Jenna e Emma estão comigo. Graham, aparentemente, foi para sua casa em Nova York ontem à noite, e eu estou *muito* chateado com isso. Só que não.

Tomo cuidado para não haver toques visíveis entre mim e Emma, apenas leves roçadas aqui e ali — minha mão na sua lombar desde o carro até a porta do restaurante e, depois, até a mesa. Meu braço no encosto da sua cadeira. Nossos ombros e coxas pressionados um no outro de vez em quando, enquanto todos conversamos e interagimos durante o jantar. Se as coisas acontecerem conforme o planejado, ela não vai ter que esperar até o lançamento do filme para ser famosa, porque todo mundo quer saber com quem eu estou saindo. Paparazzi. Revistas e sites de fofocas. Ela vai ter que se acostumar com isso — o modo como as pessoas sabem quem eu sou e, por causa disso, acham que me conhecem. Fama significa pessoas gritando seu nome, te amando, te odiando, tudo de uma vez só.

Quando chegamos à boate, usamos a entrada da banda que o Walt ofereceu, em vez de passar pela multidão. Os corredores dos fundos são um labirinto escuro e entulhado, e eu pego a mão da Emma enquanto somos conduzidos pelo gerente. Nós o seguimos até uma área restrita, bem perto do palco, onde podemos sentar e assistir sem ser reconhecidos ou perturbados. Bob e Jeff ficam por perto.

Eu adoro minhas fãs, mas queria que de vez em quando elas sumissem e me deixassem viver a minha vida. Acompanho a Emma até um ponto perto da parede. Pelo modo como as cadeiras estão arrumadas, não tem ninguém atrás de nós nem na frente — é o mais privativo possível. Quinton está perto de mim, e Brooke, claro, está o mais longe possível. Meu braço está apoiado no encosto da cadeira da Emma enquanto a banda de abertura termina o último set de músicas.

O som é ensurdecedor, então não dá para conversar muito. Entre um set e outro, a Emma pergunta se eu conheço algum dos membros da banda.

— Conheci o guitarrista quando eu saía com o Walt em Los Angeles. Os outros caras eu não conheço.

— Legal — comenta ela.

A música é *boa*, e o Walt é incrível. As garotas reunidas diante do palco se empurram para ficar na frente dele, mas ele não permanece num lugar só. Toca para o público inteiro, e todo mundo se envolve. O chão pulsa com as notas do baixo, enviando ondas de vibração pelas minhas pernas. Olho de relance para a Emma, que sorri, se aproxima e diz:

— Ele é demais.

— Não é?

Minha mão vai para o ombro dela, massageando os músculos distraidamente. Ela relaxa sob meu toque enquanto meus dedos deslizam por sua nuca, e o momento diz *agora, agora, agora*. Quando me aproximo, virando a aba do boné do Lakers para trás, ela não se afasta. Aninhando a cabeça dela no meu ombro, com a batida ecoando através de nós e a sensação estranha de privacidade oferecida pela escuridão enevoada e por centenas de pessoas concentradas em outra coisa, eu a beijo. Não tem roteiro nem equipe de filmagem, e é diferente de tudo que fizemos na frente das câmeras, onde eu tenho que ser o cavalheiro que conduz, num movimento coreografado em termos de sombras e ângulos de câmera e mais uma centena de aspectos envolvidos na gravação de uma cena. Deslizo a língua pela dela e aprofundo o beijo até sentir sua hesitação se derreter. Quando me afasto, seus olhos se abrem devagar, encarando os meus.

Voltamos ao hotel e eu a levo até o seu quarto, beijando-a mais uma vez, com rapidez e doçura — nada como o beijo durante o show —, apesar de as ideias agradavelmente maliciosas de tudo que eu gostaria de fazer com ela estarem martelando na minha cabeça.

Meu amigo John vai estar na cidade amanhã — ele disse que sempre quis visitar o Texas e está absurdamente entediado em Los Angeles. Esse é o John. Dinheiro demais, tempo demais, nada de fama. Acho que sair comigo é como uma droga para ele — é como se fosse famoso também, e ele adora isso. Acho que ele precisa de mais uma dose.

Tadd e eu conversamos mais cedo sobre ir até o sul para fazer tubing no rio Guadalupe. Desaparecer por alguns dias seria uma boa ideia, porque é assim que garotas como a Emma funcionam: elas só precisam receber atenção suficiente para saber que estão no seu pensamento. Uma ou duas mensagens por dia, beirando a malícia, e ela vai estar pronta no sábado.

Acho que estou gostando desse negócio de ir devagar.

A manhã toda eu fico corando sem nenhum motivo aparente — todas as vezes em que penso no fato de que beijei dois caras insanamente gostosos nos últimos *dois dias*. Ainda não tive notícias do Graham. Reid me mandou uma mensagem de manhã, me desejando boa sorte na filmagem de hoje.

Suas fãs sabem onde estamos filmando e apareceram cedo para ficar bem perto das barricadas que cercam a casa. Mas *ele* não vai gravar hoje, então todas, exceto as mais insistentes, acabam indo embora. Chloe e meu pai vão visitar o set hoje à tarde e, quando o táxi deles chega, há uma empolgação renovada entre as cerca de dez fãs até eles saírem. A roupa de hoje da Chloe consiste em calça jeans justa de cós baixo, sapato plataforma e uma bata decotada que ficaria mais adequada em alguém que estivesse no ensino médio. E não estou falando de alguém que estivesse *dando aulas* no ensino médio.

Quando saio para autorizá-los a passar pela segurança do set, algumas fãs gritam: "Emma!" Viro e aceno, surpresa porque elas sabem quem eu sou.

A agenda da tarde inclui principalmente uma cena com Tim Warner e Leslie Neale no papel de pais de Lizbeth, o que faz Chloe ter um surto de entusiasmo insuportável. Enquanto Tim e Leslie estão discutindo a interação que vão gravar primeiro, Chloe interrompe para dizer que é muito fã dos dois desde pequena. Tim para de falar, estupefato, e Leslie a encara por um segundo antes de dizer:

— Obrigada, querida, e quem é você?

— Ah! Sou a mãe da Emma! — Eu me encolho por dois motivos: essa afirmação meio mentirosa e o fato de ela estar legitimamente ligada a mim.

Enquanto sonho com portas de alçapão e os benefícios da areia movediça, Leslie e Tim viram para mim, e tento me obrigar a pensar:

Foda-se o resto, apesar de que a última coisa que eu quero é que esses dois atores de destaque tenham uma opinião ruim sobre mim, mesmo que MiShaun esteja certa e não seja justo eles me julgarem com base na Chloe.

Leslie se recupera primeiro.

— Bom, com certeza você tem orgulho da Emma. Ela é tão talentosa. Mas, neste momento, precisamos ajustar essa cena. Se você puder ficar à vontade e assistir ao trabalho da Emma... — Ela leva a Chloe até uma cadeira fora do set e faz sinal para uma assistente, pedindo que ela leve alguma coisa para a sra. Pierce beber. Quando vira de costas para uma Chloe surpresa e calada, Leslie me dá uma piscadela.

Acho que eu amo essa mulher.

* * *

No fim do dia, estou exausta e com umas cinco ou seis horas de sono interrompido, mas a Chloe insiste em sair para jantar, já que eles vão embora cedo amanhã. Eu só queria pedir algo no serviço de quarto, conversar com a Emily sobre toda a beijação e dormir um pouco.

— A gente volta cedo — diz o meu pai. — Ainda não tive a chance de dizer como você esteve ótima hoje. — Sem conseguir evitar, eu me derreto com as palavras dele e apoio a cabeça no seu ombro enquanto ele dá um tapinha no meu joelho.

Durante o jantar numa churrascaria local, Chloe fala por uma hora e meia sobre como a Leslie foi sensacional enquanto meu pai consegue dizer uma ou duas frases elogiando a *minha* atuação. No táxi de volta ao hotel, pego o celular na bolsa para mandar uma mensagem para a Emily. Tem duas chamadas perdidas e duas mensagens dela; o restaurante estava tão barulhento que eu não ouvi os toques. A primeira mensagem diz:

ME LIGA.

Isso é assustador, considerando as letras maiúsculas, mas a segunda, enviada meia hora atrás, é bem mais assustadora:

> JOGA SEU NOME NO GOOGLE E DEPOIS ME LIGA.

Quando chego ao meu quarto, ligo o notebook e digito meu nome na caixa de busca. E ali, espalhadas por toda a internet, em locais que incluem todos os sites de fãs de Reid Alexander, estão fotos claras e especulações desenfreadas sobre Reid e seu atual par romântico, Emma Pierce, que estavam se beijando fora da tela, numa boate em Austin.

Ai. Meu. Deus.

Eu tinha mandado uma mensagem para a Emily sobre o beijo na noite anterior, mas há uma grande diferença entre receber os fatos sem enfeites por texto e ver em cores granuladas num monitor de dezessete polegadas, com fotos do ato em close.

— Eu não tinha ideia que alguém podia ver a gente. Ai, meu Deus.

— Não há motivo para entrar em pânico. Vamos ser lógicas. Tudo bem, *Reid Alexander te beijou*, de verdade, sem luzes-câmera-ação. E, como praticamente noventa por cento das garotas fariam se encarassem os lábios de Reid Alexander, você topou.

— Isso.

— Então, qual é o problema exatamente, além da exposição para o mundo todo? Você disse que ele beija muito bem.

— Ele beija... mas... tem uma, hã, complicação que eu ia te contar hoje, antes de saber disso tudo. Lembra do cara com quem eu tenho corrido?

— Graham, né?

— Isso. Bom, ele me beijou. Na segunda à noite.

— Tudo bem, volta essa história. *O quê?* — Eu a visualizo sacudindo as mãos. Emily pode estar no celular e *dirigindo* e mesmo assim vai sacudir as duas mãos. Ela diz que ajuda a pensar. — Esse é o mesmo Graham que você disse que era "só um amigo", ou é *outro* Graham?

— Ai, meu Deus.

— Desculpa, Em. Você sabe que o sarcasmo é o meu jeito de lidar com essas coisas. Vai em frente. Conta tudo.

Eu me encolho de lado no meio da cama, exatamente onde Graham e eu estávamos.

— Eu senti uma... atração crescente por ele, e a gente passou o sábado todo conversando, depois vimos um filme e eu dormi e, quando acordei, ele tinha sumido.

— Tá. Conversando *na cama* no sábado. Interessante. E depois, na segunda, o que aconteceu?

— Eu não conseguia dormir e bati na porta dele, achando que a gente podia conversar ou algo assim...

— *Emma...* — diz ela.

— Bom, ele não atendeu... — Engulo em seco, sabendo como ela vai reagir à próxima parte. — Aí eu estava voltando para o meu quarto... e ele saiu do quarto da Brooke.

— Espera. Brooke *Cameron*, também conhecida como Kristen Wells, o mal encarnado?

— Emily, você sabe que ela não é tão horrível na vida real quanto a personagem que interpretou em *A vida é uma praia.*

— Mas ela estava com esse tal de Graham no quarto. Por quê?

— Não sei. Eu não perguntei. — Uau, isso parece ainda pior em voz alta do que na minha cabeça.

— Emma, *o quê?* — Ela suspira, e sei que ia me sacudir se não estivesse a centenas de quilômetros de distância. — Esse beijo aconteceu depois que ele saiu *sem explicação* do *quarto de hotel* da Brooke Cameron?

Respiro fundo e deixo de fora a humilhação de ele ter me visto correndo de volta para o meu quarto como um coelho procurando um buraco na cerca.

— Ele veio até o meu quarto, e a gente estava conversando, depois brincando, e de algum jeito a gente acabou se beijando.

— De algum jeito vocês acabaram se beijando. — Vejo sua expressão de dúvida na minha mente: a boca formando uma linha fina, uma sobrancelha ligeiramente erguida.

— Eu sei. Parece ridículo...

Emily está em silêncio, exceto pelo barulho dela batendo um lápis nos dentes da frente, algo que deixa sua mãe maluca.

— Bom, em qual desses dois caras você está interessada?

Penso no Graham ajeitando uma mecha de cabelo atrás da minha orelha quando fugimos da tempestade, a sensação de seus dedos deslizando na minha pele, como ele me escutou quando eu contei que perdi minha mãe. Penso na fome estampada nos lindos olhos do Reid, na diferença quente do seu beijo fora da tela e no modo como ele me provoca.

— Eu gosto dos dois. Eles são... diferentes.

— Bom, isso complica a situação. O que vai acontecer depois desse filme? Você vê um dos dois continuando na sua vida depois que acabarem as filmagens? Você quer isso?

— *Ai, meu Deus.* Eu beijei dois caras com uma diferença de vinte e quatro horas entre um e outro, um no meu quarto de hotel e outro em público, e agora está tudo na internet. O que eu *faço?* — Eu realmente não espero uma resposta. Estou pensando em fugir e me juntar ao Corpo da Paz, algo que me parece mais atraente a cada minuto.

— Emma. Além de parecer um tiquinho vagabunda, e, vamos falar a verdade, a maior parte de Hollywood é meio vagabunda, com o que você está *realmente* preocupada?

Minha resposta me surpreende.

— Acho que estou preocupada de o Reid pensar que temos alguma coisa... e estou preocupada de o Graham pensar isso também.

— Então você não quer que o Graham pense que você e o Reid estão se pegando...

— Acho que eu sentiria o mesmo se fosse ao contrário — digo, enquanto meu cérebro pergunta: *Tem certeza disso?* e eu penso: *SIM*, meio que por obrigação, e a Emily diria "Acho que você reclama demais", se ouvisse minha conversa comigo mesma.

— Mesmo com a possibilidade de o Graham e a Brooke estarem se pegando? Hummm.

— Errr, mais uma coisa. O Graham saiu de Austin em algum momento da noite depois daquele beijo, e eu não o vejo nem tenho notícias dele desde então. Acho que foi uma emergência de família. Mas ele não ligou nem mandou mensagem nem nada.

— Estranho — diz a Emily, e o lápis continua fazendo *tic tic tic*. — O que mais você sabe sobre ele?

— Ele é mais velho.

— Quantos anos? — Percebo um tom preparada-para-ficar-horrorizada em sua voz.

— Dois anos e meio.

— Graças a Deus, achei que você ia dizer que ele tinha uns trinta. Olha, acho que o motivo de você estar nessa confusão agora é que você está deixando que *eles* determinem tudo. Talvez você precise decidir o que *você* quer, Em.

— Neste momento, quero voltar pra casa e me esconder no seu armário.

Ela ri, porque é exatamente isso que eu costumava fazer quando a Chloe ia me buscar e eu não queria ir embora.

— Olha, você não precisa de nenhum dos dois. Não faz nada até descobrir o que você quer. Ou *quem* você quer.

De repente, sinto uma saudade absurda da minha melhor amiga, da minha rotina e da minha vida descomplicada — o que não inclui fotos minhas com os lábios grudados nos de um ídolo adolescente legítimo espalhadas pela internet.

22

Reid

John chegou ontem à noite. Pegar pessoas no aeroporto está começando a parecer um segundo emprego. Quinton foi comigo, e saímos juntos para um jantar tardio, depois voltei ao meu quarto para planejar o passeio pelo rio Guadalupe, algo que não está agradando o Bob. Ele veio até o meu quarto dizer que vai mandar o Jeff e outro segurança conosco.

— Se alguém se afogar, é melhor que seja *esse* cara — disse ele, apontando para o John.

— Que diabos, cara? — John piscou. Bob rosnou para ele quando saiu do quarto.

Nesse ponto, já tínhamos bebido um monte de whisky sour, então essa conversa foi hilária, pelo ponto de vista meu e do Quinton. Tadd se juntou a nós perto da meia-noite, depois de uma atividade não-pergunte-não-conte, mas que ele sempre acaba contando. Especialmente se a gente perguntar.

Eu tinha a intenção de acordar cedo o suficiente para ver a Emma antes de sairmos, mas, devido ao nível de bebedeira e ao fato de que eram três da manhã quando todo mundo saiu do meu quarto, isso não aconteceu. Mandei uma mensagem quando estávamos a caminho, e ela respondeu no intervalo do almoço. Estou menos preocupado com a concorrência do Graham do que estava antes de beijá-la. Mas nunca é demais demonstrar um contraste claro com rivais em potencial. Especialmente se não parecer intencional.

Vou fazer tubing no rio por uns dias com o Quinton, o Tadd e um amigo da minha cidade. Achei melhor te falar e não simplesmente desaparecer. :)

O que é tubing?

Basicamente você entra numa boia enorme e desce o rio flutuando. Te levo na próxima vez.

Parece perigoso...

Não, hahaha. Só divertido.

Tá. Boa diversão. :)

Alugamos três cabanas e seis boias e compramos a quantidade de cerveja que cabe nos coolers. Se é para fazer isso, vamos fazer direito. Nossos guarda-costas, Jeff e Ricky, estão menos infelizes que o Bob com a nossa excursão improvisada. Apesar de eles tecnicamente não terem permissão para beber em serviço, garantimos que não consideramos o consumo de cerveja *beber*, na verdade. Além do mais, os dois são maiores de idade e podem comprar cerveja para todo mundo.

— Como é que você conhece isso aqui? — pergunta o Tadd enquanto caminhamos pela loja de conveniência, todos usando boné e óculos escuros, pegando sapatos antiderrapantes, filtro solar e redes para guardar as latas vazias.

— Eu conhecia uma pessoa que morava em Austin. O pessoal daqui faz isso no verão pra se divertir. Achei que a gente podia experimentar, já que estamos aqui, não é?

Brooke é essa pessoa. Houve uma época em que ela me contava histórias sobre suas irmãs mais velhas, que planejavam passeios de tubing com as amigas todo verão.

— Elas bebem cerveja o dia todo e flutuam pelo rio, paquerando os caras, depois todo mundo se encontra ao redor de uma fogueira, onde as minhas irmãs desistem das nossas raízes batistas para se tornar biscates do rio e pegar todos os caras bonitos que encontram.

— Parece divertido — disse eu, e ela me deu um soco no braço.

— Ai!

Estávamos vendo um filme no meu trailer, alguma coisa tão chata que perdemos o interesse e decidimos dar uns amassos. Aos catorze e quinze anos, ninguém sabia ainda quem éramos, mas queríamos a fama, ansiávamos pelo reconhecimento da indústria e estávamos dispostos a trabalhar muito para chegar lá. O filme que estávamos gravando juntos na época acabou sendo um fracasso, mas não éramos os atores principais e isso não nos afetou.

Ela se aproximou e beijou o local que tinha socado.

— Não quero você com um monte de garotas em volta. — Ela se afastou de novo e fez biquinho, uma expressão que, naquela época, sempre me derretia.

— Não quero nenhuma outra garota — falei.

— E eu não quero outros caras — respondeu ela, se aproximando.

— Ótimo. — Eu a beijei e a puxei para o meu colo, com as mãos passeando debaixo da sua blusa enquanto as dela passeavam debaixo da minha. Talvez essa tenha sido a primeira vez que fomos um pouco além de uns beijos.

A conversa foi assim:

— Você acha...?

Ela me olhou por um instante prolongado antes de fazer que sim com a cabeça.

— Tudo bem.

Emma

Estamos filmando de novo na casa dos Bennet. Graham e eu fazemos a primeira cena. Não sei quando ele voltou para Austin, só que não tive notícias dele nos dois dias e meio desde que ele me beijou. Enquanto isso, as fotos de mim e Reid no show praticamente viralizaram e, considerando o silêncio do Graham, parece claro como ele se sente a respeito.

A cozinha está lotada, entre o pessoal do bufê arrumando o café da manhã e lanches, membros da equipe comendo em pé, discutindo ângulos de câmera e arrumações de cena, e o elenco beliscando a comida entre pequenos ensaios. Mais de uma vez começo a sair da cozinha e ir para a área de estar, onde está menos lotado e menos barulhento, mas alguma coisa me mantém escondida entre o mar de pessoas, e eu sei exatamente o quê.

Esperar para ver o Graham faz minhas emoções dispararem para todo lado, como se eu tivesse de enfrentar uma linha de partida ou um esquadrão de fuzilamento. Estou tão agitada e enjoada como ficaria depois de quatro xícaras de café. Não consigo me controlar, e me dou cinco segundos, do momento em que finalmente ouço a sua voz na outra sala, para me recompor.

Fracasso. Épico.

Ele aparece com as falas do dia na mão, conversando com o Richter, usando calça jeans e camisa social amarrotada, com as mangas dobradas acima dos cotovelos. Passa a mão no cabelo e olha ao redor, mas seus olhos não param em nada nem ninguém até ele me ver. Com uma expressão indecifrável, faz um sinal com a cabeça na minha direção e vira de novo para o Richter.

— Vamos para a maquiagem — o diretor diz a ele. — Quinze minutos?

— Claro. — Não o vejo de novo até pouco antes de estarmos na frente das câmeras.

* * *

Não reconheço o Graham quando ele volta. Minha preocupação que eles não conseguissem fazê-lo parecer bobo o suficiente para interpretar Bill Collins não tinha o menor fundamento. O cabelo está lambido para trás com gel, e ele usa uma calça cáqui com pregas, camisa polo coral — por dentro da calça — e óculos redondos com armação dourada. Seu jeito de andar e seus movimentos são tímidos, mas arrogantes. Ele está perfeito.

Estamos filmando a cena do pedido de casamento absurdo entre Bill e Lizbeth. O diretor assistente dá instruções, e ouvimos sem olhar um para o outro. Graham não olhou para mim desde aquela primeira encarada, apesar de ser contratualmente obrigado a fazer isso daqui a poucos minutos. Eu teria me sentido muito à vontade para fazer essa cena uma semana atrás, antes de ele me beijar, antes de ele desaparecer e voltar sem falar comigo.

— Ação — diz o Richter.

INT. Cozinha dos Bennet — Dia

LIZBETH está enchendo a lava-louça quando BILL vem da sala de jantar com uma pilha de pratos.

BILL

Lizbeth, tenho uma coisa para lhe perguntar.

LIZBETH

(pegando os pratos da mão dele e passando uma água na pia)

Sim?

BILL

Como você sabe, faço parte da empresa Rosings, com uma carreira lucrativa pela frente.

LIZBETH

(revirando os olhos para o lado)

É, você já falou.

BILL

Minha chefe, a sra. DeBourgh, acredita que um homem na minha posição tem mais chances de ter uma carreira vantajosa se estiver estabelecido, em termos domésticos.

LIZBETH franze a testa.

BILL

Então, quero lhe pedir, Lizbeth Bennet, para se casar comigo

LIZBETH vira de repente para encará-lo, deixando cair um prato na pia, que faz barulho e quebra.

(A expressão no rosto do Graham é tão reservada que tenho dificuldade para me manter na personagem — Bill Collins deveria ser um alívio cômico. Graham parece... com raiva.)

LIZBETH

(sem acreditar)

Mas. Mas. Eu estou no ensino médio.

(Estou determinada a grudar a expressão incrédula no rosto. Tento me concentrar em seus óculos ridículos, no cabelo lambido idiota, e *nada.* Nada funciona.)

BILL

O noivado só vai ser oficial depois que você fizer dezoito anos, mas isso não nos impede de planejar.

(Ele parece persuasivo demais para ser o Bill Collins bobão; até seu chiado nasal desapareceu. Richter vai perceber; *todo mundo* vai perceber. De repente, fico *pálida.*)

LIZBETH

(chocada)

Você está louco?

BILL

(rindo despreocupado)

As garotas adoram provocar. É quase impossível um cara saber em que pé está!

(E estou ficando vermelha de novo...)

LIZBETH

(horrorizada)

Eu *não* estou te provocando. Se fiz alguma coisa para fazer você pensar que estou interessada, bom, sinto muito. Minha resposta continua sendo *não.*

BILL

Você não precisa se preocupar com as alianças, falando nisso. Ainda não comprei porque queria que você pudesse escolher.

LIZBETH

Você nem me conhecia um mês atrás. Você não pode ter vindo até aqui com a intenção de se apaixonar por alguém que nem conhece!

(Minha voz falha e eu não consigo impedir o meu lábio de tremer. *Droga.*)

BILL

É verdade, eu não te conhecia, mas tinha toda intenção de compensar a má administração do meu pai na Bennet Inc. saindo com você — legitimamente, é claro. Eu sabia que você era bonita. E tinha certeza que ia sentir uma conexão. Como de fato senti.

(Graham está me encarando, e tenho dificuldade para lembrar as minhas falas.)

LIZBETH

(jogando água com sabão na pia)

Isso é maluquice. Não vou me casar com ninguém, e muito menos com você

— Corta — diz Richter, e percebo que ele não gostou nada. Ele olha para o Graham e para mim, com a mão sobre a boca, como se quisesse garantir que não ia falar nada até saber exatamente o que dizer. — Todo mundo, menos Emma e Graham, cinco minutos de pausa. — *Merda.* — Pensando bem, dez minutos. — *Ai, merda.*

Nosso diretor talentoso apoia o quadril na mesa e cruza os braços, analisando nós dois. Imagino que essa deve ser a sensação de ser chamado à sala do diretor por brigar ou conversar em sala de aula. Graham e eu olhamos para todos os lugares, menos para Richter ou um para o outro.

— Então, Graham... — começa o diretor. — Você entende que o seu personagem é um cara bobo e fútil?

Graham faz que sim com a cabeça, cruzando os braços também. Reação de defesa, como qualquer ator sabe.

— Então que negócio é esse de encarar com ressentimento? Você estava ótimo interpretando esse cara tolo e superficial. E agora ele está encarando a Lizbeth como se estivesse decidindo se chuta uma cadeira longe ou joga a garota nas costas e volta para a caverna.

Estou vermelha de novo — *joga a garota nas costas* —, e Graham fica em silêncio por um minuto inteiro.

— Eu sei. Desculpa — responde ele, com os braços relaxando, uma das mãos agarrando o balcão enquanto a outra passa pelo cabelo, parando quando ele percebe que está usando gel. — Se você puder me dar alguns minutos, vou mergulhar no personagem. Estou meio desligado hoje.

— Tudo bem. Dez minutos. Se prepara para regravar, mas me avise se precisar de mais tempo.

Graham faz um sinal de positivo com a cabeça e sai da sala sem olhar para mim.

— Está tudo bem entre vocês dois? — pergunta o Richter quando ele sai.

— Sim. — O que mais eu posso dizer?

— Bom. Acho que você estava reagindo ao Graham na última tomada. Lembre-se que a Lizbeth não está com raiva. Ela está chocada e incrédula.

— Eu sei. Vou acertar na próxima tomada. Desculpa.

— Tire alguns minutos, depois a gente faz a segunda tomada.

Gravamos a cena de novo, e o Graham entra completamente no personagem. Fazemos várias cenas parciais e algumas tomadas menores. Richter não estava errado; eu devia ter sido profissional o suficiente para me manter no personagem, e não posso culpar totalmente o Graham.

— Perfeito — diz o diretor. — Vamos dar uma pausa e voltamos para gravar a próxima parte com a família Bennet. — Graham sai pela porta da frente digitando no celular.

A última cena antes do almoço, que não inclui o Graham, ocorre sem problemas. Quando terminamos, eu me viro e vejo que ele está encostado na moldura de uma porta, me observando. Nossos olhares se prendem brevemente antes de a assistente de produção chamar a atenção dele. Não sei se aquele beijo significou alguma coisa para ele ou se foi um impulso do qual ele se arrependeu. Não sei se estou interrompendo alguma coisa entre ele e a Brooke que não tem nada a ver comigo. Ele viu as fotos de mim e do Reid, ou pelo menos sabe delas, e eu odeio o fato de ele estar com raiva, ou magoado, ou enojado. Odeio o fato de não estarmos nos falando.

Pego um sanduíche de peru, uma Diet Coke e as falas da tarde e vou para o pátio coberto nos fundos. O clima está quente, mas na sombra está suportavelmente morno. Quando a porta se abre atrás de mim, espero que não seja ninguém da maquiagem, já que eles vão ter que retocar tudo que ficar brilhoso, o que é inevitável, pois estou me escondendo no calor.

— Oi, Emma — diz o Graham, contornando o banco acolchoado em que estou sentada e sentando à minha frente. Ele coloca uma garrafa de água na mesa baixa e enfia a mão no bolso para pegar o maço de cigarros e o isqueiro.

— Oi.

— Vou começar a usar os adesivos amanhã, assim que terminarmos de filmar — diz ele, pegando um cigarro no maço quase vazio e acendendo. Ele dá um trago, guarda o maço e o isqueiro, se recosta e exala a fumaça sobre a nossa cabeça.

— Você já comprou os adesivos? — Ouvir a voz dele me deixa feliz. Só de saber que ele não me odeia já é um alívio.

— Comprei. Quando estava em Nova York. — Ele não elabora, dá outro trago no cigarro e olha para o pátio seco.

— Correu tudo bem... com a sua viagem para Nova York? Alguém disse que você teve uma emergência de família.

— Ah. Sim, está tudo certo — responde ele, voltando a se calar.

— Tá. Tudo bem. Que bom. — Olho para o papel na minha mão, sem saber o que dizer, agora que ele está aqui. Mas eu tinha esquecido como o Graham lida com silêncios. Ele fica confortável com eles, e nunca se sente compelido a preenchê-los, a menos que tenha algo a dizer.

Ele termina o cigarro e acende outro antes de falar.

— Me desculpa por hoje, por fazer você levar bronca comigo. Eu estava muito desligado, por algum motivo. — Seus olhos são sinceros, e a crítica que havia neles mais cedo se dissolveu, desapareceu.

— Tudo bem. Eu também estava desligada.

— Bom, eu queria pedir desculpas. Atores tendem a competir uns com os outros em cena, e eu realmente errei na primeira vez. — Ele começa a passar a mão no cabelo e para de repente, abaixando a mão e dando um trago longo, como se sua necessidade de nicotina soubesse que ele e os cigarros estão prestes a seguir caminhos diferentes e quisesse fazer um estoque.

Não consigo evitar de sorrir para ele.

— Essa coisa no seu cabelo está te deixando louco, né?

Ele abre um sorriso.

— Cara, você nem imagina. Eu não tinha ideia de quanto tocava no cabelo até, de repente, *não poder* fazer isso. Esse negócio parece cola.

Como o último pedaço do sanduíche e termino a Diet Coke enquanto ele fuma. Fico remexendo na embalagem, depois a amasso e a equilibro sobre a lata vazia.

— Você foi correr enquanto eu estava fora?

Levanto o olhar para ele.

— Pulei um dia, mas corri hoje.

— Vai amanhã?

— Estava planejando ir.

— Posso ir com você? Não fiz nem um abdominal desde que corremos pela última vez.

— Claro.

A assistente de produção enfia a cabeça pela porta.

— Cinco minutos, Emma.

* * *

No fim da gravação, Graham sai do set sem falar com ninguém além do Richter. Quero conversar com ele de novo, mas me sinto tão culpada por ter beijado o Reid que perco a coragem todas as vezes que tento começar a falar. E aí eu penso na Brooke e não estou certa se tenho algum motivo para me sentir culpada.

Mais tarde, recebo uma mensagem do Reid:

Ei, estava pensando em vc e quis falar oi.

Oi tb. Está se divertindo? Usando filtro solar?

Sim e sim. Mas, depois de tantas horas no sol, devo voltar no sábado meio vermelho de qualquer maneira.

Haha. Te vejo na volta.

Espero que sim ;)

23

Reid

Brooke acertou numa coisa: biscates do rio.

Estou falando dos caras e eu, claro. Os últimos dois dias se resumiram a observar durante horas enquanto grupos de garotas flutuavam por ali com suas boias amarradas umas nas outras, de biquíni e shorts jeans desfiados, chapéu de caubói ou boné de beisebol protegendo o rosto. Na noite passada teve festa até de madrugada, e convidamos algumas garotas (e uns caras também — o Tadd não é mais santo que o restante de nós) para as cabanas. Estar no rio nos últimos dias me fez lembrar do que tornava a Brooke tão fascinante.

Eu cresci em Los Angeles e, graças a diversos fatores, incluindo a trajetória profissional do meu pai, a ancestralidade da minha mãe e o valor líquido dos dois juntos, andei por círculos exclusivos a vida toda. A maioria das mulheres desses círculos no sul da Califórnia, e suas filhas, tem uma certa aparência. Uma beleza intocável, uma qualidade um pouco artificial, todas mimadas e perfeitas. Minha mãe tem essa aparência, assim como suas amigas. As socialites, as atrizes, as aspirantes a socialites e atrizes, todas elas têm.

Quando conheci a Brooke, ela tinha quinze anos e não conhecia a Califórnia. Foi descoberta no Texas — em Austin, na verdade, e era tão bruta e viçosa e *diferente* que me deixou sem fôlego. Ela era linda, mas natural. Seu cabelo não tinha luzes, e ela não usava maquiagem fora do set. Ela tinha marcas de biquíni por tomar sol na piscina comunitária e músculos por jogar futebol desde os cinco anos. Como ela cresceu numa cidade relativamente grande, seu sotaque era suave, mas estava lá.

Ela havia confessado que seu agente ia mandá-la para um curso de oratória para perder o "terrível sotaque arrastado". Eu me lembro de ter lhe dito que essa era a coisa mais idiota que eu já tinha ouvido, mas, quando implorei que ela não fosse, ela riu e disse:

— Você não quer que eu pareça uma caipira burra, quer? — Essa foi apenas a primeira coisa que Los Angeles mudou nela. Agora ela é perfeita e sem alma, como todo mundo de lá. Não que eu esteja em posição de criticar alguém.

As garotas daqui todas têm o antigo sotaque da Brooke, em vários níveis. Algumas falam de um jeito mais caipira. Outras apenas suavizam sílabas e juntam palavras. Todas tendem a forçar os "erres".

Algumas descobriram quem somos. Não é difícil quando estamos todos juntos, e foi por isso que o Bob surtou. Quando estou fora de Los Angeles, sozinho ou com o John, às vezes escapo dizendo: "É, eu ouço isso o tempo todo", se alguém descobre quem eu sou. Com Quinton e Tadd comigo, é quase impossível. Bonés e óculos escuros ajudam, mas algumas pessoas reconhecem nossa identidade, apesar da camuflagem.

A última coisa que eu preciso na minha campanha para conquistar totalmente a Emma é de fotos minhas com outras garotas surgindo amanhã na internet. Sempre que aparecem câmeras ou há essa possibilidade, fico perto dos caras, às vezes bebo e danço um pouco. Qualquer garota que entra comigo na cabana tem que deixar os pertences com Jeff e Ricky. Uma delas se recusou, mas não foi nada de mais — Ricky simplesmente a acompanhou de volta até o acampamento das amigas. A amiga dela, por outro lado, entregou a bolsa e o celular para o Jeff e perguntou se precisava deixar as roupas também. Eu disse que não, que eu e ela cuidaríamos dessa parte sozinhos.

Emma

— O que exatamente os garotos estão fazendo? — pergunta a MiShaun no jantar de sexta.

— Eles foram fazer tubing — responde a Brooke.

— Como é? — diz a MiShaun, com uma sobrancelha erguida.

— Um rio raso e com pouca correnteza, boias tipo pneus e um dia sem fazer nada além de flutuar. Basta juntar cerveja e garotas de biquíni para criar o sonho molhado de qualquer cara. Ha, ha.

— Me parece uma garantia de queimadura de sol — diz a Jenna.

MiShaun concorda.

— O Richter vai arrancar a pele deles se voltarem parecendo lagostas assadas.

— Com licença, você é Brooke Cameron? De *A vida é uma praia?* — Duas garotas estão hesitantes ao lado da nossa mesa, apreensivas, mas determinadas.

Brooke vira, com um sorriso amplo substituindo a expressão blasé.

— Sou eu, sim.

— Ah, a gente te *adora*! — diz a segunda garota enquanto a primeira faz que sim com a cabeça. — Você é tão má e maneira! — As duas ficam pálidas. — Quer dizer, eu sei que a Kirsten é só a sua personagem, que você não é, hum...

— Não se preocupa. Eu me *esforço* para ser má e maneira. — Ela ri e as duas relaxam. — Vocês querem tirar uma foto ou alguma coisa assim? — Um redemoinho de atividades ocorre quando as duas fãs pegam seus celulares na bolsa.

O restante de nós troca olhares que dizem: *Quem é essa pessoa?*

Enquanto a Jenna tira uma foto da Brooke com uma das fãs, a outra garota olha para o restante da mesa.

— Aimeudeus, MiShaun Grant! Uau, vocês são *amigas?* Que legal!

— Estamos em Austin para gravar um filme — diz a Brooke, fazendo sinal para a segunda garota entrar na foto que a Jenna vai tirar.

— *Jura?* — É aí que elas *me* reconhecem. Não sei se acham que estão sendo sutis ou se não se importam. Elas me encaram e sussurram, escondendo a boca com a mão. — Espera, para tudo. Vocês estão falando do filme com o *Reid Alexander?* — As duas vasculham o restaurante com os olhos.

— Isso — responde a Brooke, com uma nova tensão na voz. — E ele *não* está aqui. — Meredith e eu trocamos outro olhar.

A decepção das meninas é palpável.

— Podemos pelo menos tirar uma foto com você também? — pergunta uma delas à MiShaun, que dá um sorriso afetado para mim e para Meredith.

— Claro. É sempre uma felicidade tirar fotos improvisadas com minhas fãs tão *carinhosas.* — O tom sarcástico é gentilmente velado pelas palavras. Meredith morde a bochecha por dentro e analisa os talheres enquanto eu tusso no guardanapo. MiShaun se inclina na direção das fãs, sorrindo, enquanto a Jenna tira as fotos. O pedido de foto é repetido comigo e, de repente, mal posso esperar para voltar ao hotel.

— Tenham uma boa noite, meninas. — Brooke dispensa as duas garotas e vira para a Jenna, como se elas tivessem sido interrompidas no meio de uma conversa genial. — Meu Deus — diz enquanto elas se afastam —, o Reid é um pé no saco mesmo quando não está por perto.

24

Reid

O pai do John ligou na noite passada e o mandou voltar para casa. Parece que ele tem orientação na faculdade a partir de segunda de manhã e precisa chegar lá amanhã. Ops.

Por mais que o meu pai fale alto e intimide, nem se compara ao pai do John, um CEO que trata todo mundo que encontra, não importa quem seja, como se fosse seu funcionário. Isso inclui o John, que o apelidou de Lorde das Trevas quando tínhamos dezesseis anos. John não trabalha e é totalmente dependente em termos financeiros, então, quando o Lorde das Trevas o manda pular, ele pula.

John e eu estamos dividindo uma das cabanas, e ele bateu na minha porta num momento, digamos, inoportuno na noite passada. A garota — vou chamá-la de Macy, porque gosto desse nome e não me lembro de seu nome verdadeiro — deu um pulo, como se tivesse sido eletrificada.

— *Que foi?* — gritei, irritado.

— Ei, cara, só um minuto — disse o John do outro lado da porta.

Olhei para Macy, que estava quase sem roupa, mas parecia que podia fugir.

— Não sai daí. — Coloquei um dedo em seu esterno e, sorrindo, a empurrei lentamente para deitá-la. — É só o meu amigo babaca. Eu já volto.

Atravessei o quarto pequeno, sem camisa, com a calça jeans aberta, e abri a porta só um pouquinho.

— Que merda você *quer*, cara? Eu sei que você tem mais camisinhas do que pode usar em uma semana.

— Meu pai acabou de ligar. Eu, hum, tenho que estar em casa amanhã.

— E daí?

— Num voo às dez da manhã.

— O quê? *Por quê?* — Balancei a cabeça. — Não importa. Vou mandar uma mensagem pro Jeff. Deus me livre de incomodar o cara *agora*. Ele ia te dar uma surra, mas só porque não tem permissão para bater em *mim*.

— É, foi por isso que eu não bati na porta dele...

— Eu cuido disso. Agora me deixa em paz pelo resto da noite, cacete. Sério.

Ele sorriu.

— Não se preocupa, cara. Obrigado.

— Tá. — Bati a porta com força, tranquei e virei, pegando o celular na cômoda e digitando uma mensagem para Jeff, Tadd e Quinton enquanto ia na direção da cama, encarando a Macy. — Onde a gente estava?

* * *

Há uma atividade intensa hoje de manhã para irmos embora antes das oito. Macy foi enfiada num dos três táxis, parecendo estar com uma bela ressaca e fazendo biquinho porque eu vou embora. Não tenho motivos para dizer a ela que minha partida não tem nada a ver com colocá-la num táxi hoje de manhã. Sem querer ofender as gostosas de toda parte, mas eis a novidade: existem gostosas em toda parte. Eu não saio duas vezes com a mesma.

Não estou incluindo a Emma nisso — ela não é uma garota de uma noite só. Suponho que ela vai me manter ocupado e feliz durante a gravação do filme. Talvez por mais tempo, quem sabe. Quando saímos com colegas de elenco, normalmente as pessoas supõem que formamos um casal, pelo menos por um tempo. Não acredito no amor e, apesar de os meus pais estarem casados desde sempre, também não acredito no casamento. Eles simplesmente flutuam ao redor da vida um do outro. Não existe um relacionamento emocional ali. É um relacionamento social e fiscal. Isso não é para mim e nunca será.

Não minto para garotas como a Macy (cujo nome é Tracy, falando nisso — quase acertei). Se ela entrar numa situação como a de ontem achando que um relacionamento pode sair dali — e não importa se estamos falando de mim, ou de John, ou de *qualquer cara* —, ela está se enganando. Não tem nada a ver com falta de respeito ou qualquer merda que tentam enfiar na cabeça das garotas para deixá-las com medo. É bem mais simples que isso.

Se eu te conheci ontem à noite e te levei para a minha casa, ou fui até a sua, e nós transamos, era isso que queríamos um do outro. Foi o que eu obtive e o que você obteve. Eu não te conheço. Você não me conhece. Obrigado pela diversão e acabou. Se, por acaso, alguma coisa fosse dita em algum momento dessa troca e me deixasse curioso o suficiente para sair com você de novo, eu sairia.

Já aconteceu? Algumas vezes. Durou? Claro que não.

Emma

Graham e eu mal nos falamos ontem de manhã quando fomos correr, e no almoço ele estava repassando falas com a MiShaun enquanto eu trabalhava com Tim e Leslie. Não sei o que ele fez ontem à noite quando nós, garotas, saímos.

Hoje de manhã, ele não falou nada além de murmurar "Bom dia" no saguão, e estamos quase na metade da nossa trilha regular. Em contraste com nossos silêncios confortáveis, este é estranho, como se houvesse palavras presas na boca. Não há nenhum som além das passadas sincronizadas num ritmo único, as reverberações do motor de um pequeno avião acima — uma propaganda de concessionária de carros dizendo "SEM ENTRADA!" ondulando atrás — e um zumbido de carros numa rua próxima.

Depois de outros cinco minutos, não consigo mais aguentar o desligamento. Qualquer conversa, por mais boba que seja, é melhor que esse vazio desconfortável.

— Está sentindo desejo de nicotina?

Percebo um alívio em seus olhos, no modo como seus ombros relaxam, como se ele estivesse me esperando falar enquanto eu fazia o mesmo.

— Na verdade, ainda estou ligado por causa do adesivo.

— Onde você colocou?

Ele puxa a manga da camiseta para mostrar o adesivo grudado no bíceps, mais musculoso do que eu havia percebido.

— É para colocar num ponto diferente a cada vez, acho que para dar um descanso à pele.

— Hum — digo, me ouvindo no segundo em que a palavra escapa. Um instante se passa, e eu me pergunto se ele vai dizer alguma coisa.

— Você ficou descuidada na minha ausência. Quantos já são? Uns quarenta?

Eu o empurro, inexplicavelmente feliz porque ele não desistiu de me provocar, e ele ri, saindo da trilha por apenas dois passos.

— Ei, garota, fica fria! Você ainda não chegou aos dez. Mas estamos usando um sistema de honra, então você vai ter que me contar se falar quando eu não estiver por perto.

Finjo fazer uma careta.

— Ei, você sabe que eu só estou brincando, né? Não me importa se você usa "hum" a cada três frases.

— Não sei — faço um biquinho. — Parece que isso te incomoda de verdade.

Ele sorri.

— Nah. Seria preciso muito mais que isso para você me irritar.

* * *

Saímos do elevador no quarto andar e encontramos o grupo animado dos nossos colegas, que voltaram da viagem de tubing. Quinton está ajoelhado no chão, vasculhando a mala, com as roupas jogadas ao redor, enquanto Reid e Tadd estão parados ao lado, observando.

— Eu *sei* que esse maldito cartão está em algum lugar na minha mala.

— Vou ligar pra recepção; eles mandam alguém com um novo — oferece o Tadd.

— Cara, estava *aqui*, eu vi hoje de manhã enquanto fazia as malas...

Quando Graham e eu aparecemos, o rosto mais que bronzeado (um pouco vermelho) do Reid se ilumina.

— Emma! — diz ele, como se não nos víssemos há semanas.

Ele vem direto até mim e me abraça, me girando uma vez, deixando um braço na minha cintura enquanto diz:

— Oi, Graham — e estende a mão. Graham aperta a mão dele sem dizer nada. — Uma pena você não ter ido, cara, foi *demais*. Nada pra fazer o dia todo além de beber e flutuar.

Ele abaixa o olhar para mim.

— Você fica tão fofa de top e shorts. Saiu cedo pra se exercitar, é? — Antes que eu consiga formular uma resposta, ele se abaixa e me beija.

Não passa de um selinho, apenas um encontro instantâneo dos lábios, e não se parece nem um pouco com o beijo apaixonado de três noites atrás, mas a ação tem uma familiaridade inconfundível. O rosto do Graham está sem expressão quando ele vira em direção à sua porta. Depois de me livrar do abraço do Reid, atravesso o corredor e coloco o cartão-chave na porta, irritada com Reid por ter me reivindicado com aquele beijo e com Graham por desistir tão fácil.

— Ahá! — Quinton localiza o cartão-chave no fundo na mala.

— Ei, vamos sair todo mundo hoje à noite — sugere o Reid.

— Preciso de um cochilo antes — diz o Tadd, bocejando. — Um cochilo *bem* longo.

— São só dez da manhã. — Reid dá um soquinho no braço dele e se afasta. — Você pode dormir o seu sono da beleza por oito horas e ainda sobra muito tempo pra se maquiar.

Tadd dispara na direção do Reid e tropeça num monte de roupa, e Quinton recua, dizendo:

— Cara, eu preciso *muito* da companhia de adultos — enquanto eles caem no chão, rolando e rindo, como garotos de cinco anos de idade.

— O quê? — Tadd se afasta de Reid, a expressão inocente contrastando com a perna que ele estica imediatamente para fazer o Reid tropeçar enquanto se levanta.

Minha porta destranca, e eu a empurro para abrir enquanto o Reid diz:

— Te vejo hoje à noite, Emma?

Ele não tem ideia do que acabou de fazer.

— Claro.

— Legal. Vou mandar mensagem pro pessoal. Podemos nos encontrar e ir todos juntos.

Graham já está no quarto dele, e sua porta se fecha com um clique suave.

* * *

Passo a tarde no quarto, terminando um livro que me deixa totalmente deprimida. A personagem principal vai dar uma festa, e a história toda se passa no dia do evento. Mas, durante todo esse dia, enquanto prepara tudo para a festa, ela se lembra do passado e das pessoas que foram convidadas: um cara específico, alguém que era apaixonado por ela anos e anos antes, alguém que ela não escolheu. E ela não está arrasada; é pior, como se às vezes ela se sentisse morta por dentro. Pelo menos foi o que eu entendi.

Ler uma história como essa te faz querer sair e festejar ou ficar em casa refletindo sobre cortar os pulsos.

Ainda estou decidindo.

Mando uma mensagem para Emily:

Vamos sair em turma hoje à noite, prepare-se para fotos comprometedoras na internet amanhã. Ainda estou confusa. Me liga quando tiver um tempinho?

Tentando sentir pena de vc... 2 caras gostosos, 1 só de vc...

— Oi, estou no intervalo do jantar. O Jasper me deu vinte minutos — diz a Emily quando atendo. — Meu Deus, hoje está sendo um pesadelo. Alguns dos amigos antigóticos do Derek apareceram na loja pra me ver, e eu não desapontei. Você *sabe* como eu me visto pra trabalhar.

— Sei.

— Espera um segundo.

Ouço quando ela pede uma fatia de pizza e uma limonada, o zumbido de centenas de conversas e gritinhos de crianças ao fundo. Quase sinto o cheiro de orégano e molho de tomate da pizzaria da praça de alimentação, misturado ao aroma das cestas de batatas fritando na lanchonete ao lado. Parece que se passaram meses desde que eu e a Emily estávamos lá juntas, contemplando minha futura fama.

— Tudo bem, voltei. E aí, sobre o que você está mais confusa agora: como se sente em relação ao Reid ou como ele se sente em relação a você?

— Não exatamente como ele se sente, mas o que isso significa, sabe?

— Tipo: "Quais são suas intenções, sr. Alexander?"

— Século XIX demais?

— Um pouco. Além disso, ele não é um babaca que trabalha na Gap, é o *Reid Alexander.*

— Eu sei. E eu tenho dezessete anos, não trinta e cinco. Não preciso de promessas de eternidade.

— Só porque você não quer que alguém puxe o seu tapete, não significa que está pedindo eternidade. Você já sofreu demais, Em. Eu sempre me perguntei como foi que *eu* me tornei a pessoa que escreve poesia melancólica, caramba.

* * *

Meu pai e eu nunca conversamos sobre como a minha mãe morreu.

Foi de câncer, e foi rápido. O que eu deduzi nos últimos onze anos: ela era jovem demais para saber que devia investigar a doença; não havia histórico familiar, nenhuma necessidade premente de ser cuidadosa com os checkups. As células malignas eram mestres da camuflagem, com tão poucos sinais que fotos tiradas meses antes de ela morrer não continham o menor sinal de alerta. Eu sei, eu olhei. Ela parecia saudável e linda, mas as aparências enganam.

A descoberta foi acidental. Seu dentista, preocupado com a quantidade de sangue que ela perdeu num procedimento dentário simples, insistiu que ela fosse ao médico. Ela concordou para calar a boca do dentista, e eu a imagino recebendo a ligação dois ou três dias depois, caindo sentada na cadeira da cozinha, sem fala.

Eu era criança, então a verdade foi escondida de mim até que não houvesse mais como evitar. Não sei quanto tempo eu tive com ela, desde a notícia de que eu ia perdê-la até o momento em que ela se foi. Tenho poucas lembranças fortes daquela época. No hospital, os tubos e agulhas que pareciam prendê-la à cama me davam pavor. Quando estava em casa, ela ficava deitada, apoiada no meio da cama com tantos travesseiros que parecia estar flutuando numa nuvem deles. O raciocínio de uma menina de seis anos me dizia que o fato de ela estar em casa significava que estava melhorando. Partes do funeral são claras. Eu chorei porque o meu pai chorou, a minha avó também, todo mundo chorou, até o padre, e porque a minha mãe não estava lá para me consolar, e eu não entendia totalmente a razão.

Minha avó se mudou para a nossa casa por uma ou duas semanas, mas acabou tendo que voltar ao trabalho. Ela morava perto e se tornou a pessoa a quem eu recorria com mais frequência quando sentia saudade da minha mãe, a pessoa que sentia o mesmo que eu. Como se um buraco gigantesco tivesse aparecido no meio do meu peito e nunca mais fosse ser preenchido.

Meu pai ficou tão completamente fechado e silencioso depois que minha mãe se foi que comecei a esquecer como ele era tranquilo e alegre. Eu esqueci como a gente perseguia um ao outro pela casa, as nossas brigas com comida e como ele me fazia ajudá-lo a lavar o carro e eu jogava um balde de água com sabão nele. Ele me molhava com a mangueira, e minha mãe colocava as mãos nos quadris e dizia: "Connor, juro por Deus, eu sou mãe solteira de duas crianças". Com a boca curvada para baixo, os olhos arregalados e piscando, ele fazia o que ela chamava de "olhar de cachorrinho", segurando a minha mão enquanto eu imitava a expressão dele, e minha mãe jogava as mãos para o alto se rendendo, se afastando e escondendo o sorriso. E ele sussurrava: "Ninguém resiste ao nosso charme de olhos verdes".

Por um breve período, quando começou a sair com a Chloe, ele ficou assim de novo: feliz. Ele olhava para mim, em vez de através de mim. E aí, em algum momento, ele passou a pertencer a ela e, mesmo ainda estando na minha vida, era como se tivéssemos nos separado.

Eu estava fora do abraço dele de novo, lutando em vão para encontrar um caminho de volta, que nunca achei.

Eles se casaram treze meses depois que a minha mãe morreu.

Eu sei que o meu pai me ama, do jeito dele. É como dizem: "Ele te ama do jeito dele". Bom, e o meu jeito? E se eu precisar que ele me ame do *meu* jeito?

25

Reid

Todo mundo se encontra no saguão para a saída da noite, incluindo Brooke e Graham, que estão a poucos centímetros de distância, falando baixinho. Pego a mão da Emma e a levo até o primeiro táxi, com Bob nos seguindo, e os outros pegam os dois táxis que sobram. Não há muitos fotógrafos hoje — eles provavelmente não sabem que eu já voltei da viagem ao rio, já que chegamos muito cedo e eu não saí do hotel.

Emma está usando um vestido preto curto, com alças cruzadas sobre os ombros e presas ao vestido no meio das costas. Os sapatos parecem Mary Janes estilosos de salto, muito menininha, totalmente gostosa. Continuando nesse tema, seu cabelo está preso num rabo de cavalo alto. Tenho um fraco por rabos de cavalo — alguma coisa na nudez da nuca, na aparência feminina inocente.

— Você está linda — digo, e ela sorri com a cabeça baixa antes de olhar para mim. Quando estendo a mão, com a palma para cima, ela aceita. Sua mão é pequena, delicada, totalmente feminina, e essa consciência me faz desejá-la ainda mais. — Que anel bacana. Diamante com corte princesa, gostei.

— Eu também gosto. — Ela passa o dedo sobre o anel. Percebo que há uma história por trás dele, mas, por algum motivo, ela não está pronta para contar.

A boate tem uma área VIP num loft que dá para a pista de dança. Nós dominamos o espaço, juntando as mesas baixas no centro com quatro sofás ao redor. Brooke senta ao lado do Graham, em frente à Emma e a mim, se inclinando na direção dele para sussurrar alguma coisa. Dou uma olhada periférica para a Emma, para saber se ela está observando os dois. Ela ficou definitivamente tensa depois que eu a beijei no corredor na frente dele. Dei a impressão de que estava marcando território? Infelizmente, sim. Parecia necessário naquele momento? Sim também.

Meu braço está atrás dela agora, e estamos sentados próximos o suficiente para nossas coxas roçarem com o mínimo de pressão. Todo mundo pede drinques, enquanto Tadd, Quinton e eu conversamos sobre as partes da nossa viagem que podemos comentar com outras pessoas.

— Olha isso. — Tadd levanta a perna da calça para mostrar um hematoma na perna. — Um galho idiota debaixo d'água.

— Cara, achei que tinha um crocodilo no Guadalupe — diz o Quinton. — Você gritou feito uma menininha até ver que era só um galho, aí começou a xingar que nem uma prostituta chapada.

Tadd alisa o tecido sobre a perna com cuidado e aponta para o Quinton.

— E você voou da boia como um foguete quando aquele peixe mordeu a sua bunda.

Minha mão desce para o pescoço nu da Emma, massageando levemente enquanto ela ri com todo mundo.

— Ninguém me avisou que tinha peixes carnívoros naquele maldito rio! — diz o Quinton.

— O Reid e eu não fomos mordidos. Foram todos pro Quinton — diz o Tadd.

— Você só está com ciúme porque nenhum deles quis um pedacinho seu.

— É, claro, *esse* é o motivo.

Uma nova música começa, e eu me levanto e pego a mão da Emma.

— Vamos dançar. — Ela se deixa ser puxada, e Meredith e Tadd decidem nos seguir.

— Tem certeza que consegue dançar depois desse ferimento quase fatal? — ironiza o Quinton.

Tadd mostra o dedo do meio para ele e continua andando.

Emma

Não olho para o Graham enquanto Reid e eu vamos até a escada e começamos a descer. Mesmo com a luz fraca, descer a escadaria é como entrar num baile de debutantes. Praticamente todo mundo no andar de baixo olha para cima para saber quem está descendo. Pelo menos metade das pessoas parece reconhecer o Reid. Um guarda-costas nos segue, e outro espera pertinho da pista de dança.

Reid está alheio ou finge estar; mais provável que seja a última opção. Usando uma camiseta azul que combina exatamente com seus olhos, uma calça jeans que se ajusta a ele como se tivesse sido feita sob medida e botas de caubói desgastadas, ele é a encarnação da beleza masculina. É da cabeça aos pés o cara de terno Armani na capa da GQ, com um editorial interno no qual ele aparece de regata preta e justa fazendo flexão de braço num galho de árvore, mostrando seus bíceps e ombros invejáveis.

Na pista, ele me puxa para si, ignorando o ritmo rápido da música e balançando devagar, levando meus braços para cima e ao redor do seu pescoço. Ele se inclina para o meu ouvido e diz:

— Não fica com medo, eu te protejo.

— Eu pareço estar com medo?

— Ãrrã. — Ele sorri para mim, apoiando a testa na minha, com as mãos na minha lombar, me puxando mais para perto. — Apavorada.

— Sou mais corajosa do que pareço.

— Bom saber. — Ele me puxa mais para o meio da multidão, que se abre para nós. Os guarda-costas parecem nervosos, mas Reid age como se fôssemos as únicas pessoas na pista, e todo mundo permite isso. Esse cara consegue encantar qualquer pessoa para obter o que deseja, e ele tem consciência disso. Mais um motivo para eu estar apreensiva.

Tento não pensar em Graham no andar de cima. Estou convencida de que ele saiu do meu quarto naquela noite por causa da Brooke. Eles provavelmente estão envolvidos, talvez já há um tempo. Talvez tenham discutido, ou talvez ele simplesmente tenha cometido um deslize — nosso beijo foi um erro e nada mais. Ele se tornou um bom amigo. Eu gosto de conversar e de correr com ele, do modo como ele me provoca, do modo como parece cuidar de mim. Tentar transformar isso em algo mais vai estragar tudo.

É isso que eu digo a mim mesma, presa nos braços do Reid, dançando com uma multidão como se ninguém mais existisse. Mas Reid e eu nunca seremos invisíveis, por mais que possamos fingir, e eu nunca me sinto como se as outras pessoas desaparecessem. Sinto essas pessoas me encarando o tempo todo que estamos na pista de dança, como se pudessem ver através de mim.

* * *

— Vamos tomar um café. Ainda não estou pronto pra subir — diz Reid baixinho quando entramos no hotel horas depois, em grupos de dois e três. Somos os últimos a entrar.

— Você quer chamar mais alguém...?

— Já cansei de todo mundo por hoje. — Ele leva um dedo aos lábios e me puxa na direção da cafeteria, fora da área de visão do elevador.

Ele pede uma mesa perto da janela e senta ao meu lado, e não na minha frente. Pedimos café e dividimos uma fatia de cheesecake, que ele come quase inteira. Ainda estou tentando queimar as calorias daquele bolo que dividi com o Graham.

Não pense no Graham.

Ainda tem gente na rua, e nós as observamos passando.

— Eu gosto de ver as pessoas fazendo papel de idiotas, como aquele cara. — Ele aponta para alguém que está fazendo uma dancinha bêbada para alguns amigos, que tentam, sem sucesso, impedi-lo. — Ou apaixonadas, como aqueles dois. — Um casal sob um poste de luz está se beijando com tanta paixão que eu fico vermelha.

— Eu também. Gosto de ser a plateia.

— Pois é — diz ele, com os dedos no meu queixo, virando o meu rosto.

Ele me beija com suavidade, no início. Depois seus braços me envolvem, uma das mãos se movendo da lombar para o quadril e então para a coxa, sua boca mais urgente. Por fim, ele encosta a testa na minha como fez na boate, com os olhos fechados enquanto nossa respiração se acalma.

— Vem comigo pro meu quarto? — ele pergunta tão baixinho que eu quase duvido que ele tenha falado algo. O significado é claro. Cristalino.

— Eu... não sei, Reid... — Minha cabeça está buscando uma resposta, sem querer afastá-lo, mas sem me sentir pronta para o que ele está pedindo.

— Eu só quero te beijar, nada mais. — Ele ri baixinho. — Tá bom, isso é uma mentira absoluta. O que eu quero dizer é que não vai acontecer mais *nada*, se for cedo demais pra você. Só me deixa te beijar num quarto onde não tenha um garçom ao redor, nem uma câmera gravando, nem um milhão de pessoas observando.

Faço que sim com a cabeça, e ele joga uma nota de cinquenta sobre a mesa para pagar o que deve ser uma conta de no máximo doze dólares, pega a minha mão e a coloca sob o braço enquanto atravessamos a porta da cafeteria e nos dirigimos aos elevadores.

Quando as portas se abrem no quarto andar, ele coloca a cabeça para fora, olhando para um lado e depois para o outro, como se fôssemos espiões. Ou fugitivos. O corredor está deserto. Saímos correndo até o quarto dele, dando risinhos. A chave do quarto está na mão dele, e em questão de segundos estamos lá dentro, e ele deixa a porta se fechar e a tranca. Não estou mais dando risinhos, nem ele.

— Quer beber alguma coisa?

Sinto que estou nervosa e com a boca seca.

— Água? — Por um instante, me sinto boba; não é como se eu nunca tivesse dado uns amassos em alguém. E aí lembro que estou sozinha num quarto de hotel com Reid Alexander.

— É pra já. Fica à vontade. — O quarto dele tem uma cama king size dominando uma das paredes, uma área de estar com um sofá e duas poltronas, um bar e portas duplas que levam para a varanda, virada para o sul. Há flores frescas sobre a cômoda e sacos de lavagem a seco pendurados na porta do armário. Sento no meio do sofá.

Ele traz duas garrafas de água mineral do frigobar, me dá uma e senta ao meu lado, se encostando no canto do sofá, deixando vários centímetros de espaço entre nós. Minha ansiedade aumenta em vez de diminuir, mas não sei como me acalmar.

Sem nenhum motivo, lembro como me senti confortável com o Graham no meu quarto.

Não pense no Graham.

— Emma. — Reid se estica para colocar a garrafa sobre a mesa de centro e me lança o olhar ardente que eu reconheço de todas as fotos de revistas que ele fez nos últimos dois anos. A diferença é que esse olhar é real, ao vivo e direcionado para mim. — Vem cá.

Coloco minha garrafa ao lado da dele e me aproximo até nossos joelhos se encostarem. Ele me beija suavemente, com uma das mãos na minha cintura, a palma apoiada nas minhas costelas. Alguns minutos depois, ele se levanta, me puxa com as duas mãos e coloca meus braços ao redor do seu pescoço, como fez na pista de dança. Ele me beija de novo, me levanta pelos quadris, ajeita minhas pernas ao redor de sua cintura e senta de novo, sem interromper o contato dos nossos lábios. Nós nos beijamos por cinco minutos, dez, quinze, não faço ideia. Quando me afasto, tão sem fôlego quanto se tivesse corrido um quilômetro, sua boca vai para o meu pescoço, formando uma trilha de beijos até a orelha.

Ele massageia minha lombar com uma das mãos enquanto a outra segura minha nuca, depois passa os dedos desde os meus ombros até as mãos, para cima e para baixo, finalmente envolvendo meus pulsos e puxando minhas mãos para se apoiarem em seu peito. Sinto sua pulsação sob a palma das mãos, e as dele vão para as minhas coxas.

— Tem certeza absoluta — seus lábios queimam uma trilha desde o meu queixo até a base da garganta, e agarro seus bíceps como se estivesse suspensa por um fio — que não quer ficar?

Preciso sair daqui antes de me render a algo para o qual não estou preparada. Não consigo pensar direito e, com as coisas que ele está fazendo, pará-lo ou a mim mesma não vai ficar mais fácil.

— Não posso, Reid. — Meu Deus, eu não poderia parecer menos convincente.

— Hummm, eu acho que você pode — diz ele, e suas mãos alisam a pele nua dos meus ombros, puxando as alças para o lado. Enquanto ele me coloca delicadamente de costas no sofá, olhando para mim com um sorriso sutil e observador, sei que ele consegue perceber minha vontade de ceder. E aí ele me beija de novo, e se passam cinco minutos até pararmos para respirar.

— Reid, por favor, não... Ainda não.

— Eu entendo — diz ele, respirando fundo e fechando os olhos. Então os abre e sorri com ironia. — Não se pode culpar um cara por tentar. — Ele me beija mais uma vez, de um jeito rápido e doce, com as mãos envolvendo meu rosto. — Você sabe onde me encontrar se mudar de ideia, Emma.

Saio do quarto dele com as pernas trêmulas, como se tivesse passado um mês em alto-mar, e sinto uma mistura estranha de arrependimento e alívio. Preciso tentar quatro vezes até conseguir destrancar a porta com o cartão-chave.

Deito na cama e aperto o botão mental de replay... até meu celular apitar, me assustando. É a Meredith, provavelmente querendo saber o que aconteceu quando Reid e eu desaparecemos.

Tudo bem com vc? Não que eu esteja preocupada nem nada. ;)

Tudo. O Reid e eu decidimos parar por uns minutos na cafeteria.

Quer almoçar e fazer compras amanhã?

Parece ótimo. Meio-dia?

Isso. Eu passo no seu quarto. Até.

26

Reid

Hora de reavaliar.

Primeiro, tenho certeza de que a Emma é virgem. O modo como ela está se segurando não é só cuidado em relação a mim — apesar de ser uma parte. Ela é nova nessa coisa toda. Apesar de não haver nada nela que diga "Estou me guardando para o casamento" ou algo assim, a maioria das garotas quer se guardar para alguma coisa — normalmente o amor, algo em que eu não acredito, como já disse.

Apesar disso, seu beijo é incrível. Eu sei que isso é subjetivo e que nem todo mundo gosta das mesmas coisas do mesmo jeito. Sinceramente, se eu for transar, tolero quase tudo. Mas a Emma não exige tolerância e, com um belo histórico para usar na comparação, sei que não devo menosprezar isso. Ela reage bem, seguindo cada movimento meu como fez na pista de dança, hesitante e doce enquanto conseguia me deixar louco de desejo, não importa quanto autocontrole eu pareça ter.

Já faz um tempo que eu não me sinto tão encantado por alguém. Jesus, que barato. Não posso estragar isso, e o melhor jeito de garantir sucesso é cortar qualquer outra ação no momento. De qualquer maneira, depois da hora que nós dois passamos no meu quarto ontem à noite, perdi o interesse em qualquer outra pessoa. Eu a quero. Ponto-final.

Mas tem o Graham Douglas.

Eu não conheço o cara. Ele é um enigma. Só fez filmes independentes e alguns filmes de estudantes no meio. Nenhum trabalho como ator antes dos dezessete anos, e parece que ele começou a faculdade antes disso. Não faço ideia se continuou, desistiu ou o quê. Ele é dois anos mais velho que eu, um ano mais velho que a Brooke. Suponho que os dois tenham se conhecido num projeto anterior. Eles parecem íntimos demais para quem acabou de se conhecer.

Não consigo imaginar que ele tenha cruzado o caminho da Emma antes de *Orgulho estudantil*, mas tudo é possível. Talvez eles tenham se pegado em algum momento, mas não até o fim. Da mesma forma, ele não parece o tipo de cara que disputa territórios — se ele pensar que ela é minha, acho que vai recuar. Depois que eu beijei a Emma na frente dele ontem, ele recuou sem uma palavra. Táticas de homem das cavernas não fazem parte do meu repertório, geralmente, mas perder uma garota que eu quero tanto também não.

Emma

Durante o almoço, a Meredith me interroga.

— Emma, *o que* está acontecendo entre você e o Reid?

Encolho um ombro.

— Sinceramente, não tenho certeza.

— Hummm. Achei que eu só ia receber resposta para a minha mensagem hoje de manhã...

— Bom, eu respondi ontem à noite... do meu quarto. — Ela arqueia uma sobrancelha. — Onde eu estava *sozinha*.

— Tá bom, chega de interrogatório, já entendi. — Ela toma um gole de chá gelado. — Ainda estou deprimida por ter terminado com o Robby, mesmo que seja melhor assim.

— O que aconteceu?

Ela retorce a boca.

— Quando estamos juntos, fica tudo bem. Quando estou longe, numa filmagem ou seja lá o que for, vira um inferno. Ele perde toda a confiança em mim. Quando não consegue falar comigo pelo celular, ele deixa mensagens irritadas. Me acusa de fazer coisas que eu nunca faria. Depois diz que me ama e que só está com medo. Na noite em que a gente terminou, eu falei que não podemos ficar juntos se ele não confiar em mim. Aí ele disse: "Então acho que não podemos ficar juntos", e acabou.

— Nossa. Que péssimo.

— Muito.

Meu celular apita e eu o procuro na bolsa. É uma mensagem do Reid.

Jantar hoje? Sozinhos? Passo no seu quarto às 7?

— Reid? — pergunta a Meredith.

— Ele quer sair pra jantar só comigo.

— E você não "tem certeza" do que está acontecendo. — Ela dá um sorriso afetado. — Olha, ele obviamente gosta de você, e você gosta dele... a menos que haja outra pessoa.

Penso no Graham e meus dentes trincam. *Por que* eu não consigo parar de pensar nele desse jeito? Por causa de *um* beijo, que ele obviamente acha que foi um erro? Coloco o garfo e a faca sobre o prato, sem olhar para ela.

— Não. Eu só preciso superar.

— Eu entendo. O Robby e eu terminamos três vezes nos últimos dois anos, e eu *realmente* só preciso superar. — Seus olhos se enchem de lágrimas. Eu queria poder encontrar esse tal de Robby e dar um soco na perna dele, para ele não conseguir mais andar, como fiz com um garoto que partiu o coração da Emily no segundo ano, quando era fácil revidar. — Então, o que vamos vestir hoje à noite? Gostosa casual ou gostosa arrumada? — pergunta a Meredith, sorrindo e piscando para afastar as lágrimas. — Estamos prestes a comprar esta cidade inteira. Precisamos saber o que procurar.

Aproveito para mandar uma mensagem para o Reid:

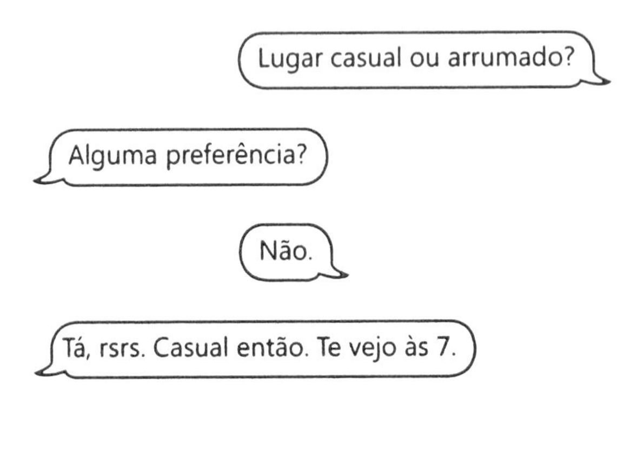

* * *

Enquanto estou me vestindo para o encontro com Reid (calça jeans escura, blusinha regata de seda roxa), penso na corrida com o Graham hoje de manhã. Ele não perguntou o que aconteceu comigo ontem à noite, graças a Deus. Mas perguntou sobre as minhas próximas aulas. Aqueles que não se formaram e têm menos de dezoito anos são obrigados por lei a frequentar aulas no set durante o ano escolar. Na próxima semana, Jenna, Meredith e eu começamos a ter aulas com tutores. Terei créditos suficientes para me formar em novembro.

— E depois? — ele perguntou. Fizemos uma fila atrás de um casal mais lento, pela terceira vez em dez minutos. — Faculdade? —

As trilhas ficam movimentadas nas manhãs de domingo, e isso torna a conversa um evento desconectado e esporádico.

— Eu nunca planejei fazer faculdade.

Ele sorriu para uma bebê no carrinho quando passamos, e ela sorriu de volta.

— Por que não?

Dei de ombros.

— Nunca pensei que fosse uma obrigação. Nem uma opção. — Eu me senti ficando na defensiva. — Não sou tão inteligente assim. Vou bem nos trabalhos, mas nada de espetacular.

— Você está se subestimando, Emma. E pessoas que fazem faculdade *não* são gênios, na maioria.

— Quer dizer que você fez uma enquete? Ou talvez uma pesquisa?

Ele riu, ficando atrás de mim quando passamos por um grupo correndo na direção oposta.

— Se uma pesquisa pode ser definida por ter consciência de que você daria um pau na maioria das pessoas com quem eu estudei — disse ele —, então sim.

A sensação aconchegante que fluiu em mim era ao mesmo tempo semelhante e totalmente diferente de um cara me dizer que eu sou gostosa. Um cara como o Reid, por exemplo.

— A MiShaun disse que você se formou em Nova York, né?

— Ainda não. Meu último semestre é na primavera, depois do fim das filmagens de *Orgulho estudantil*.

— Como você conseguiu se adiantar tanto?

Ele mordeu o lábio.

— Com pais acadêmicos e irmãs mais velhas, eu era precoce. Pulei o jardim de infância e fui do segundo pro terceiro ano no meio do ano. Eu gostava de ser o mais novo da turma, apesar de às vezes levar uma surra por ser pretensioso.

— Você *era* pretensioso?

— Era. — Ele riu. — Eu era totalmente arrogante, basicamente o tempo todo.

— E com quantos anos você terminou o ensino médio?

— Com dezesseis. — Ele me deu um sorriso afetado. — Uma tática inteligente, me fazer falar sobre mim para eu parar de perguntar sobre os seus planos, que você não fez.

— Não foi uma tática. Eu estava curiosa.

— Ãrrã. — Acho que ele estava com a mesma expressão que o fazia apanhar no parquinho.

— Além do mais, se está tentando me convencer de que as pessoas que fazem faculdade não são brilhantes, você é péssimo na parte persuasiva do seu argumento.

Ele suspirou.

— Eu *não sou* brilhante. Só que eu sempre fui um pouco mais... determinado... que os meus colegas. Outra coisa: certas disciplinas e professores te fazem pensar e criar abordagens para problemas que você não sabia que existiam. Como ator, isso te dá mais profundidade.

Quase exatamente o que a Jenna disse no avião.

— Hu... — Eu me corrigi e fechei a boca.

— Boa — disse ele antes de assumir a liderança para ultrapassarmos outra pessoa que caminhava com lerdeza.

* * *

Estou pronta às quinze para as sete. Às sete, já retoquei o cabelo quatro vezes, verifiquei os dentes duas vezes, sentei na cama e me levantei de novo inúmeras vezes. Ao ouvir a batida, meu estômago se retorce. Sem verificar pelo olho mágico, abro a porta e lá está a Brooke, vestida para sair, mas com o cabelo liso de um lado e ondulado do outro.

— Brooke? Oi.

Ela entra no meu quarto.

— Oi, gostei da blusa. *Por favor*, me diz que você tem uma chapinha. A minha surtou ou alguma coisa assim. A maldita fez um barulho quando eu estava no meio do caminho, como você certamente pode ver com seus próprios olhos, e agora eu tenho um encontro daqui a, tipo, vinte minutos com o empresário *super*gostoso daquela banda que a gente viu outro dia. E o meu cabelo está uma droga.

Empresário da banda? Ela tem um encontro com o empresário da banda?

— Hã, claro. Vou pegar.

— Ai, graças a Deus. Eu queria muito matar alguém, mas não sabia quem seria culpado, exceto quem fabricou aquela coisa, e eles provavelmente estão ganhando três centavos por hora e trabalhando numa fábrica sem janelas no sudeste da Ásia.

Quando saímos do banheiro, uma batida confiante soa na porta. Os olhos da Brooke deslizam até mim.

— Encontro hoje, Emma? Com quem? Com o Reid? — Ela espia pelo olho mágico. — É, ele está aí, o sr. Tudo de Bom. — Eu me pergunto o que ela quer dizer com *isso* enquanto ela abre a porta. — Oi.

Ele está usando calça jeans e uma camiseta branca da Lacoste, e parece que acordou de um cochilo, passou a mão no cabelo e achou que estava ótimo. E a questão é: está ótimo *mesmo*. Essa é a característica mais injusta e estranhamente sutil que ele tem: quanto mais blasé ele é em relação à aparência, mas lindo fica.

Por cima do ombro da Brooke, vejo diversas emoções passarem pelo rosto do Reid. Ele olha para o número na porta e depois para ela de novo, pisca, inclina a cabeça ligeiramente para o lado. Então estreita os olhos e me vê atrás dela.

— Brooke. Seu cabelo está ótimo.

— Bom, vou consertar minha dupla personalidade. Divirtam-se, crianças. — Ela vira para mim. — Obrigada pela chapinha. Te devo uma. — Ela e o Reid parecem crianças de cinco anos se encarando quando ela passa por ele e vai em direção ao quarto dela, murmurando.

— Garota esquisita — diz ele, virando para mim. Com o olhar avaliador, me analisa de cima a baixo. Pega a minha mão e me gira devagar. — Você está *tão* gostosa. Pronta?

— Sim. Vou pegar a bolsa. — Respiro para me acalmar enquanto atravesso o quarto, tentando lembrar que ele é só um cara. Nesse encontro, *ele é só um cara.*

Tá bom.

27

Reid

Bob e Jeff estão parados na saída do hotel, o que me diz que tudo vai ficar muito mais interessante. Quando saímos e os flashes disparam, a mão da Emma aperta a minha. Com os guarda-costas nos protegendo, deslizo um braço ao redor dela e a conduzo até o carro que está esperando. Ela está claramente um pouco assustada e desacostumada com esse nível de atenção da mídia.

Uma das muitas coisas estressantes e inesperadas que ninguém te conta é como as pessoas com câmeras chegam *perto*. Eles não têm lentes profissionais de zoom? Realmente precisam se enfiar debaixo do braço carnudo do Bob para estourar um flash bem na nossa cara? Os fotógrafos chamam meu nome, tentando me fazer levantar o olhar para conseguirem uma foto rentável. Quando isso não funciona, tentam chamar a Emma. Ela me segue e os ignora. Garota esperta.

Alguns dos paparazzi nos seguem até o restaurante, que fica a pelo menos meia hora de distância, e os flashes começam de novo antes mesmo de sairmos do carro. Bob e Jeff, como sempre, valem cada centavo que a produção paga a eles, proporcionando uma parede de músculos ao nosso redor enquanto corremos para dentro.

Somos recebidos por um maître respeitoso, luzes baixas, carpetes grossos, paredes de pedra e vigas de madeira. Os garçons usam preto e branco formal, as mesas ostentam toalhas muito brancas e luz de velas derretidas, e luzinhas brancas envolvem as colunas e se penduram no alto como estrelas. Dou meu nome e somos conduzidos até uma mesa perto da janela dos fundos, como pedi, com vista para o lago. Há mesas e cadeiras do lado de fora e um deque decorado com mais luzinhas, como vaga-lumes.

Observo o rosto da Emma enquanto ela absorve tudo.

— Gostou?

Seus olhos verde-acinzentados arregalados oscilam por tudo, voltando aos meus.

— Gostei. É lindo.

— É mesmo. — Estou encarando a Emma. Não parei de fazer isso desde que sentamos. Ela sorri com timidez, com a cabeça baixa.

A mesa é pequena, e eu me inclino e pego sua mão, com um projeto de sorriso aparecendo na boca, a levo até os lábios e beijo os nós dos dedos, um de cada vez. Brega, eu sei. Mas o tipo de coisa que os caras costumam ser burros demais para fazer. Seu rosto fica um pouco vermelho.

— Então, Emma. Você está preparada pra ser famosa? — Solto sua mão, me recostando na cadeira quando o garçom chega com uma garrafa de vinho. — Porque esse filme vai fazer isso por nós dois.

Ela me dá um sorriso afetado enquanto eu saboreio e aprovo o vinho, e não fala nada até o garçom desaparecer.

— Você já é famoso.

Franzo a testa, com os lábios pressionados.

— Sou? Por que você diz isso?

— Ah, não sei... Os fotógrafos que te seguem, talvez? As garotas?

— Que garotas? Não notei nenhuma garota — digo, e ela ri de novo. — Bom, eu notei *uma* garota. E não consigo ver nem me importar com nenhuma outra ultimamente. Por mim elas podem até ser invisíveis.

Olhando para mim com a cabeça inclinada, ela diz:

— Hum.

Não quero falar demais cedo demais. Ela parece estranhamente alerta a mentiras.

— Você não respondeu. Está pronta pra fama?

Ela dá de ombros.

— Não sei. Ainda é meio surreal. Eu quero ter sucesso, é claro. Mas parte de mim quer apenas ser uma garota normal.

Essa é novidade. Quem quer ser normal?

— Normal como?

O desconforto está de volta. Ela morde o lábio, com os dedos traçando a base da taça de vinho enquanto decide o que vai revelar.

— Tipo... colégio. Aulas de teatro. Jogos de futebol. Planos pra faculdade. Baile de formatura.

— Baile de formatura, é? — Dou uma risada baixa, e ela sorri. — Há quanto tempo você estuda em casa?

— Desde o sexto ano.

— Eu também comecei nessa época.

Ela se endireita.

— Você nunca se incomodou... com os amigos que deixou pra trás? As equipes esportivas em que nunca jogou, o cargo de representante de turma que você ganharia fácil?

Ninguém me perguntou sobre isso antes. E nunca pensei muito no que posso ter deixado para trás ou do que abri mão. Terminei os créditos para me formar um ano atrás e fiquei mais do que feliz por encerrar as aulas, os trabalhos e os tutores.

— Eu nunca frequentei escola pública, por isso minha situação nunca foi tão normal desde o início. — Eu me aproximo, com os cotovelos sobre a mesa. — Sabia que existem milhares de pessoas da nossa idade que largariam essas coisas todas num piscar de olhos pra ter o que nós temos, pra ser quem somos?

— Ouvi dizer. — Ela fica um pouco vermelha, e eu sorrio.

— O que foi? — pergunto, e ela fica mais vermelha e abaixa a cabeça de novo para sorrir.

— Nada. Só uma coisa que a minha melhor amiga me disse recentemente. Sobre fazer esse filme. — Inclino a cabeça, reconhecendo que tem mais coisa que ela não está dizendo. Ela revira os olhos. — Com você.

Não consigo impedir uma risadinha.

— Quer dizer que eu tenho uma fã em... onde você mora?

— Sacramento.

— Sacramento. Não é muito longe de Los Angeles. — Sei o que estou deixando implícito no instante em que isso sai da minha boca.

Ela também sabe, e está analisando o meu rosto.

— Uns seiscentos quilômetros. Não é exatamente a casa ao lado.

Dou de ombros.

— Não. Mas não é longe como, digamos, o Texas ou Nova York. — Sei o que estou deixando implícito com isso também, mas já abandonei o olhar inocente. Crescer com meu pai me ensinou a mentir como um profissional, ou nem me incomodar com isso.

Com uma sincronia perfeita, que vai gerar uma gorjeta de trinta por cento, o garçom chega com os nossos pratos.

Emma

É estranho, mas não pensei muito na distância entre onde eu moro e onde o Graham mora. Mas Nova York é do outro lado do país em relação a Sacramento. Em comparação, Los Angeles parece estar na mesma rua. Eu devia me beliscar agora mesmo por pensar no Graham. Estou num encontro com o Reid. E estou curtindo.

A comida é fantástica, e o garçom é atencioso, mas não intrusivo. Conversamos sobre os trabalhos que fizemos, as pessoas com quem trabalhamos ou queremos trabalhar, e ele é engraçado, especialmente quando fala das fofocas de Hollywood e como as pessoas podem ser fúteis e traiçoeiras. E falsas. O que me faz pensar na Brooke.

— Como você conheceu a Brooke? — pergunto, sem pensar que essa pergunta vai provocar a reação que provoca. Acabei de me lembrar da animosidade que parece existir entre os dois e me perguntei o motivo. Ele controla a resposta rapidamente, mas não antes de eu ver o que se passa pelo seu rosto. Mesmo assim, não sei como interpretar. — Desculpa, não estou tentando bisbilhotar. Eu só... percebi que vocês parecem... hã... — Ai, meu Deus, eu me coloquei num beco sem saída.

— Você percebeu, é? — Sua voz está cuidadosa, calma. Ele não parece irritado.

— Desculpa... Não é da minha conta.

— Tudo bem. Na verdade eu nunca... falei com ninguém sobre o que aconteceu. — Ele se remexe na cadeira e espera o garçom levar o prato. — A gente se envolveu. Muito tempo atrás. — Seus olhos azuis se erguem e ele suspira. — Dizer que não terminou bem seria amenizar a situação.

— Uau. Eu realmente... sinto muito. — Estou morrendo para saber o que aconteceu, mas *de jeito nenhum* vou perguntar.

— Sério, foi há *muito* tempo. Já superei totalmente, pode acreditar. E sei que ela também. Só que essa é a primeira vez que a gente trabalha junto desde então. — Ele sorri de um jeito pensativo, depois sacode o cabelo e parece afastar qualquer negatividade. — Não tem motivo para nenhum de nós ser amargo agora. Ela parece feliz com o Graham.

Bum. Assim, na lata.

— Eles estão...? Quer dizer, hoje à noite ela disse... — Ops, isso provavelmente vai contra o código feminino. Mesmo que Brooke e eu não sejamos exatamente melhores amigas.

Ele arqueia uma sobrancelha.

— O quê?

Argh! E se ele contar ao Graham? Será que *eu* devo contar ao Graham?

— Bom... ela disse alguma coisa sobre um encontro hoje à noite...

— Com alguém que não é o Graham, é isso que você quer dizer?

— É. — Eu me sinto desconfortável por divulgar isso, até o Reid responder:

— Emma... você não está acostumada com o povo de Hollywood. Você ainda é inexperiente... Não que você não deva ser assim. — Ele coloca o cartão de crédito em cima da conta e dispensa o garçom. — Tenho quase certeza que a Brooke e o Graham, por morarem tão longe um do outro, têm um acordo.

— Você quer dizer... de sair com outras pessoas?

— Ou isso ou eles só estão se divertindo durante as filmagens. — Acho que a expressão no meu rosto me leva direto de inexperiente para totalmente ingênua, porque ele diz: — Ah, que ótimo. Agora eu te deixei chocada. Olha, tenho *certeza* que, não importa o que eles estejam fazendo, é combinado entre os dois. A melhor coisa a fazer nessa situação é adotar uma atitude de viva-e-deixe-viver.

Ele assina o recibo com um rabisco ilegível e se levanta, pegando a minha mão.

— Vem, vamos sair daqui.

Quando chegamos ao hotel, ele me escolta para entrar do mesmo jeito que fez horas atrás, na saída. Depois que entramos, ele pega minha mão enquanto atravessamos o saguão. Eu me sinto mais confortável com ele do que jamais pensei que seria possível, mas minha pulsação está disparada quando chegamos ao elevador. No momento em que as portas se fecham, ele se recosta na parede lateral e me puxa para si, com os pés afastados apenas o suficiente para eu me encaixar no meio.

— Vou te beijar agora — diz ele, com as mãos pressionando minha lombar. E então faz exatamente isso.

Paramos na minha porta, e ele não diz nada sobre continuarmos até o quarto dele.

— Eu sei que você vai filmar num horário revoltante amanhã, então, se me der mais um beijo logo atrás da sua porta, eu volto para o meu quarto, onde vou ficar sentado e sorrindo por um tempo antes de cair no sono.

— Nada de matar zumbis hoje à noite?

Ele ri.

— Ah, quem foi... Tadd ou Quinton? Esse vício era pra ser nosso segredo. É tipo o Clube da Luta pra caras que precisam continuar com o rosto bonito.

Dou risada e destranco a porta. Entramos no quarto, onde deixei um abajur ligado e as cortinas abertas, porque estava claro do lado de fora quando saímos. Reid deixa a porta se fechar e imediatamente me pressiona contra ela, com as mãos nos meus ombros. Suas unhas me arranham levemente descendo pelos meus braços nus. Quando chega às minhas mãos, ele as pega, inclina a cabeça e me beija.

— Tenho que ir agora, senão vou acabar ficando por aqui — diz ele minutos depois. Não consigo fazer nada além de assentir com a cabeça. Ele me beija de novo, se afastando e murmurando "Droga" antes de abrir a porta e sair para o corredor.

* * *

A produção interrompeu o cronograma de gravação na casa dos Bennet para terminar algumas cenas no shopping. Temos que estar na locação e prontos para gravar às cinco horas da manhã, para terminar de filmar antes de o shopping abrir. Ninguém pode nos culpar por resmungar que o dia começou cedo demais quando estamos nos arrastando para fora da cama às quatro da manhã — que, sinto muito, *não é* tecnicamente de manhã. Ontem, quando soubemos da mudança, Graham e eu decidimos sacrificar nossas corridas matinais da semana.

Cinco de nós cambaleiam até a limusine e se jogam nos assentos, agarrados a copos do Starbucks, repassando as falas do dia. Reid, Tadd e Brooke só filmam à tarde, então, no momento, todo mundo os odeia. Quinton se esparrama ao meu lado, com os olhos fechados e usando óculos de sol, apesar de ainda ser noite lá fora e das janelas escuras, como se as miniluzes no interior da limusine fossem uma ofensa.

— Por que eu estou acordado? O sol ainda nem apareceu — reclama ele.

Ao meu lado, a boca do Graham se curva num dos lados, e ele bate com o pé no meu. Estamos acostumados a acordar antes do sol, com o calor gradual às nossas costas enquanto ele vai subindo, as sombras alongadas e irregulares que ele cria à nossa frente enquanto corremos para oeste ao longo das trilhas do rio, seus raios no rosto quando viramos para voltar ao hotel.

— Já estou com saudade de correr — diz ele.

— Ouvi dizer que caminhar no shopping é popular entre o pessoal mais velho — digo. — Você pode ficar por lá quando a gente terminar de gravar, dar umas voltas...

Ele balança a cabeça, se esforçando para reprimir um sorriso.

— Engraçadinha. — Seu olhar vai para a janela do outro lado, e nós dois observamos a paisagem da cidade passando durante vários segundos.

— E se *correr* não for a única coisa que me deixa com saudade?

Olho para ele, mas seu olhar não desgruda da janela. *Meu Deus.*

Mais tarde, recebo uma mensagem da Emily:

> Detalhes de ontem à noite?? Vi fotos online, mas não é a mesma coisa que saber dos detalhes sórdidos.

> Foi legal. Conversamos bastante. A coisa dos paparazzi é meio assustadora.

Vc está saindo com um cara que tem seus próprios pôsteres, caramba.

Eu seeeeeeiiii. Mas não tive essa sensação ontem à noite...

Vcs já são oficiais? Os sites de fãs dizem que os seus assessores e os dele não querem comentar.

Eu tenho assessores??

Parece que sim.

Afff. Preciso ir filmar. Hoje à tarde devem começar as minhas aulas. Zzzzzz

28

Reid

Nos últimos três dias, todas as vezes que consigo, monopolizo o tempo da Emma. As aulas dela à tarde são uma interrupção chata, além de agora ela ter trabalhos para fazer durante o tempo livre, que eu preferia que ela passasse comigo. Temos a próxima segunda-feira de folga, em parte por causa do Dia do Trabalho e em parte porque a esposa de Adam Richter tem uma cesariana marcada para esse dia.

Para mim, um fim de semana prolongado significa duas coisas. Primeiro: a Emma vai para Sacramento no sábado, então não vou vê-la por três dias. E segundo: as duas primeiras semanas da minha mãe na reabilitação, sobre as quais eu me recusei conscientemente a pensar, estão quase acabando. Meu pai acabou de me avisar que eu vou para Los Angeles na sexta à noite — ou seja, amanhã.

— Temos que estar numa sessão de família com ela no sábado de manhã — diz ele.

Eu me sinto reagindo emocionalmente à sua atitude ditatorial antes mesmo de processar as palavras. E depois as processo. Sessão. De família. A *última* coisa que eu quero é conversar com mais um terapeuta inútil.

— O quê — digo, e minha voz não tem inflexão.

— Olha, sinto muito se isso vai interromper suas festas habituais, mas é a sua *mãe*, e ela deve ser importante o suficiente para você abrir mão de *uma hora* das suas atividades de desperdício de tempo. O George marcou sua passagem de Austin para Los Angeles na sexta à noite, e eu vou dirigir até Malibu com você no sábado de manhã.

Tudo bem, primeiro, quer dizer que ele vai *me* dar um sermão sobre a minha mãe ser prioridade? E todos os jantares em que ele não aparece? As merdas de caridade que ela faz e a que ele não dá a mínima atenção? Ele passa todas as noites e fins de semana no modo não-perturbe-sou-importante-e-estou-trabalhando, mesmo quando está em casa. Agora, como ela está na reabilitação de novo, ele vai usar a carta da preocupação? Sério?

Passo a mão no cabelo, puxando-o, enquanto meu maxilar trava. Ele força todas as barras comigo.

— Tá bom. Sexta à noite. Diz pro George deixar um carro me esperando no LAX.

— Já está combinado. Você conhece o George.

— Tá bom — repito. Não aguento mais falar com ele, mas, por algum motivo idiota, não consigo simplesmente *desligar.*

— Você vai chegar um pouco tarde pro jantar... — começa ele.

— Não, pai, obrigado. Essa semana está me matando. Pede pra Immaculada deixar alguma coisa que eu possa esquentar quando chegar aí.

— Tudo bem. Te vejo amanhã...

— Certo. Até amanhã. — Aperto o botão de desligar e jogo o celular na cama. Ele quica algumas vezes, atingindo o carpete macio. — *Cacete.*

Emma está em aula por mais alguns minutos. Ela vai aparecer no meu quarto quando terminar. Nos últimos dias, temos dançado ao redor do assunto sexo. Todas as vezes que dou um passo à frente e ela reage recuando, eu também recuo. Mas eu *realmente* não quero ir para casa sem isso na mala. Se a minha casa e o meu pai e as sessões de terapia em família não estivessem se aproximando, eu teria mais paciência. Se eu não tivesse decidido acabar com as peguetes locais, poderia simplesmente sair com o Quinton ou o Tadd, encontrar alguém... Se, se, se. *Argh*. Fico dizendo a mim mesmo que ela vai valer a espera. Se a química que temos até agora for uma indicação, ela vai mais do que valer a espera.

A maioria de nós estava na Gap hoje de manhã, onde Emma e eu fizemos cenas nas quais nossos personagens estavam envolvidos numa discussão acalorada. Juro que nós dois estávamos tão mergulhados nos personagens que nos encontrávamos metade putos e metade excitados quando o Richter gritou "corta". Enquanto esperávamos a produção reposicionar a iluminação, inclinei a cabeça para longe da multidão ao nosso redor.

— Vem comigo.

Ela me seguiu, confusa, enquanto eu ia até o outro lado de uma divisória de três metros de altura com shorts pendurados de um lado e vestidos de verão do outro.

— Reid, o quê...?

Não a deixei terminar, levando-a até o arco-íris de vestidos e a beijando, empurrando-a contra a parede falsa, com o algodão macio nas suas costas, como uma almofada. Quando levantei a cabeça, ela piscou, com as mãos entrelaçadas no meu peito, não exatamente me puxando para si, mas também não exatamente me empurrando.

— O que foi isso? — Ela estava meio sem fôlego.

— Isso foi "Janta comigo hoje à noite". — Comecei a me aproximar de novo, e ela colocou a mão na minha boca, rindo baixinho e olhando por cima do meu ombro para garantir que ninguém havia descoberto a gente. Acho que alguém tinha que se preocupar com isso, porque eu certamente não me preocupei.

— Temos que estar aqui cedo de novo amanhã. Não temos tempo pra sair...

— Jantamos no hotel, então. — Sua mão abafou minhas palavras, e a barba rala de um dia que eu tenho que manter com cuidado para a filmagem arranhou a palma da sua mão.

— Você vai se comportar? — Ela começou a afastar a mão, devagar, como se não confiasse em mim. Tentei não sorrir e fracassei. Quando ela arqueou uma sobrancelha com um olhar de autoridade, eu a imaginei com uma régua na mão e um giz na outra, usando óculos, uma sainha apertada, sapatos de salto alto... Definitivamente não ajudou.

Fiz que sim com a cabeça, levantando dois dedos.

— Palavra de escoteiro.

Ela estreitou os olhos.

— Não consigo te imaginar como escoteiro.

Pisquei inocentemente.

— Ah... isso é exclusivo dos escoteiros?

Ela revirou os olhos, e eu me aproximei e a beijei.

— *Reid*.

— Emma... no meu quarto ou no seu? Você decide. — Rocei os lábios em sua têmpora e baixei a voz até um sussurro. — Muitos desses. — Eu a beijei de novo. — E nenhuma roupa tirada.

Ela me olhou com os lábios pressionados, e levantei dois dedos de novo, o que a fez rir e socar o meu ombro.

— Tá bom. No seu.

Nesse instante, ouvimos Laura, a assistente de produção, se aproximar e dizer:

— Eles não podem ter ido muito longe... — Dei dois passos para trás, pegando as falas do dia no bolso de trás da calça jeans enquanto puxava Emma do colchão vertical em que a pressionei.

Quando Laura apareceu, eu estava apontando para o meio da página, e Emma estava observando.

— E essa é a sua deixa pra me dar o olhar maligno.

— Ah! Entendi — disse ela, como se estivéssemos discutindo o roteiro no meio de um monte de vestidos. Longe de todos. Ainda bem que somos atores.

Laura nos viu.

— *Aí* estão vocês. O que estão fazendo aqui? Ninguém sabia onde estavam! Está na hora de vocês. — Emma me deu outro empurrão quando Laura desviou o olhar. Falei sem som: "Que foi?", com a expressão mais angelical que consegui.

A filmagem no shopping amanhã deve terminar cedo. Algumas segundas tomadas, poucas tomadas distantes, filmagens com dolly e pronto. Mesmo assim, eu preciso arrumar as malas e chegar ao aeroporto para fazer o check-in até as cinco. Então é hoje ou só na semana que vem. Merda.

Emma

A televisão de tela grande ainda está ligada, mas não estamos prestando atenção.

Quando cheguei ao quarto do Reid, ele me puxou para dentro e trancou todas as fechaduras.

— Hum... — eu disse, e ele falou que não queria que as arrumadeiras entrassem, mas achou que eu não ia querer que ele colocasse o aviso de "Não perturbe" na porta. Definitivamente não.

Agora estamos sentados no chão, com as costas na cama, e ele acabou de me dizer que, se o apocalipse zumbi acontecer um dia, eu vou me ferrar muito. Fingi me sentir insultada.

— Não estou convencida de que a minha incapacidade de evitar que os meus miolos sejam comidos num videogame tem relação direta com a morte certa num ataque real de zumbis.

Sorrindo, ele joga os controles perto da televisão e me levanta do chão.

— Talvez não. Mas você precisa admitir que não é um bom sinal.

Contornamos os pratos do jantar, acumulados sobre o lençol que ele abriu no chão quando o serviço de quarto chegou. Sobrou muito pouco de seu camarão jumbo escaldado na manteiga e do meu crepe de cream cheese com alcachofra; não sobrou nada do chardonnay. Eu me sinto satisfeita e agradavelmente zonza, mas não bêbada. Porém, quando sentamos no sofá, estou tão consciente dele, de cada detalhe, que pareço embriagada.

— Então... Onde estávamos mais cedo, enquanto nos escondíamos da equipe de filmagem...?

Suas mãos me acariciam, tão concentradas e certeiras que a existência das roupas faz pouca diferença. Nós nos agarramos no sofá, com beijos e toques, até eu estar deitada de costas, derretida nas almofadas, enquanto ele me encara com seus olhos azul-marinho sob a luz fraca, o cabelo desgrenhado caindo na testa.

— Você é incrível — diz ele, a voz macia, o rosto apoiado em uma das mãos enquanto a outra provoca carinhosamente, descendo do meu pescoço até o seio, provocando uma arfada quando os dedos alisam o mamilo, depois até a barriga e mergulhando no meu short.

Ele não faz movimentos para abrir o short, mas eu sei o que ele está pensando. Ele sabe que eu sei. Ele é um hipnotizador e não tem a menor intenção de estalar os dedos e contar até três para me tirar do transe.

— Eu sei o que prometi. Nada de tirar a roupa. Mas você não prometeu nada e, se quiser, eu ficaria feliz de me tornar um mentiroso.

A diferença entre nós? Ele sabe exatamente o que quer.

— Reid, faz só uma semana. — Cinco dias, na verdade. Cinco dias de beijos e amassos, metade dos nossos encontros terminando em algum tipo de combate entre o sim e o não.

— Tudo isso? — Reviro os olhos e ele ri. — Desculpa, Emma. Eu sei que estou forçando a barra. Você é tão adoravelmente irresistível, e eu sou só um cara, sabe?

Ele é fã declarado dessa desculpa. Como se eu não quisesse ir para a cama com ele, se não fosse essa sensação incômoda de que eu preciso de mais uns dias. Se ele é assim tão persistente com todas as garotas que encontra, a maioria já estaria na cama dele cinco dias atrás, se estivessem no meu lugar. E é isso que está me incomodando. Quantas já estiveram ali e quantas estão esperando na esquina? Preciso de um tempo sozinha para pensar. E preciso da Emily.

Reid Alexander quer transar comigo. E eu fico dizendo não para ele.

Eu devo estar louca.

* * *

Ninguém fez checkout do hotel em Austin, preferindo manter nossos alojamentos temporários intactos, então só levei uma mala comigo nessa viagem para a casa que nunca me pareceu um lar.

Quando meu pai se casou com a Chloe, ela se mudou para a nossa casa. E, em poucos meses, começou a implorar por um lugar novo.

— Precisamos de uma casa só nossa — insistiu ela, com os braços ao redor do pescoço dele enquanto eu ouvia escondida na lavanderia, perto do corredor que dava para o quarto deles. — Vamos nos mudar para Los Angeles ou San Francisco. Algum lugar que não seja tão horrível e suburbano. — Prendi a respiração. Sair de Sacramento significaria deixar a Emily e a minha avó.

— Chloe, meu *emprego* é aqui — respondeu ele.

O acordo foi mudar para uma casa maior, onde os móveis não fossem feitos para crianças, e o meu quarto foi decorado num estilo que a Chloe chamou de chique despojado, as paredes pintadas de uma cor mostarda-estragada que eu nem sabia que existia. Eu passava os fins de semana com a minha avó sempre que podia, e lá era aceitável falar sobre a minha mãe, e eu tinha permissão para colocar os pés no sofá e ter um gatinho que eu chamei de Hector.

Num fim de semana, depois que a Chloe decidiu que era sua responsabilidade falar comigo sobre sexo, eu gaguejei para fazer algumas perguntas adicionais à minha avó. Eu não tinha certeza se ela sabia as respostas, mas imaginei que, se ela teve a minha mãe, devia ter feito sexo pelo menos *uma* vez na vida. Quando repeti algumas das explicações básicas da Chloe, o rosto normalmente calmo da minha avó ficou roxo, e tive medo de lhe provocar um ataque cardíaco. Mas ela simplesmente respirou fundo e disse:

— Essa conversa pede um chocolate quente, com muitos mini-marshmallows.

Quando eu tinha catorze anos, minha avó morreu por causa de um aneurisma cerebral. Ela era cuidadosa, tinha uma boa dieta e fazia exercícios, exames de câncer e de prevenção de doenças cardíacas. Eu pesquisei e descobri que aneurismas são praticamente indetectáveis, ainda mais se não houver sintomas, como dores de cabeça ou visão dupla. E, mesmo que sejam descobertos precocemente, às vezes não é possível fazer nada a respeito do aneurisma escondido no cérebro. Ela teria odiado saber que tinha uma bomba-relógio na cabeça.

Implorei que meu pai e a Chloe deixassem o Hector morar com a gente. Jurei que ia passar aspirador de pó e usar removedor de pelo todo santo dia, prometi alimentar, dar água e recolher o cocô. Tudo que a Chloe disse foi:

— Sou *alérgica*, Connor!

Estou convencida de que a única coisa no Hector que dava alergia na Chloe era a ideia do pelo dele grudado em suas roupas e seus móveis espalhafatosos.

— Desculpa, Emma — disse o meu pai quando entrei batendo pé no meu quarto. — A gente vai encontrar um novo lar para ele. — Ele parecia chateado, mas inabalável. Nos conflitos, os desejos da Chloe sempre ganharam dos meus.

Emily, furiosa ao me defender, implorou à mãe dela para ficar com o meu gato órfão. A sra. Watson não ficou empolgada com o lindo pelo branco e comprido do Hector, mas, para nossa surpresa, aceitou. Hector, que não é burro, transferiu suas demonstrações de adoração felina — sentar no colo de vez em quando e abraçar com o rabo frequentemente — para a mãe da Emily. Meu gato agora tem dez anos, um idoso em anos felinos.

* * *

— Só uma mala? — Meu pai olha em dúvida para minha sacola de viagem quando saio do aeroporto. Ele está acostumado com a Chloe, com quem não existe a possibilidade de não despachar as malas.

— Só vou ficar por uns dias. — Eu a jogo no banco traseiro e entro no SUV.

— Como está a filmagem? — pergunta ele, entrando no meio dos carros enquanto eu respiro fundo.

— Tudo bem. — Estou tentando me concentrar em ver a Emily, a mãe dela e o Hector. Se eles não estivessem me esperando em Sacramento, eu ia preferir ficar em Austin no fim de semana, mesmo que totalmente sozinha. Eu não teria ido para casa para ver a Chloe, nem em um milhão de anos. E não teria ido para ver o meu pai.

Pontos de vista opostos brigam na minha mente. Por um lado, quero pedir conselhos a ele sobre Reid e Graham, sobre a faculdade e o fato de que eu vou ser maior de idade em breve. Quero que ele saiba que isso me apavora, porque eu não tenho planos para a minha vida, além de continuar fazendo o que eu sempre fiz.

Por outro lado, não quero nem falar com ele.

Todos os sites de psicologia do desenvolvimento que eu pesquisei dizem que o desejo de separação é natural nos adolescentes. Mas o que estou sentindo não pode ser natural, e a liberdade que eu tenho não foi conquistada de um jeito normal. Eu cresci sem mandamentos religiosos, quase sem hora para chegar em casa e sem pressão para ter sucesso acadêmico. Minha avó e a sra. Watson me amavam, mas não podiam me criar. Essa autoridade era sempre do meu pai, e tudo que ele fez para isso foi insistir que eu me tornasse uma estrela. Sou uma garota de dezessete anos que criou *a si mesma* durante uma década inteira. Fiz um ótimo trabalho, mas esse fato é tão incrivelmente triste que chega a dar raiva. Sentada aqui no carro do meu pai, percebo que *estou* furiosa.

Num esforço para preencher o silêncio, ele começa a falar do trabalho, da reforma que a Chloe começou na cozinha e de um problema com o sistema de irrigação que exigiu que o quintal todo fosse escavado para instalar um novo.

Não respondo.

E ele não percebe isso.

29

Reid

Estamos a meio caminho da clínica de reabilitação, e nenhum de nós disse uma palavra. Quando saímos de Los Angeles, o nevoeiro que cobre a cidade quase trezentos e sessenta e cinco dias por ano diminui. O céu azul-claro parece pintado sobre a paisagem; as únicas nuvens são espirais de fumaça ao longe.

Não tenho ideia do que esperar da sessão de terapia nem da minha mãe. Não acredito no processo. Por que deveria? Ele fracassou várias vezes. Ela luta para se manter sóbria enquanto eu luto para evitar isso.

Não é exatamente verdade. Apesar de ser verdade que eu forço os limites sempre que possível, sei me controlar quando preciso. Eu gosto de ficar chapado de vez em quando, claro. Sou jovem. É divertido. Por que não? Não estou usando o álcool para "entorpecer a dor" ou qualquer outra merda idiota dessas. Não bebo quando estou trabalhando. Os terapeutas da minha mãe diriam que estou em negação. Que estou inventando desculpas. Eu diria que estou explicando. Eles diriam que há uma diferença entre explicações e desculpas, e que estou fazendo uma coisa e chamando de outra. E aí eu diria que não dou a mínima para o nome. E esse seria o fim.

John me manda uma mensagem dizendo que tem uma festa hoje à noite a que a gente precisa ir. Quer saber se eu quero dormir no apartamento dele perto do campus. Ele começa a faculdade na terça, não que esteja preocupado com isso. Duvido que ele sequer saiba qual é o cronograma de aulas — o pai dele exigiu que ele se inscrevesse numa faculdade de finanças. Não consigo imaginar como isso vai acabar, mas vai ser explosivo. John está andando no limite perigoso de fingir seguir os passos do pai. Estou feliz porque pelo menos não preciso fazer isso. Tenho meu próprio caminho e, apesar de o meu pai não entender, parece apoiar. No mínimo, ele nunca tentou me moldar para ser uma versão mais jovem dele: Mark Alexander, advogado brilhante e respeitável.

Duvido que ele pense que eu seria capaz de ser igual a ele, não que eu possa argumentar sobre isso e não que um dia eu *quisesse* ser.

* * *

Quando chegamos, meu pai atravessa o saguão e eu o sigo, sem tirar os óculos escuros, até passar pela área da recepção e por todo mundo que está ali. A mulher atrás do balcão o reconhece e imediatamente olha para mim, piscando rápido apesar de sua expressão continuar neutra, confirmando que ela sabe quem eu sou por associação. Eu me pergunto se minha fama dificulta a estadia da minha mãe aqui, onde todo mundo sabe ou virá a saber que ela é a mãe de Reid Alexander. Ela não consegue permanecer anônima, assim como eu. Mas pelo menos a minha notoriedade foi/é escolha minha.

O lugar é elegante, o que não me surpreende, e a minha mãe parece frágil como sempre, o que também não me surpreende. Só temos permissão de encontrá-la no consultório da terapeuta nesta visita e, sinceramente, espero que seja a única vez que eu precise estar aqui.

Há dois sofás — um deles parece uma namoradeira — e duas poltronas ao redor de uma mesa baixa. A terapeuta, dra. Weems, senta numa das poltronas, cruzando as pernas e abrindo o arquivo no colo, sem nos dizer onde devemos sentar. Imagino que seja um teste, mas não sei qual arrumação ela aceitaria como positiva, ou se ela percebe que eu sei que ela está analisando cada um de nós e a forma como nos relacionamos com base em nossa escolha. Quando esses pensamentos chegam até o meu cérebro, meu pai já está sentado no meio do sofá comprido, e minha mãe ao lado dele. Eu me jogo no meio da namoradeira, porque essa escolha não exige nada além de sentar exatamente onde estou. A dra. Weems está escrevendo, já encontrando as minhas falhas, ou talvez esteja desenhando gatos engraçados enquanto nos espera brincar de dança das cadeiras.

— Mark, Reid, eu sou a dra. Weems. Podem me chamar de Marcie. É um prazer conhecer vocês. — Ela dá aquele sorriso calculado de terapeuta, aquele que não chega até os olhos, enquanto meu pai a cumprimenta com educação e se levanta para apertar a mão dela. Quando ela vira para mim, estou inclinado para frente, com os cotovelos apoiados nos joelhos, pronto para sair correndo na primeira oportunidade. Levanto o queixo uma vez, cumprimentando-a. Isso é o máximo que eu vou fazer, e minha visão periférica do olhar furioso do meu pai não vai mudar isso.

Ela não se abala. Duvido que adolescentes babacas sejam novidade para ela.

— Fizemos alguns progressos realmente sólidos nas últimas duas semanas. — O salto do sapato de Marcie fica um pouco distante de seu pé, como se ela estivesse brincando de se vestir de adulta e usando os sapatos da mãe. — Estou feliz porque vocês puderam se juntar a nós para ver com seus próprios olhos que seu ente querido está bem, e assim podemos fazer um trabalho como unidade familiar.

Nosso "ente querido" está sentado bem ali, mencionado na terceira pessoa com um termo genérico em vez do próprio nome. Admito que tenho problemas com terapeutas em geral. Acho que eles são um grupo pretensioso de pessoas que acreditam que conhecem seus segredos mais profundos a partir da linguagem corporal e do que te fazem falar. Marcie é tudo isso, mais os atributos do seu professor menos querido e mais preconceituoso.

Observo minha mãe, o modo como seus dedos apresentam um leve tremor, quase imperceptível, sempre que ela precisa falar. Quando ela levanta o olhar, tento captar seus olhos — azul-escuros, idênticos aos meus —, me perguntando se ela quer que alguém simplesmente pegue a sua mão e a leve daqui. Mas não, ela está determinada a enfrentar seus demônios. Ela trava o maxilar, franze a testa para o arranjo de flores no centro da mesa ou para a pilha de revistas nos dois lados. E depois força a voz a sair e responde às perguntas investigativas de Marcie e aos questionamentos cuidadosos do meu pai.

Marcie estreita os olhos para mim algumas vezes durante a sessão de uma hora. Não vou dizer nada a não ser que me perguntem diretamente e, mesmo assim, não serei simpático. O que eu não digo: não quero estar aqui, não quero contribuir e não entendo por que tenho que fazer isso, já que não sou *eu* que estou na reabilitação. Quando a sessão termina, sinto como se tivesse sido libertado da prisão.

Minha mãe se despede de mim com um abraço e meus braços deslizam ao seu redor, então percebo que ela está ainda menor que de costume.

— Obrigada por vir — diz ela no meu ombro. — Me desculpa. Eu te amo.

Fecho os olhos. *Fala, fala, fala.*

— Eu também. — Não é bom o suficiente, mas é melhor que nada. Ela me aperta mais uma vez antes de me soltar. Então vai para os braços do meu pai e eu viro para a janela. Ele é o pior tipo de hipócrita, fingindo esse nível de preocupação *agora*, depois de ela passar anos voando atrás dele como uma pipa, simplesmente tentando se manter no alto.

Emma

— Onde estão os pôsteres do Reid? — Estou deitada na cama da Emily, com o Hector enroscado na minha barriga, ronronando mais que o normal. Faço carinho em suas costas macias e coço atrás da orelha.

Emily fecha a porta do quarto, onde dois pôsteres do Reid, lindo e sexy, estão grudados com fita dupla-face. (A mãe da Emily tem duas regras em relação a pôsteres: fita dupla-face, e não tachinhas; nas portas, nunca nas paredes.)

— Ele foi rebaixado para atrás da porta? — O sistema da Emily: os garotos favoritos ficam na porta do armário, visíveis o tempo todo; os menos importantes vão para atrás da porta do quarto. Quinton ainda está na porta do armário e, na verdade, assumiu o lugar de destaque: no nível do rosto, acima da maçaneta.

— Não me pareceu certo deixar o Reid num ponto proeminente, agora que vocês dois são praticamente um casal. Não posso ficar com o carinha da minha melhor amiga. Nem em teoria.

— Quer dizer que agora ele é como um irmão pra você.

— Tá doida? — responde ela. — *Olha* pra ele.

— Eu olho pra ele. Praticamente todos os dias.

Ela me lança um falso olhar furioso, e eu dou risada.

— Encontrei algumas fotos do Graham, falando nisso. — Ela se joga na cama ao meu lado, agarrando um travesseiro e apoiando a cabeça ao pé da cama, para podermos nos ver por cima do bolo de pelos do Hector. — Ele é gostoso, mas de um jeito mais intenso e introspectivo, não do jeito tipicamente americano do Reid. Minhas colegas de trabalho iam ficar todas em cima dele.

Solto um suspiro, tentando eliminar a pontada de hostilidade que sinto de repente em relação às colegas de trabalho da Emily.

— Em, eu não entendo como você pode trabalhar na Hot Topic, se vestir como uma gótica moderna e sentir atração por caras como o Reid.

— Os opostos se atraem?

— Normalmente não — digo e ela dá de ombros.

— Então... os sites de fãs estão especulando que você e o Reid estão fazendo sexo selvagem em Austin inteira.

— O *quê?* Ai, meu Deus. Bom, não estamos. — Cubro o rosto e Hector mia reclamando, até eu voltar a acariciá-lo. — Eu ainda não sei que tipo de relacionamento ele quer. Ou, você sabe, *se* ele quer um. O Reid está acostumado com garotas se jogando em cima dele o tempo todo. Tenho certeza que estou confundindo a cabeça dele.

— Humm. — Ele nos encara da porta. — Dilema oficial.

— Totalmente. — Hector rola, caindo entre nós duas na cama com as pernas para o alto, implorando por um carinho na barriga. — Hum, o Hector está usando drogas ou alguma coisa assim?

— Talvez uma das plantas da minha mãe seja um narcótico pra gatos. Deus sabe que ele mastiga tudo: todas as plantas da casa têm marcas de dentes. Minha mãe fica louca.

— Minha avó colocava Tabasco nas folhas. Funcionou bem.

Nós rimos, imaginando os efeitos disso no Hector, que não desconfia de nada.

— Sua avó era um gênio do mal.

Eu me lembro com muito mais clareza dela que da minha mãe.

— Era mesmo. — Encaro o teto. — Um pouco antes de você ir me buscar, meu pai me perguntou se eu queria correr com ele amanhã de manhã, "como nos velhos tempos". Eu estava parada ali, revoltada com aquele quarto amarelo com edredom florido e móveis que parecem ter sido roídos por um bicho, e pensei: *Velhos tempos... tipo quando eu tinha cinco anos?*

Ela fica calada por alguns minutos.

— Você tem medo de conversar com ele e dizer como está com raiva?

É verdade. Isso não é uma irritação normal. Estou furiosa.

— Talvez. Por que agora? Por que *agora* eu me importo?

— Você sempre se importou, Emma. Simplesmente guardou tudo lá dentro. Agiu como uma adulta em miniatura. O que mais podia fazer? Claro que você está com raiva.

De repente eu caio no choro, como um daqueles gêiseres do Parque Yellowstone explodem: *pop, pop, chuááá,* e ela se senta e me puxa para perto e me abraça.

— O que eu devo fazer agora? — soluço, fungando.

Ela suspira.

— Talvez não seja o melhor momento, bem no meio das filmagens do filme mais importante da sua carreira até agora, mas o autoconhecimento emocional nem sempre fica esperando o momento certo para se revelar. — Ela me passa uma caixa de lenços de papel. — Vai lavar o rosto pra não assustar os meus pais, depois a gente vai comer o macarrão com almôndegas que eles estão fazendo, ver uma porcaria qualquer na TV ou um DVD legal e mastigar alguma coisa bem calórica. Depois disso, a gente pensa no que fazer com essa merda.

Respiro, trêmula, e apoio a cabeça em seu colo. Ela acaricia meu cabelo, tirando-o do rosto molhado e ajeitando atrás da orelha, o que me faz ter saudade da minha mãe. Não consigo me lembrar do rosto dela com exatidão, mas me lembro claramente da sensação de seus dedos no meu cabelo. As pessoas estão certas quando dizem que o tempo cura as feridas. Mas as cicatrizes estarão sempre lá, esperando alguma coisa cutucá-las. Fecho os olhos e me permito sentir saudade dela.

30

Reid

Estou preparado para mais uma hora, mais ou menos, de silêncio constrangedor no caminho de volta para Los Angeles — ainda *mais* constrangedor, agora que vimos minha mãe, agora que o problema dela está ali, inegável, visível para nós dois. A sessão de terapia foi como ser cortado em uma centena de modos invisíveis, e, para mim, é incompreensível como esse tipo de desabafo pode ajudar.

Pego o celular para mandar uma mensagem para o John, mas, antes que eu consiga continuar, meu pai diz:

— Fiz reservas para o jantar hoje à noite. — Meu primeiro pensamento é: *Por que você está me contando?* Depois percebo que ele fez reserva para *nós dois*. Ah, não, que inferno.

— Eu já fiz planos com o John...

Seu maxilar fica tenso.

— Você pode ir mais tarde. Nossa reserva é cedo. Às sete.

Meu maxilar imita o dele, e eu me esforço para relaxar.

— Tudo bem. Vou dormir na casa do John. Provavelmente amanhã também.

Ele faz que sim com a cabeça rapidamente, e eu mando uma mensagem para o John me pegar às dez. Uma festa mais tarde é melhor que nenhuma.

* * *

— Você já pensou no que vai acontecer depois que acabarem as filmagens de *Orgulho estudantil*?

O que é isso? Interesse na minha carreira?

— O George me mandou uns roteiros pra analisar.

— Acho que não tem mais esse negócio de teste para você, né? Você chegou lá, como dizem.

Dou de ombros.

O garçom enche nossos copos de água Perrier e deixa a garrafa de lado.

— Os senhores gostariam de olhar a carta de vinhos ou de tomar um coquetel antes do jantar?

— Eu quero — digo.

Meu pai balança a cabeça.

— Não, obrigado. Estaremos prontos para pedir daqui a poucos minutos.

— Sim, senhor. — O garçom fecha a carta de vinhos e recolhe as taças com uma das mãos, cruzando-as como Marcie cruzou as pernas mais cedo. Pensar nela não melhora meu estado de espírito, já de saco cheio.

— Qual o problema, pai?

Ele me dá um daqueles olhares que aperfeiçoou depois de anos analisando testemunhas miseráveis. Espero que ele responda.

— Eu sei que você bebe, apesar de estar consideravelmente abaixo da idade permitida. Você está fora do meu controle direto há algum tempo, então eu tenho pouca ou nenhuma esperança de influenciar esse comportamento. Mas você não vai fazer isso na minha presença, e em público. Tenho uma reputação a zelar. E você também, não que você esteja preocupado com isso.

Uau. Essa viagem está sendo um momento feliz atrás do outro. Eu devia ter ficado em Austin.

— Por que exatamente você decidiu que precisávamos jantar juntos?

Ele expira pelo nariz, com a paciência tão perto de explodir quanto a minha, apesar de eu não imaginar o motivo. Ele poderia ter se poupado da agonia simplesmente me deixando por conta própria esta noite.

— Achei que você poderia ter perguntas sobre o processo de reabilitação da sua mãe. E também queria... — ele expira de novo, a boca formando uma linha fina — ... queria te agradecer por ter ido hoje de manhã. No mínimo, eu sei que você se importa com ela e aprecio o esforço.

No mínimo? Que diabos de elogio duvidoso é esse?

— Eu não vim por *sua* causa, então não precisa me agradecer.

— Mesmo assim, estou agradecendo.

— Bacana. Bom, de nada. Isso é tudo? — Eu me desencosto da cadeira e coloco o guardanapo sobre a mesa.

— Por que você está sendo tão hostil?

— Por que *você* está?

— Olha, estou fazendo o melhor que posso...

— *Isso* é o melhor que você pode, pai?

— Caramba, Reid. Não vamos fazer isso aqui.

— Discordo, senhor advogado. Não vamos fazer isso aqui nem em qualquer outro lugar. — Eu me recosto de novo, ponho um sorriso artificial no rosto e tento parecer relaxado. — Não tenho nenhuma pergunta sobre a reabilitação da minha mãe neste momento. Eu aviso a você ou à *Marcie* se tiver. — Ela deu um cartão de visitas para cada um e nos disse para ligar ou mandar e-mail a qualquer momento. Claaaaaro, eu *vou* fazer isso. — Além do mais, o George e eu estamos pensando num filme de ação como meu próximo projeto. Eles querem alguém mais velho, maior e mais musculoso pro papel, mas o George está vendendo a eles a ideia de que eu posso ser tudo isso. Vou ter que malhar pra caramba pra conseguir o papel, mas, se eles me derem, eu vou fazer.

— Hum — diz ele, mas é um *hum* impressionado. Não ouço um desses há algum tempo. Eu odeio a sensação boa que isso me dá; fico muito puto.

Emma

— Você já contou pra Emma sobre o Derek? — pergunta a mãe da Emily quando nos sentamos para jantar.

— O garoto da Abercrombie. — Jason, o irmão de vinte e poucos anos da Emily, voltou para casa três semanas atrás, temporariamente desempregado. De novo. Seu hobby é torturar a irmãzinha.

Emily tira a cesta de pães do seu alcance. Ele já comeu dois e ia comer o terceiro.

— Pelo menos o Derek *tem* um emprego.

O sr. Watson começa a rir e tenta transformar o riso em tosse quando a esposa lhe direciona um olhar com os lábios pressionados. A sra. Watson acredita que, para ter sucesso, os jovens precisam de apoio emocional e estímulo. Ela é a rainha da torcida pelos filhos, algo que funcionou bem com Grant, o mais velho, mas parece estar dando errado com Jason. A Emily migrou para o modo de pensar do pai — que às vezes a pessoa precisa de um chute na bunda emocional — quando Jason se mudou para lá pela terceira vez.

— Eu já *tive* empregos. — Jason faz uma careta e revira o macarrão.

— Isso é verdade — responde a Emily —, mas *manter* um parece ser algo que você não consegue. E sinceramente? Conseguir é fácil; *manter* é a parte importante.

— Como se você soubesse alg...

— Crianças! — diz a sra. Watson, e eu me pergunto como essa única palavra não faz o Jason ir caçar um emprego imediatamente e não voltar para casa até conseguir. — Emily, você já pediu a opinião da Emma sobre o baile de volta às aulas? — Oh-oh. Eu sei que essa é uma pergunta delicada antes mesmo de a Emily travar o maxilar, porque, quando a sra. Watson invoca a minha opinião sobre alguma coisa, está tentando achar uma solução para algo que já foi descartado.

— Mãe, sério. Você precisa parar com esse negócio de baile. A gente *não vai.*

— Quer dizer que o garoto da Abercrombie não te convidou? — Jason rouba um pão do prato da Emily. — O quê, ele não quer gastar dinheiro pra te ver vestindo um novo tom de *preto?*

— Não enche, sr. Pra-Sempre-Desempregado. — Emily pega um pão da cesta para substituir o que ele roubou. — Você não tem dinheiro nem pra levar alguém até a loja de conveniência.

— Chega! Temos visita! — diz a sra. Watson.

— A Emma não é *visita* — debocha o Jason. E é meio verdade. Já dormi centenas de vezes na casa da Emily.

— Jason, você quer sobremesa hoje ou quer ir pro seu quarto? — pergunta a mãe dele, do mesmo jeito que teria feito (na verdade, como ela *fazia*) quando ele tinha doze anos.

— O quê? Tá falando sério, mãe?

— Muito sério.

— Eu sou adulto! Você não pode me mandar pro quarto.

— Pode sim. — O sr. Watson olha furioso para o filho. Já vi o casal fazer essa manobra em equipe com os três filhos. Resistir é inútil. Jason já devia ter aprendido, mas parece que não.

— Pai, *Jesus...*

— Chega! Pro quarto — o sr. Watson aponta, como se o Jason precisasse de instruções para chegar lá. Mordo a parte de dentro da bochecha e dou uma olhada para a Emily. Seus lábios estão pressionados com tanta força que estão pálidos. Sobre o balcão há um bolo com algum tipo de fruta vermelha e um bom pedaço dele tem o nosso nome escrito, então não queremos ser mandadas para *lugar nenhum*.

— Que *saco*. — Jason se afasta da mesa, pegando o pão. — Preciso ter a minha própria casa.

Assim que ele está longe o suficiente, o sr. Watson murmura:

— *Essa* é uma boa ideia.

Emily vira para a mãe.

— Mãe, *ninguém* vai nesse baile incrivelmente chato. Todo mundo vai só pro jogo. As coisas mudaram desde que você frequentou o ensino médio.

— Está vendo, Vera, é assim que eles mandam ver hoje em dia — diz o pai dela, e juro que eu e a Emily quase perdemos o controle. Os pais dela compraram um livro chamado *Decifre seu adolescente!* quando o Grant estava no ensino médio e desconhecem o fato de que a linguagem adolescente muda diariamente.

Horas depois, estamos deitadas na cama da Emily, com a barriga cheia de bolo de framboesa e chantilly fresco.

— E aí, qual é o lance com o garoto da Abercrombie?

Emily senta e me dá uma travesseirada no rosto, e eu dou um gritinho.

— Seu irmão é má influência!

— Meu irmão é um imbecil. — Ela coloca o travesseiro de volta atrás da cabeça.

— Então, qual é o lance com o *Derek*?

Ela joga um braço na frente do rosto.

— É um caso perdido.

— Perdido como? — Viro de lado, observando-a.

— Somos totalmente opostos. Ele é todo arrumadinho. Ele usa *calça cáqui*. Nunca ouviu falar da maioria das minhas bandas preferidas, e eu passei anos zoando as dele. Tenho mechas roxas no cabelo.

Piercings em lugares que eu tive que pedir a permissão dos meus pais pra fazer. Meu esmalte favorito se chama Vampire State Building. Todos os amigos dele me acham esquisita.

— Ele te falou isso? — pergunto, e ela vira de lado para me encarar.

— Ele não precisou falar. Eu vejo nas caras idiotas.

Tiro o cabelo com mechas roxas de seus olhos.

— Quem se importa com o que eles pensam?

— Ah, fala sério, esse papo de "se eles forem seus amigos de verdade, vão aceitar quem você amar" é besteira. Não posso esperar que um cara resista a esse tipo de pressão. E eu gosto de mim do jeito que eu sou. Não quero mudar!

— Ele te pediu pra mudar?

— Não — diz ela, parecendo quase desapontada.

— Quanto você gosta desse cara?

— Ai, meu Deus. Demais. — Ela vira para mim e enterra o rosto sob o meu queixo, com a voz desolada, como se estivesse confessando um assassinato, e não uma atração.

— Parece um momento do tipo bungee-jump.

Ela faz que sim com a cabeça.

— Emma? — Meu nome é abafado pelo edredom. — Acho que eu já pulei.

— Então acho que tudo que você pode fazer é esperar pra ver se a corda resiste.

Engraçado como eu não consigo de jeito nenhum aplicar essa sabedoria a mim mesma, não importa quanto isso pareça sensato quando falo para a Emily.

31

Reid

Tenho toda intenção de dar um tempo na pegação enquanto estou perseguindo a Emma, mas essa festa está cheia de gostosas tão chapadas que não sabem nem onde estão direito. A tentação de abandonar minha abstinência temporária é poderosa. Além do mais, a Emma e eu não estamos *juntos* de verdade ainda. Ela está se demorando em relação a isso, apesar de eu achar que estamos chegando lá. Vim para Los Angeles neste fim de semana com a certeza de que poderia ser paciente... mas cada instante que se passa vai esgotando essa determinação.

O fator exclusividade dessa festinha é alto. Reconheci vários colegas do cinema e algumas amigas do John — herdeiras que vivem para esfregar os ombros (e outras partes do corpo) em estrelas de cinema e ídolos musicais. Muito pouco provável que alguma coisa apareça na internet. As não celebridades que são convidadas para esse tipo de evento entendem que revelar alguma coisa sobre nós as colocará do outro lado da porta no futuro. É por isso que você quase nunca vê fotos de famosos fazendo besteira em ambientes privativos. Descobrir o traidor em um grupo restrito de pessoas é fácil demais.

Estou bêbado e fumado, jogado numa cadeira, observando as espirais de fumaça que sobem de meia dúzia de baseados. John está com a língua enfiada na garganta de uma aspirante a modelo enquanto eles se agarram no espaço separado para as pessoas que fingem dançar. Eles simplesmente estão nas preliminares na frente de todo mundo. John *realmente* gosta de modelos. Principalmente as estrangeiras. Essa parece ser e tem sotaque, não sei, da Suécia? Não sou o melhor avaliador neste momento.

Esta noite, sou voyeur. Posso segurar as pontas e esperar.

E aí uma garota a meio metro do John começa a dançar com outra, e as duas estão tirando as roupas uma da outra. Devagar. Quando conseguem chamar minha atenção, elas lançam olhares na minha direção a intervalos regulares, para garantir que eu ainda esteja observando. Nenhum problema nisso — estou hipnotizado.

Cacete. Não vou conseguir passar a próxima meia hora sem jogar meu celibato de curta duração pela janela, quanto mais o restante da noite, tenho certeza.

* * *

A modelo do John está no chuveiro. Ele é mole demais. As minhas duas foram mandadas para casa de táxi enquanto ainda estava escuro lá fora. Agora, ele e eu estamos jogados no sofá, em nosso estado normal de domingo: de ressaca.

— O que a gente vai fazer hoje à noite, cara? — John sopra anéis de fumaça do cigarro, como uma espiral de fumaça de trem num desenho animado. Ele é uma dessas pessoas que fumam apenas de vez em quando, e tem o curioso dom de fazer truques com o cigarro, ainda mais considerando que fuma com pouca frequência. Ele fez disso uma arte. — Tá a fim de sair?

Observo os anéis de fumaça se dissipando e recosto a cabeça na almofada. O chuveiro é desligado.

— Sei lá. Pode ser. Mas nada muito exposto.

A porta do banheiro se abre.

— John? — O nome dele na boca da garota parece *Jonah*, com duas sílabas.

As sobrancelhas dele se erguem antes de ele rolar do sofá.

— Oi.

Ela pede uma toalha. Ele entra no banheiro para mostrar onde ficam e continua lá dentro. O som de risinhos atravessa a porta, e eu pego o controle remoto e ligo a televisão. Minhas tendências voyeurísticas têm limites explícitos, e ouvir o John trepar com uma garota no banheiro está definitivamente fora desse perímetro. Na tela, um repórter relata a história de um político que foi pego traindo a esposa com a babá do filho... que é imigrante ilegal.

Meu primeiro pensamento é: *Que idiota*, mas depois eles mostram uma foto da babá gostosa da Guatemala. Caramba... o coitado estava condenado desde o início.

Emma

— Só não sei se é uma boa ideia. — Estou sentada no Sentra antigo da Emily, encarando a casa. — Falar para o meu pai como eu me sinto é sempre um exercício de frustração, Em. De jeito nenhum eu posso contar pra ele as coisas que a gente conversou.

— Então começa com o lance da faculdade. Fala que você quer ir.

— Eu quero?

Ela suspira.

— Você disse que sim, ontem à noite.

— Eu me senti segura conversando com *você* sobre isso. É diferente de falar com ele. Meu pai provavelmente vai dizer não, de qualquer maneira, mesmo que eu consiga argumentar direitinho sobre a questão, o que eu duvido, se ele começar a se opor logo de cara. Além do mais, estou apavorada que, se ele me deixar ir, isso seja um erro enorme. — Ouço o pânico aumentando na minha voz. — Eu posso ser reprovada. Posso estragar a minha carreira. Emily, se isso acontecer, o que mais eu tenho?

Ela pega a minha mão.

— Emma, que diabos! Poucas horas atrás, você estava muito mais segura de si. É como se olhar para este lugar arrancasse a sua confiança e trocasse por medo.

— Ele não me conhece. Só *acha* que conhece. Eu simplesmente segui em frente a vida toda, sem grandes rebeldias, quase nenhuma discordância. Eu sempre achei que pelo menos ele entendia a minha necessidade de ser atriz. Mas e se isso não for porque ele me entende, e sim porque é o que *ele* quer, e o que ele entende na verdade é *nada*.

— Ele é seu *pai*, Emma — diz ela, ainda segurando a minha mão.

— Em, às vezes você e os seus pais discutem. Até gritam uns com os outros. Mas você sabe que eles estão tentando. Você sabe que eles te amam. — Minha garganta se aperta. — Não é a mesma coisa comigo e com eles. Nunca foi. Você sabe disso melhor do que ninguém.

Ela me puxa para um abraço.

— Se você não quiser conversar com ele, não converse. Mas acho que você devia entrar e falar o que pensa. Pelo seu próprio bem. Porque, sim, você tem quase dezoito anos e *a vida é sua*, e talvez esse seja o primeiro passo pra dizer a alguém além de *mim* o que você quer da vida.

— Não sei nem como começar, o que dizer. — Estou enrolando, e nós duas sabemos disso.

— Sabe, sim. Vai lá. Simplesmente põe pra fora. — Emily tem esse jeito quando ela sabe que está certa. Compreensiva, mas persistente. Respiro fundo e entro.

Meu pai está sentado em sua cadeira de leitura com uma revista de negócios aberta no colo. Ele lê todas elas, no formato de papel e online. Eu me preocupo com a insignificância costumeira da minha voz.

— Preciso falar com você — digo, alto demais, porque tenho que obrigar a voz a sair. Ele dá um pulo, e a revista se agita em suas mãos.

Ele expira.

— Tudo bem. O que houve? — Olhando para o meu rosto, ele percebe alguma coisa ali que muda sua expressão de interesse para preocupação. — Hã, a Chloe vai chegar daqui a uma hora mais ou menos, se for alguma coisa importante...

Ignoro esse comentário, limpo a garganta e sento, com as mãos entrelaçadas sobre os joelhos. De jeito *nenhum* eu vou esperar a Chloe voltar.

— Eu, hã... quero fazer faculdade. — Sentada no sofá na frente dele, espero enquanto o silêncio se prolonga entre nós. Acho que ele talvez esteja em choque e o espero sair do transe.

Ele franze a testa, confuso.

— Quer? Você nunca falou disso antes...

— Andei pensando nisso ultimamente, agora que estou quase terminando o ensino médio, tipo... O que vem depois? Conversei com outros membros do elenco que estão planejando fazer faculdade e comecei a pensar na ideia. E decidi que quero ir.

— Tá bom... — diz ele depois de um instante. — Você já tem uma universidade em mente? Um curso específico? — Olho para ele, buscando algum sinal de menosprezo. Não vejo. Não que isso signifique que não exista. Mas eu não vejo.

Engulo o bolo na garganta, com a meia dúzia de argumentos que Emily e eu formulamos ontem à noite se embolando em minha mente, como se eu tivesse parado no meio do caminho e eles estivessem me atropelando. E aí percebo que ele não vai dizer não.

— Teatro, acho. Ainda não sei onde. Posso começar a procurar online, ver as exigências e tal. — Meus olhos deslizam para o chão. — Hum, como é que eu vou pagar a mensalidade?

— Ah, você pode usar a sua poupança. Depois que terminarem as filmagens de *Orgulho estudantil*, você vai ter mais que suficiente, se tiver certeza que é pra isso que quer usar o dinheiro.

— Tenho certeza. — Estou mais certa disso do que já estive de qualquer outra coisa.

— Tem... mais alguma coisa?

Olho para ele e não consigo dizer mais nada. Por mais que eu esteja animada, por mais que eu me sinta eufórica por falar a verdade, ainda não estou pronta para desnudar minha alma.

— Hum, não.

Ele sorri, aliviado.

— Tá bom, então. Você provavelmente devia se aprontar para o jantar. Acho que a Chloe planejou alguma coisa divertida pra sua última noite em casa.

Duvido. Mas não estou no clima de discordar, então faço que sim com a cabeça e vou para o meu quarto meio atordoada, tomo banho e me arrumo. Amanhã eu volto para Austin. E talvez tente um pouco desse lance de honestidade com o Reid quando chegar lá.

Ou não.

* * *

Enquanto espero o aviso de embarque, tento ler algumas coisas para a aula de literatura, mas desisto depois de reler três vezes a mesma página de *Um teto todo seu*. Não consigo me concentrar nas palavras à minha frente. Marco a página, guardo o livro na bolsa e pego meu iPod no bolso lateral, pensando nas mudanças que uma única conversa com meu pai pode provocar, tanto no meu futuro imediato quanto em longo prazo.

Pelo que eu percebi, ele não comentou nada com a Chloe. A única vez que ele fez menção aos meus planos de cursar uma faculdade foi no café hoje de manhã, quando a Chloe ainda estava dormindo.

— Vou te inscrever para fazer o vestibular — disse ele, com a voz baixa. — Em Austin, no mês que vem.

— Ah. Tá bom. — Eu estava em pé ao lado do balcão, agarrando a xícara. A ideia abstrata da faculdade estava se tornando mais concreta a cada minuto. Alguma coisa em minha expressão deve ter revelado que a realidade do que eu estava prestes a fazer com a minha vida estava sendo absorvida.

— É isso que você quer, certo? — Ele encarou diretamente meus olhos, preocupado. — Tem certeza, Emma?

— Sim, é perfeito. — Sentei à mesa com o café.

Ele fez um sinal de positivo com a cabeça, satisfeito, alisando as páginas do *Wall Street Journal*. Enquanto analisava a primeira página, disse:

— Você vai precisar decidir onde quer se inscrever.

Engoli em seco.

— É, tenho muita coisa pra pensar.

— Você tem tempo. Depois que as filmagens terminarem, a gente faz as inscrições e provavelmente você vai ter que fazer algum tipo de teste de aptidão, se quiser começar no próximo outono. — Meu estômago se contorceu quando percebi o que eu tinha feito. Eu ia estar em sala de aula. Com outras pessoas. Em alguns casos, *muitas* outras pessoas. Consigo estar no palco diante da plateia e filmar na frente de uma equipe de produção, mas a ideia de interagir com uma sala cheia de alunos num ambiente acadêmico me apavora. É quase engraçado.

Vou passando pela minha biblioteca de músicas, mal me concentrando nos títulos e incapaz de escolher alguma coisa. Quando meu celular vibra, tiro o fone de ouvido, desistindo de ler e de ouvir música num intervalo de três minutos. É uma mensagem do Graham.

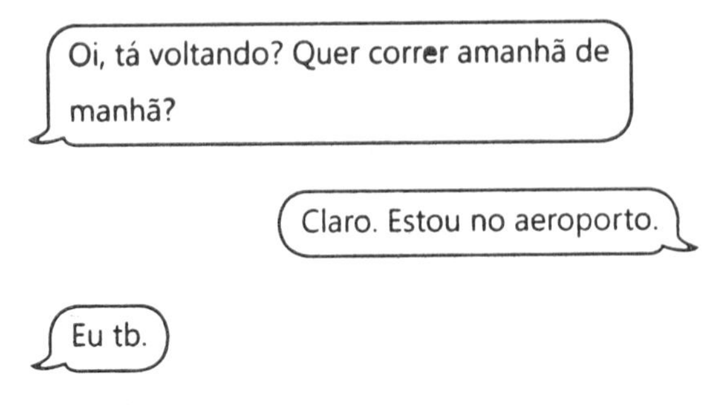

Falei com meu pai sobre a faculdade.

O que ele disse??

Ele vai me inscrever pra fazer o vestibular em Austin daqui a um mês. Socorro.

Não se preocupa. Vc vai se sair bem.

Obrigada :)

De nada. Hora de embarcar. Te vejo em Austin.

32

Reid

Na segunda à noite, todo mundo vai para o meu quarto de hotel e se espalha pela cama, pelo sofá e pelo chão. Pedimos comida pelo serviço de quarto enquanto vemos (e ridicularizamos sem dó) um filme horroroso dos anos 80. Tadd trouxe seu violão de Los Angeles, e ele e o Graham tocam baixinho enquanto todos nós discutimos o fim de semana separados. Há momentos em que a Emma presta mais atenção neles do que nas conversas ao nosso redor. Eu me lembro vagamente do George me dizendo, alguns anos atrás, que eu devia aprender a tocar um instrumento. Mais uma sugestão dele que eu não segui.

Emma e eu estamos sentados na cama, e eu estou com dificuldade de prestar atenção em qualquer coisa além dela. Reconheço o perfume que ela está usando, doce e sutil. Se eu pudesse fazer todo mundo desaparecer do quarto com um estalar de dedos, não hesitaria. Ela está descalça e com as pernas cruzadas, o ombro encostado no meu, as unhas dos pés pintadas de um roxo tão escuro que é quase preto. Quando levanto o olhar, ela está sorrindo para mim, e as garotas de sábado à noite são uma lembrança vazia, nada que valha a pena manter.

A ex do Quinton está fazendo uma cena para reconquistá-lo. Voltamos no mesmo voo de Los Angeles, então eu sei a história toda e já dei uns conselhos que ele não aceitou. Escuto distraído enquanto ele conta a situação desagradável para os outros.

— Menos de meia hora depois de eu entrar em casa, minha ex aparece na porta. Minha irmãzinha deixa ela entrar, quase como se *alguém* tivesse contado a ela quando eu chegaria. — Ele arqueia uma sobrancelha.

Jenna ri.

— Quase, hein?

Os dedos do Tadd congelam nas cordas.

— Brôu, o meu ex tinha irmãs. Se ela decidir se meter na sua vida amorosa, você tá *tão* ferrado.

— É, que coincidência, né? Então eu me tranquei no quarto, dei um cochilo e tomei banho, pensando que ia sair e ela teria ido embora. Mas, quando abri a porta do quarto, a maldita casa estava cheirando a cookies de chocolate. — Ele balança a cabeça. — A Kimber *sabe* que eu não resisto a eles. São pedacinhos do paraíso.

Brooke levanta as duas mãos.

— Você acabou de dizer *pedacinhos do paraíso?* Vou tirar seu cartão de macho se você falar isso de novo.

— Ah, Quinton. O que você fez? — pergunta a MiShaun.

— Vocês não entendem! Essa garota, a gente se conhece desde os cinco anos de idade. Ela sabe todos os meus pontos fracos!

— Você *voltou* com ela? — pergunta a Brooke. Quinton passa a mão no rosto e faz que sim com a cabeça, e o quarto explode com opiniões.

Graham continua a dedilhar as cordas baixinho, depois olha para a Emma com um meio-sorriso e revirando os olhos. Sinto os ombros dela vibrarem um pouco com a risadinha silenciosa. Ah, que inferno.

Viro a cabeça e ela olha para mim. Quero beijá-la, mas isso é ostensivo demais na escala do ciúme; ela não ficou feliz na última vez em que fiz isso. Em vez de beijá-la, encosto a testa na dela e sussurro, ignorando a existência do Graham, pedindo em silêncio que ela faça o mesmo:

— Senti saudade de você. *Muita.*

— Também senti saudade.

Alguma coisa que o Quinton diz faz o restante do quarto cair numa risada histérica, interrompendo nossa conexão. Emma olha de relance para o celular.

— Uau, está tarde — diz ela, descruzando as pernas. — Preciso acordar cedo pra correr. É melhor eu ir dormir.

— Correr no primeiro dia de volta? Quanta dedicação.

Ela sorri para mim.

— Só funciona quando eu sou implacável. — Ela dá boa-noite para todos enquanto eu me levanto para levá-la até sua porta, e pego a mão dela quando saímos do quarto.

— Eu nunca pensei em você como um tipo implacável. É meio excitante. De um jeito meio assustador.

Ela destranca a porta e se vira para mim, apertando a maçaneta e me deixando pressioná-la contra a porta e arrastá-la de costas até a maçaneta atingir a parede com um barulho suave. Apoio as mãos na superfície dura nos dois lados de seu rosto e a observo respirar rápido, o peito subindo e descendo. Suas mãos estão para trás, com a palma na porta. Eu me inclino e a beijo com delicadeza, minha língua traçando seus lábios, abrindo-os para aprofundar o beijo, minhas mãos indo até sua cintura.

Ela separa a boca da minha, e nós dois estamos respirando com dificuldade.

— Volta pro meu quarto — digo a ela. — Eu chuto todo mundo pra fora agora mesmo. Eles vão embora em cinco minutos.

— Reid... — diz ela, e sinto como se estivéssemos numa disputa, negociando posições ao longo de uma fronteira invisível. Ela está me deixando louco.

Recuo com as mãos levantadas, como se ela estivesse prestes a ler os meus direitos e me jogar na traseira de um camburão.

— Parei. É só que... eu não te via fazia quatro dias.

Ela franze as sobrancelhas.

— Desculpa. Não estou tentando te frustrar, eu juro.

— Não consigo evitar de te querer, sabia? Só espero que em algum momento você comece a confiar em mim. — Ela está franzindo a testa claramente agora, e digo a mim mesmo para parar com isso, antes que eu estrague tudo.

— Reid, o que você quer dizer? Eu não estaria com alguém em quem não confio.

— Mas nós estamos juntos de verdade?

Merda, eu não consigo ouvir bons conselhos nem de *mim mesmo*.

Uma porta se abre no corredor — pelo som, é a do meu quarto. Parece que a festa está acabando. Graham e Brooke aparecem. Os olhos dele nos analisam, e Brooke arqueia uma sobrancelha para mim, como se dissesse que esperava aquilo de mim.

— Boa noite pra vocês dois — a voz dela ronrona com superioridade. Eu me esforço para não responder.

Eles desaparecem no quarto do Graham, e sei que preciso deixar pra lá por hoje.

— Esquece o que eu disse, tá? Caramba, até eu já esqueci. Foi um dia longo. Temos uma semana difícil pela frente. Te vejo amanhã. — Eu a beijo mais uma vez, luto contra a onda de desejo que ela me provoca e viro para voltar para o meu quarto.

Não sei se eu tenho alguma virtude ou o potencial para ter alguma, mas sei de uma coisa: paciência não é uma delas, definitivamente.

Emma

Entro no meu quarto e deixo a porta se fechar, tiro a calça jeans e a blusa e visto uma camiseta enorme e um short. Não consigo esquecer o que o Reid disse, só porque ele me mandou esquecer. Quer dizer que, se não estamos transando, não somos um casal? Foi isso que ele quis dizer?

A pergunta dele parece importante demais, como uma pista. Ele acha que eu não confio nele porque não estou preparada para fazer sexo. Talvez, de algum modo, isso seja verdade. Talvez eu não confie que ele quer mais que isso de mim, e apenas transar com Reid Alexander não é o suficiente para mim. Ou talvez eu não saiba o que quero, e ele esteja sofrendo com a minha indecisão.

Desfaço a mala enquanto escovo os dentes e obrigo meus pensamentos a irem para outro lugar, me perguntando o que está acontecendo a duas portas de distância, no quarto do Graham. Eu provavelmente não quero saber. Uma vida inteira se passou desde que Graham e eu sentamos na minha varanda, comendo bolo de chocolate e conversando sobre partes da nossa vida que já se foram há muito tempo. Brooke e Reid declararam seus desejos em relação a nós dois, e Graham e eu estamos acompanhando, apesar de eu não estar cedendo tanto ou tão rápido quanto o Reid gostaria.

Enxáguo a boca e atravesso o quarto em direção à varanda, abro a porta e saio na morna escuridão. Ele está ali na varanda dele, sozinho, encarando o céu, e eu expiro de alívio sem saber por quê. Vê-lo é reconfortante. O fato de ele estar sozinho é quase tão reconfortante quanto, apesar de não haver um bom motivo para eu me sentir assim.

— Emma — diz ele, virando. Eu meio que espero ver um cigarro em sua mão, mas ele está com as mãos nos bolsos da calça jeans. — Você está bem? — pergunta ele, com preocupação na voz.

— Sim, eu... hã, tô bem. — E tento em vão inventar uma explicação para ter corrido até a varanda espioná-lo. Como se fosse da minha conta se um cara solteiro de vinte anos, que não pertence a mim de jeito nenhum, fica com uma garota bonita. — Err, eu só vim tomar um pouco de ar. — Uau. Que péssimo.

— Tá bom — diz ele, sem se convencer.

— Bom, já tomei um pouco. De ar, quer dizer. Acho que vou entrar agora.

Viro para escapar para dentro do quarto, me sentindo uma idiota.

— Emma?

Tento recompor minha expressão quando viro.

— Oi?

— A gente... vai correr de manhã, né?

— Ah, sim, claro.

— Às seis? — pergunta ele, e faço que sim com a cabeça. Nós dois ficamos ali por um instante, o silêncio se prolongando e parecendo significativo, até o celular dele tocar dentro do quarto. — Te vejo de manhã — diz ele, entrando. Ouço-o dizer "Alô?" antes de fechar a porta da varanda.

* * *

Desde que voltei de Sacramento, Graham e eu temos conversado sobre inscrições em faculdades e trabalhos, universidades e programas disponíveis, durante nossas corridas matinais. Ele está entusiasmado, e isso é contagiante. Ele me manda mensagens com nomes de universidades para verificar: Juilliard e NYU, das quais eu já ouvi falar, e outras menores que eu não conheço. Algumas têm menos alunos que a escola da Emily. Acho que eu posso gostar disso.

Quando pergunto a ele por que tantas universidades que ele sugere são em Nova York, ele dá de ombros e diz:

— É lá que eu moro, então conheço melhor a região, já que eu queria frequentar uma universidade perto de casa. Você também quer ficar mais perto de casa? Podemos procurar opções na Califórnia.

Ficar perto dos meus pais é a última coisa que eu quero. Uma escola na costa oposta à da Chloe é exatamente o que eu preciso.

— Não, me mudar pro outro lado do país parece *ótimo*. — Ele ri enquanto eu digo a mim mesma que isso não tem nada a ver com o fato de o Graham morar em Nova York. Nada mesmo.

Começo a procurar no Google informações sobre tudo que ele sugere a leste de Ohio.

* * *

A casa dos Bingley provocaria surtos de inveja na Chloe. Fica ao lado de uma colina, com milhares de metros de calcário, ferro batido e exterior azulejado, teto alto e piso de mármore. Não falta nenhum luxo, desde a cozinha planejada de um jeito tão espetacular que faria a mãe da Emily babar até a piscina infinita que faria a Chloe começar a cantar. Sinto vontade de fazer o sinal da cruz ao pensar nisso.

Os primeiros dois dias da semana são para filmar uma cena de três minutos com a Meredith enfiada sob o capô de um Civic quebrado, na *frente* dessa casa maravilhosa. Do lado de fora. No calor de um bilhão de graus.

A produção contratou um mecânico para fazer parecer que eu sei a diferença entre um bico injetor e uma vela de ignição enquanto estou sob o capô do carro, porque, por algum motivo que não me explicaram, a Lizbeth dos dias atuais conhece o básico da manutenção de carros. Primeiro eu tenho que aprender a abrir o capô do carro, o que *não* é tão fácil quanto parece. Stan, o mecânico, é irritantemente arrogante em relação a isso e revira os olhos enquanto eu deslizo os dedos para frente e para trás no local onde a trava do fecho deveria estar. Sou obrigada a me agachar para procurá-la.

— Ahá! — Solto a trava enquanto Stan fica ali parado, com os braços musculosos e tatuados cruzados sobre o peito, sem se impressionar. — Tudo bem, eu não sei *nada* sobre carros. Mas você consegue chorar se alguém te mandar? Vai em frente, eu espero.

Ele suspira e me mostra de novo onde encontrar a trava do fecho. Quando consigo encontrá-la sem olhar, ele fecha o capô e me faz encontrá-la e destravá-la pelo menos cinquenta vezes, até eu conseguir fazer isso de olhos fechados. Ah, as coisas úteis e triviais que eu aprendo no meu trabalho.

Por causa do calor e da umidade, o pessoal da maquiagem está a ponto de arrancar os próprios cabelos, e os nossos também. Meredith e eu voltamos para o hotel no fim do segundo dia num silêncio exausto, amando para sempre o cara que inventou o ar-condicionado. A paisagem da cidade passa por nós enquanto eu disseco meus motivos para ser cautelosa com o Reid. Não sou imune ao modo como me sinto quando ele me toca. A verdade é que, fisicamente, eu o *quero* — só que não estou preparada emocionalmente. Quanto mais ele força a barra, mais fico preocupada e mais quero recuar.

E tem o Graham, que não mencionou meu comportamento esquisito na varanda na segunda à noite, graças a Deus. Por um instante efêmero, eu me pergunto se ele estava na varanda pelo mesmo motivo que eu, esperando que eu saísse sozinha, ou apenas desejando que eu não estivesse na cama com o Reid.

De repente, eu caio na real. Como é ridículo pensar que o Graham possa estar absorvido ou até mesmo pensando no que ocorre entre mim e o Reid. Ele tem o lance com a Brooke para se preocupar.

Não que o relacionamento dos dois tenha alguma relevância para mim.

33

Reid

Eu filmei hoje com Tadd e Brooke — cenas internas que serão entremeadas com as externas que Emma e Meredith filmaram ontem. Eu não estava me sentindo bem ontem à noite, por isso fui dormir cedo. Acordei com uma ressaca maldita que não era ressaca. Não consigo descrever, na verdade. Acho que não bebi tanto ontem à noite, mas não consigo lembrar bem.

Sobrevivi à filmagem e não tive nenhum conflito com a Brooke, o que é *realmente* bizarro. Tudo que eu sei é que me sinto péssimo e não quero ficar acordado. É melhor ir para a cama e dormir até passar — o que quer que seja. Eu provavelmente devia mandar uma mensagem para a Emma, mas posso fazer isso quando acordar.

Emma

Não tive notícias do Reid hoje. Nenhuma ligação, mensagem, batida na porta. Depois de uma manhã preguiçosa com a Meredith, discutindo os livros que escolhemos para nosso trabalho de último ano no ensino médio, tivemos aula de francês com a Jenna e fizemos planos para o jantar, que eu achei que incluía todo mundo. Passo irritada pela porta do Reid. O tratamento do silêncio deve ser um tipo de beicinho masculino.

O namorado anterior da Emily, Vic, a forçou a transar. No início, ela me disse que eles estavam juntos fazia vários meses e talvez ela devesse ceder, mesmo que não estivesse muito a fim ainda. E aí ele começou a dizer coisas do tipo "Se eu soubesse que você ia ficar me provocando..." e "Sou homem. Você tem que admitir que estou sendo paciente". A gota-d'água aconteceu no refeitório da escola, onde os dois estavam sentados com os amigos dele.

— Ei, Vic, como é que a gente sabe se uma garota é frígida? — O amigo dele fez uma pausa para dar efeito dramático. — Quando você abre as pernas dela, uma luz se acende.

— Ding — disse o Vic, olhando para a Emily enquanto os amigos riam.

— Não tem graça — disse ela, sabendo nesse momento que ele tinha contado aos amigos o que estava acontecendo entre os dois. Ou, para ser mais exata, o que *não* estava acontecendo.

— Ding! — ecoou o amigo mais antipático do Vic, um cara que a Emily só tolerava pelo namorado.

Ela se levantou e saiu da mesa sob um coro de *dings*, e Vic não fez nada além de rir e gritar para ela:

— Poxa, baby, é só uma piada!

Uma semana depois de eles terminarem, ela descobriu que ele estava transando com uma garota do segundo ano da turma de artes fazia pelo menos um mês, talvez mais. Ele falava para a Emily que a garota tinha uma paixonite por ele, mas que ele estava mantendo as coisas no nível platônico.

— Desde quando "platônico" é sinônimo de transar com outra? — perguntou ela durante a última briga dos dois, que aconteceu logo depois que ela descobriu.

— Tenho uma notícia pra você, Emily: a gente terminou, então, tecnicamente, você não tem mais controle sobre mim. Mas deixa eu te dar uma dica de despedida: você não pode dizer que um cara "transou com outra" quando a namorada não transa com ele.

Eu e ela xingamos muito o idiota do Vic por essa desculpa esfarrapada, mas não duvido nada que isso tenha entrado no meu cérebro apenas o suficiente para a insistência do Reid me fazer duvidar de sua legitimidade.

Estou cansada do Reid ficar emburrado. Quero que ele saiba que não pode me manipular, mas também quero conseguir perceber de antemão se ele for usar a justificativa do Vic. Sem saber muito bem o que pretendo dizer, mas determinada a falar, eu volto e bato na porta dele. Um minuto depois ele ainda não atendeu, mas, assim que eu me viro para ir embora, a porta se abre.

A última coisa que eu espero ver é o Reid inclinado, com um braço sobre a barriga. O cabelo normalmente perfeito está grudado na testa, e ele parece pálido.

— Reid? Você tá bem?

— Tô. Não. Não sei. Não estou no clima, Emma. Estou dormindo desde que voltei.

— Quer que eu chame alguém? Um médico?

Ele pisca devagar.

— Só preciso voltar pra cama.

— Posso trazer alguma coisa pra você, uma sopa, talvez, da cafeteria? Volto daqui a vinte minutos. Me dá a chave do seu quarto, assim você não precisa levantar de novo.

Ele recua para dentro do quarto, apontando para a cômoda.

— Está na minha carteira. — Assim que eu pego a chave do quarto, ele se joga na cama, gemendo.

— Reid, tem certeza que você não precisa de um médico? — Ele balança a cabeça e eu não sei o que fazer, exceto ir pegar alguma coisa que estou quase certa de que ele não vai comer.

Quando volto, ele passou de pálido para vermelho. Eu trouxe sopa de galinha com macarrão e Sprite, mas ele não toma mais que um gole de cada um. Os joelhos estão encolhidos, as duas mãos sobre a barriga, os olhos fechados. Coloco a mão na testa dele e percebo que tem alguma coisa muito errada, porque ele está queimando.

— Você está enjoado?

— Não sei — responde ele depois de um minuto. — É melhor você ir embora. Não sei se é contagioso. Fala pro Richter que pode ser que eu não consiga gravar amanhã.

— Claro. — Ele provavelmente está certo: a melhor coisa a fazer é ir embora, mas não posso abandoná-lo desse jeito.

Meu celular apita na bolsa: uma mensagem do Graham.

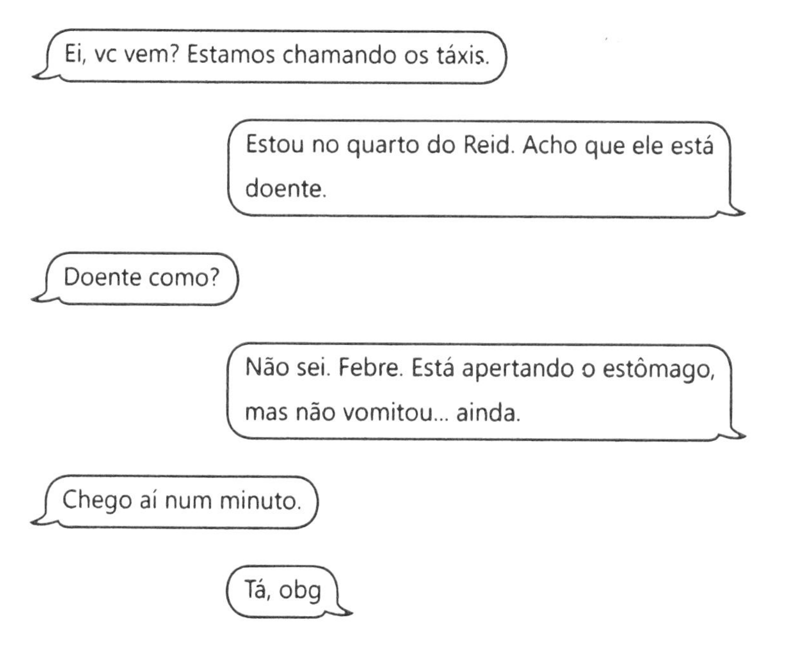

Molho um pano na torneira fria, afasto o cabelo úmido da testa do Reid e coloco o pano. Ele suspira, mas não abre os olhos.

A batida do Graham é suave. Abro a porta para ele entrar e digo:

— Espero não te expor a alguma coisa.

— Não tem problema. — Ele pega um termômetro descartável numa sacolinha de papel e sorri. — Loja de presentes. — Reid mal registra a entrada dele no quarto.

Poucos minutos depois, não me sinto mais tão proativa.

— Trinta e nove e meio — diz o Graham. — Precisamos chamar um médico.

Ligo para a assistente de produção, que liga para o Andrew, assistente pessoal do Reid neste filme, que localiza uma médica disposta a dar consulta no hotel. Andrew é uma das dezenas de pessoas que costumam se manter invisíveis na equipe de filmagem. Suas habilidades de assistência a celebridades, até hoje à noite, foram usadas para comprar macchiatos de caramelo e supervisionar os envios de roupa à lavanderia. Hoje, ele está no quarto do Reid andando de um lado para o outro na área de estar, ligando para os pais, o empresário e o agente do Reid. Graham chama o serviço de quarto e pede sanduíches, a serem cobrados no quarto dele. Quando tento me opor, ele diz que eu preciso comer.

— Ah... você ia jantar com todo mundo! — digo.

Ele balança a cabeça.

— Não tem problema. Já mandei o pessoal ir.

Quando a médica chega, Andrew, Graham e eu somos banidos para o corredor enquanto ela examina o Reid. Ouvimos um grito angustiado vindo do quarto, que faz Andrew e eu congelarmos com os olhos arregalados. Graham pega os meus ombros e me encara.

— Ele vai ficar bem.

A médica abre a porta e nos deixa entrar.

— Vamos fazer um exame para ver se é apendicite. — Ela já ligou para a recepção e pediu uma ambulância. — Ele tem família aqui perto? — pergunta, e Andrew começa a telefonar como um homem possuído.

Graham e eu seguimos a ambulância num táxi. Ele segura a minha mão o caminho todo até lá e na sala de espera, onde passamos a noite.

— Ele vai ficar bem — repete, depois que nos informam que o Reid vai fazer uma cirurgia; a médica estava correta no diagnóstico inicial. — E se você não tivesse ido falar com ele, ou tivesse aceitado quando ele tentou simplesmente voltar a dormir?

Andrew fala e manda mensagens sem parar, andando de um lado para o outro perto das janelas e às vezes do lado de fora, onde imagino que esteja procurando um lugar para fumar. Hospitais não costumam dar espaço para fumantes. Encosto a cabeça no ombro do Graham, grata por ele ter aparecido com um termômetro, por ele saber o que fazer. Meus olhos se fecham devagar, e percebo que adormeci quando me endireito na cadeira e meu pescoço parece duro. Ele se ajeita, massageando os músculos tensos, me puxando de volta para o seu peito, com a batida do seu coração no meu ouvido.

Fazendo um buraco metafórico no chão, no esforço para obter e transmitir notícias sobre a cirurgia, Andrew dispara entre a sala de espera e o balcão das enfermeiras. Estas, inicialmente encantadas pela celebridade, logo ficam irritadas.

— Ele. Ainda. Está. Em. Cirurgia — diz uma delas, com os dentes trincados.

— Humpf! — responde o Andrew, e Graham ri baixinho enquanto dou um risinho encostada na camisa dele.

Minutos depois, Andrew volta e me estende o celular.

— O Richter quer falar com você.

Pego o aparelho.

— Alô?

— Oi, menina, obrigado por ser observadora o suficiente para perceber que o Reid precisava de ajuda. Se isso tivesse virado a noite, ele poderia se encrencar muito.

— Foi mais o Graham do que eu. — Meus olhos vão até ele, que aperta o meu ombro.

— Bom, vocês dois provavelmente salvaram a vida dele. Mas vocês não precisam ficar aí. Tenho certeza que o Andrew consegue cuidar de tudo que precisar ser feito hoje à noite. — Andrew, inquieto, realmente parece preparado para pular em cima de qualquer tarefa que precise ser feita.

— A gente vai voltar assim que ele sair da cirurgia.

— Tá bom. Passa para o Andrew que eu quero confirmar se ele sabe como entrar em contato com todo mundo. — Estendo o celular, e Andrew vai até a saída, falando. Hora de mais um cigarro.

Viro para o Graham.

— Como estão indo os adesivos?

— Funcionando bem. Mas ainda tenho problemas com as mãos às vezes, porque estou acostumado a segurar o cigarro. Não sei muito bem o que fazer com elas. — Ele flexiona os dedos e vira a palma das mãos para cima, encarando-as como se pertencessem a outra pessoa. Pego a mão mais próxima sem olhar para ele, e ficamos sentados, de mãos dadas e em silêncio, até a médica vir avisar que o Reid está na sala de recuperação.

* * *

O cronograma de filmagens é modificado para incluir as poucas cenas restantes em que o Reid não aparece; ele vai ficar fora por uma semana inteira, talvez duas. Como ele é um dos personagens principais, fazemos algumas cenas parcialmente — com um dublê representando o Reid numa conversa ou um de nós filmando a cena de um lado só, com a parte dele a ser filmada depois, e tudo reunido na edição final.

A produção dá um jeito de usarmos a casa dos Bennet de novo fora do cronograma, e Meredith e eu fazemos uma cena emotiva em que sua personagem, Jane, percebe que o cara que ela ama foi embora sem planos de voltar. Eu sei, por sua concentração pouco antes de começarmos a gravar, que ela está se lembrando de seu término recente para efeitos emocionais. Ela me diz que gostaria de poder usar outra coisa, mas sabe que os sentimentos que ainda tem pelo ex são o mais próximo de uma experiência compartilhada com sua personagem.

— Falei com o Robby ontem à noite — diz ela enquanto esperamos o set ser preparado.

— Ah, é? — Analiso seu rosto e, mesmo com a maquiagem aplicada por profissionais, percebo que ela teve uma noite difícil. Os olhos estão avermelhados, as olheiras ainda visíveis na pele delicada.

— Ele diz que está com saudade. Não sou idiota... mas é tão tentador. Eu conheço ele. Ele me conhece. Tenho medo que o meu sentimento por ele nunca acabe. Como se eu fosse morrer sozinha e infeliz se o deixasse ir.

— Meredith. — Pego seu braço e espero que ela me olhe. — Por favor, me diz que você sabe que isso não é verdade. Senão eu vou ter que discordar quanto a você não ser idiota.

— Eu sei que não é verdade — resmunga ela. Abaixo o queixo e a encaro. — Eu *sei*. Eu não *quero* amar o Robby — diz ela, triste.

— Mere, que tipo de pessoa espera que alguém que ela ama desista do que quer ser, do que precisa fazer? Isso não é amor.

— É... — Ela está ouvindo, mas não está escutando, e eu tenho vontade de sacudi-la. — Quer saber, Emma? — Ela suspira. — O amor é uma *porcaria*.

34

Reid

Acordo num quarto de hospital, com George sentado no sofá pequeno. Alguns segundos se passam enquanto eu processo o que aconteceu ontem. Difícil, porque meu cérebro está entorpecido pelo que, sem dúvida, é algum tipo de analgésico. Meu empresário levanta o olhar quando eu me mexo.

— Reid. Vai ficar acordado por alguns minutos dessa vez? — Ele vem até a cama. — Eles estão te mantendo um pouco sedado, pra você não se mexer.

Olho para o tubo intravenoso no meu braço.

— O que aconteceu? — Meu Deus, parece que eu engoli areia.

— Seu apêndice decidiu que não dava muita bola pra Austin.

— Tá brincando.

— Não.

— Droga, eu ia gravar hoje.

Rindo, George diz:

— Não se preocupe, os diretores costumam deixar as pessoas de folga pra se recuperar de uma cirurgia de emergência. Está tudo resolvido: quarto privativo, claro, e o seu plano de saúde está pago, então você não precisa se preocupar. Seu guarda-costas está do lado de fora da porta, e Andrew vai chegar daqui a pouco para resolver tudo que você quiser.

Olho para a camisola de hospital verde-claro surrada.

— Diz pra ele nem se preocupar em vir se não trouxer alguma coisa para eu vestir. Shorts, camisetas... Eu *não* vou ficar usando isso. — Pego uma das cordinhas horríveis na lateral da camisola. — Quer dizer que o meu pai não conseguiu vir, né? Te mandou como dublê de pai?

— Por quê, não está feliz em me ver? — George parece ofendido. Ele devia ganhar um miniOscar.

— Estou reclamando da ausência, não da substituição. Claro que eu agradeço por você ter vindo. Agora, por que eu ainda me surpreendo de ele não estar aqui é algo que eu não tenho ideia. Quer dizer, caramba, é só uma cirurgia. Nada de mais. — Meus olhos estão pesados; já estou sonolento.

George faz uma careta com a mão no meu braço.

— Volte a dormir para se curar. A gente cuida dos seus problemas paternais depois.

— Ha, ha. Muito engraçado, George. É por isso que eu gosto de você.

* * *

No fim da tarde seguinte, Emma entra carregando um vaso de lírios. Talvez sejam os medicamentos, mas o rosto dela sobre as flores me faz imaginá-la como uma fada.

— Oi — diz ela. Tadd e Quinton estão junto.

Tiro o som do reality show que está passando na televisão pequena demais presa à parede.

— Graças a Deus, estou morrendo de tédio.

Ela sorri para mim.

— Imaginamos que estaria. — Ela coloca as flores na cômoda embutida, e Quinton me passa revistas de games.

— Brôu, você tá só o pó — diz o Tadd.

Balanço a cabeça, tentando não rir, porque dói.

— Tato. Já ouviu falar nisso?

— Tato é algo supervalorizado — diz o Tadd, olhando para a televisão. — Ei, aposto que eu podia ligar um console de jogos e alguns controles nisso aí.

— Obrigado, mas acho que vou sair amanhã. Se eu prometer me comportar, posso me recuperar no hotel. A médica disse que eu tenho que ficar na cama mais uns quatro ou cinco dias, e não de um jeito bom. — Pisco para a Emma, que fica levemente corada. — Eu me sinto numa prisão aqui.

— O cão de guarda está na porta. — Quinton está falando do Bob, sentado numa cadeira no corredor, bloqueando invasões de fãs e paparazzi.

— É, tivemos um incidente com uma *voluntária* do hospital hoje cedo. — Dou risada e, *puta merda*, parece que alguém me deu uma facada. Aperto o botão de chamada.

— Sim, sr. Alexander? — Jovem, com um leve sotaque sulista cantarolado. Enfermeira Monica.

— Preciso de um remédio pra dor, por favor, senhora. — Tadd franze a sobrancelha ao me ouvir dizer "por favor, senhora", e finjo não perceber.

— Já vou levar.

— Que tipo de voluntária? — pergunta a Emma.

— Do tipo *fazendo serviço comunitário pra conseguir créditos escolares*. Parece que ela tomou algumas liberdades fotográficas com o meu corpo sedado e um uniforme hospitalar estrategicamente desabotoado.

— Uau! Pelo menos ela era gostosa? — diz o Quinton, depois vira para a Emma. — Sem querer ofender.

Ela pisca para ele.

— Hum, não me ofendi.

— Não faço ideia. Eu estava drogado. Bob deixou a menina entrar porque ela estava com um uniforme do hospital e tinha um crachá, mas ele ficou com uma sensação estranha e resolveu verificar, e lá estava eu sendo violentado por uma voluntária menor de idade.

A enfermeira Monica entra com uma seringa que injeta no tubo intravenoso. Fios de seu cabelo cor de cobre escapam da trança na nuca, e Quinton a está encarando, não que eu possa culpá-lo.

— Pronto. Vai começar a fazer efeito rapidinho. — Ela passa os dedos na pele nua do meu antebraço, piscando quando o Tadd abafa uma risadinha e afastando a mão de repente. Ela pigarreia e alisa os lençóis. — Precisa de mais alguma coisa?

— Não, obrigado. Estou bem. — Ela fica vermelha e sai rapidamente do quarto.

— Tem certeza que não precisa que alguém afofe o travesseiro, ou talvez de um banho de esponja? — zomba o Tadd.

— Mas e aí, sua perseguidora adolescente conseguiu enviar alguma mensagem suja antes que o Bob aparecesse? — pergunta o Quinton. — Porque isso pode ficar feio. Em termos legais.

— Nah, o Bob entrou, pegou o celular dela, chamou pelo rádio a segurança do hospital e olhou as mensagens. Ela não tinha mandado nada ainda. Ela atacou o cara quando ele começou a apagar as fotos...

— Ela atacou o Bob? — pergunta a Emma. — Ele é do tamanho de um tanque de guerra!

— Eu sei! Mas sim. Ele segurou a menina pelos punhos com uma das mãos enquanto apagava as fotos com a outra, até a segurança do hospital aparecer. Tragicamente, durante essa loucura toda, o celular dela caiu sem querer debaixo do pé gigantesco do Bob, e o cartão de memória foi esmagado.

Emma dá um sorriso afetado.

— Parece que o Bob vale quanto pesa.

— No caso dele, isso *realmente* é vantagem — concorda o Tadd.

Emma

Depois que os caras vão embora, fico para fazer companhia ao Reid durante as horas de visita restantes, como fiz na noite passada. Ele está acordado hoje, apesar de um pouco grogue por causa dos analgésicos que a enfermeira acabou de lhe dar; na noite passada, ele estava drogado até a alma, entrando e saindo do ar — a maior parte do tempo saindo, e fiquei feliz por ter trazido alguma coisa para ler.

Ele está usando uma camiseta azul-bebê e um short preto de jérsei, em vez da camisola hospitalar.

— Essa roupa é autorizada pelo hospital?

Ele abaixa o queixo, espiando de um jeito malandro através de alguns fios de cabelo loiro — limpo, o que me faz pensar em quem o lavou: a enfermeira ruiva?

— Não exatamente, mas eu tenho a tendência de conseguir o que quero, você ainda não percebeu? — Só ele poderia falar isso de um jeito charmoso, e não insuportável. — Você disse que o pessoal passou a filmagem pra casa dos Bennet? Eu não consigo lembrar do que conversamos ontem à noite, desculpa.

— Você estava bem fora do ar.

Ele se arrasta na cama para abrir espaço para mim, sorrindo levemente.

— Vem cá. Você está longe demais. — Deixo o sofá pequeno e subo na cama ao lado dele, com cuidado para não esbarrar nele nem amassar o tubo intravenoso. Ele pega a minha mão e dá um beijo na palma. — Ouvi dizer que tenho uma dívida de gratidão com você.

— Bom, você estava obviamente mal, qualquer um teria percebido.

Ele curva um canto da boca para cima.

— A questão é que *você* foi essa pessoa. Se bem que o Graham estava lá também? Estou confuso com aquela noite toda.

— Hum, sim, eu falei pra ele que você não estava se sentindo bem e ele apareceu. Foi ele que percebeu que você precisava de um médico.

— Mas foi você que foi ver o que estava acontecendo comigo. Além do mais, sem querer ofender o Graham, eu prefiro agradecer a *você*. — Seus olhos estão quentes, encarando os meus, e eu tiro o cabelo dele dos olhos me sentindo culpada, porque eu não fui até o quarto do Reid para ver o que estava acontecendo. Fui até lá para brigar com ele.

Não que ele precise saber disso.

Ele se aproxima e me beija, recuando com uma careta e se encostando na montanha de travesseiros. Ele deve ter pedido todos os travesseiros do andar.

— Você está bem?

— Fico bem se não me mexer *nem um pouco*. — Ele pega a minha mão e me puxa para perto, para eu beijá-lo. — Hummm, melhor assim. — Seus olhos azuis se abrem, e ele leva uma das mãos até o meu rosto, os dedos me puxando para mais um beijo. — Bem melhor.

35

Reid

Volto ao hotel para me recuperar enquanto todo mundo continua filmando ao redor das cenas em que eu deveria estar, o que me deixa muito entediado. Eu nunca precisei ficar de fora antes: nenhuma doença, nenhum ferimento. Meu pai ficaria chocado ao saber que estou surtando por não poder trabalhar.

As pessoas passam de vez em quando no meu quarto, e Emma me faz companhia sempre que está livre, o que não é muito frequente nos dias de filmagem e aulas. Tê-la por perto naturalmente resulta em contato físico, mas só consigo ir até certo ponto sem sentir dor. Há dias estamos nos beijando e nos tocando durante uma ou duas horas direto. Emma sai do meu quarto mais ofegante do que nunca, depois desses amassos restritos.

Hoje eu fui até a locação para vê-la gravar uma cena. Minha saída do hotel provocou tanto estresse no Andrew que achamos que a cabeça dele ia explodir. Ele ameaçou ligar para a minha médica, o meu pai e o George. Olhei furioso para ele e sugeri uma pausa para fumar. Ele girou nos calcanhares e saiu do quarto batendo os pés.

Emma está ansiosa por causa dessa cena, que inclui Leslie e Tim, ambos indicados ao Oscar, além de Jenna, a garota de quinze anos eternamente autoconfiante. Mas a maior parte do diálogo principal é da Emma, e o timing tem que ser perfeito para todos. Eles conseguem terminar a cena em apenas duas tomadas e mais alguns ajustes. Richter, muito empolgado, libera todo mundo, o que deixa a Emma meio convencida. Claro que eu presenciei sua capacidade de atuação em primeira mão, mas observar de fora é diferente. Ao filmar uma cena, você presta mais atenção no próprio desempenho; o desempenho dos outros é secundário. Hoje, eu só pude observá-la.

No carro, voltando para o hotel, fecho o vidro de privacidade entre nós e o motorista, coloco as pernas dela no meu colo com cuidado e acaricio seu joelho, provocando por baixo da saia. Seus olhos estão pesados enquanto ela espera o que vou fazer a seguir.

— Você nasceu pra isso, sabia? — digo. Ela ergue as sobrancelhas e fica bem vermelha. Dou risada, apertando ligeiramente sua perna e beijando seu maxilar. — Você nasceu pra isso também, e eu vou te convencer disso em breve. Mas eu quis dizer que você nasceu pra cinema.

Ela franze a testa, e eu passo o dedo no ponto entre suas sobrancelhas.

— Não faz isso, você vai ficar com rugas.

— O que você quer dizer com "nasceu pra cinema"?

Por que esse comentário poderia insultá-la está além do meu alcance.

— Sua madrasta me disse que você queria fazer teatro uma época, e não cinema. Eu entendo, fiz teatro comunitário quando era pré-adolescente. Foi divertido. Mas nós dois nascemos pro cinema, é só isso que estou dizendo. — O franzido na testa aumenta quando ela ouve falar na madrasta. Tenho que me lembrar de não mencioná-la de novo.

— Eu queria fazer teatro; eu *quero* fazer teatro. Mas, se tiver que ser cinema, prefiro fazer alguma coisa mais séria do que... você sabe, o que a gente está fazendo agora.

— Séria do tipo distribuição limitada, cinema independente?

— Exatamente.

Exceto em casos extremamente raros, filmes independentes dão pouco ou nenhum dinheiro, e quase ninguém assiste. São a versão filmada da ficção literária.

— Por que você quer fazer isso quando pode fazer alguma coisa que vai ser amplamente distribuída para milhares de salas de cinema, no país e no mundo todo, vai te deixar absurdamente famosa, vender uma tonelada de DVDs em poucos meses e, no fim, você vai ganhar uma tonelada de dinheiro?

— Quer dizer que ser absurdamente famosa e podre de rica vale mais do que fazer alguma coisa que pode ter impacto social ou receber aclamação da crítica?

— Claro que sim. A gente não está fazendo pornô. — Ela fica pálida e eu dou risada. Ops. — Meu Deus, você devia ver o seu rosto.

— É, eu sou uma piada.

— Olha, eu entendo o que você está dizendo, só estou feliz com o que eu faço, só isso. — Eu a puxo para perto e a beijo. Ela hesita por um instante e depois suspira, me beijando de volta. Minha mão sobe devagar por sua coxa debaixo da saia, até meus dedos chegarem ao quadril.

O carro para na frente do hotel, e Emma se apressa em sair dos meus braços antes que alguém abra a porta. Bob e Jeff estão esperando, assim como alguns fotógrafos e fãs. Aceno e sorrio, dando a ela a chance de ajeitar a saia sobre as pernas. Pego o braço dela enquanto entramos no hotel, e as pessoas gritam:

— Reid! Emma! Nós amamos vocês!

Cinema independente porra nenhuma. Quem não ia querer isso?

Emma

Eu meio que negligenciei o estudo para o vestibular até hoje à noite, quando a Emily toca no assunto logo depois de me contar os últimos boatos — sobre mim.

Algumas semanas atrás, combinamos que ela ia verificar os sites de fãs e me informar apenas quando necessário. Antes de ela assumir a pesquisa das sujeiras sobre mim, eu acabava lendo algumas coisas. *Péssima. Ideia.* Por exemplo, um site de fãs declarou que eu sou a atriz menos atraente de Hollywood e não tenho o direito de namorar alguém tão "lindo e delicioso" como o Reid.

Definitivamente *não* preciso saber disso. Emily é minha primeira linha de defesa.

— Tem uma foto de você e do Graham correndo... E vários sites comentando se ele está ou não entre você e o Reid. Um deles sugeriu que vocês vão correr logo depois que saem da cama... *juntos*.

— Uau, que ótimo. Quer dizer que agora eu estou transando com dois caras. Eles não conseguiram uma foto minha com o Quinton? Ou que tal eu e a Brooke? Quer dizer, quem se importa com o que é verdade ou mentira?

— Você comprou aquele livro de preparação pro vestibular que eu sugeri?

Fico abalada com a mudança súbita de assunto.

— Comprei, mas não tive tempo pra estudar.

— Emma, eu sei que no seu mundo o vestibular não parece grande coisa, mas ele vai determinar pra qual universidade você vai. Você já devia estar na metade do guia.

— Eu sei que é importante, mas eu ando muito ocupada... — (*Meu* mundo? O que *isso* significa?)

— Ocupada dando uns amassos no Reid Alexander e saindo todas as noites com as outras *celebridades*, é isso?

— Emily, sério? — Acho que vou ter que esperar para contar sobre os amassos mais picantes... e o fato de que estou quase pronta para transar com ele.

— Você está sempre reclamando de estar ocupada, mas está sempre passeando por Austin: umas compras aqui, bebidas e festas ali, uma dezena de visitas ao Reid quando ele estava no hospital...

— Eu visitei o Reid *duas* vezes, sem contar a primeira noite. Além do mais, qual é o seu problema?

— Qual é o meu problema? A gente nunca mais conversou sobre os *meus* problemas com o Derek, e você não está aqui pra me ajudar a encontrar um vestido para o baile, que por sinal é daqui a quatro dias e está me deixando megaestressada. A gente só fala sobre você e as suas questões com *esse* cara gostoso e *aquele* cara gostoso, e parece que eu não tenho mais uma melhor amiga.

— Emily, se você quer falar sobre um assunto, simplesmente fala. Eu não posso largar a minha vida só porque você precisa de um *vestido*...

— Eu não *compro* um vestido desde que tinha dez ou doze anos...

— Você comprou um pra formatura do Grant na Universidade da Pensilvânia! Foi, tipo, dois anos atrás!

— Não importa! — bufa ela, me interrompendo. — Isso nem é importante!

— E o que diabos *é* importante? Emily, não acredito que você está fazendo isso comigo agora.

— *Você* não acredita que *eu* estou fazendo isso? Clássico. Porque é *você* que sempre precisa de atenção, né? E eu sou sempre aquela que *dá* atenção. É você que fica sob os holofotes, e eu fico de lado. E quem se importa com os meus problemas? Claramente *não você*. Quer saber? Deixa pra lá. Não preciso da sua ajuda nem do seu apoio, eu tenho a minha mãe. — A linha faz um clique e ela desaparece.

Fico sentada na cama do hotel, encarando o celular na mão, com a respiração fraca e superficial, lágrimas se acumulando e derramando.

São muitas coisas para sentir ao mesmo tempo, todas ruins. Sou carente de atenção e ela não precisa de mim? Ela tem mãe e eu não tenho? Foi isso que ela quis dizer de verdade? Sinto o coração bater com força e rápido, ouvindo os ecos no ouvido. Meu rosto parece quente, e eu acho que posso ficar enjoada.

E, depois, só consigo pensar no seguinte: a Emily acabou de terminar comigo?

* * *

Várias horas sem dormir depois, não comento sobre minha briga com a Emily durante a corrida com o Graham, mas ele percebe que tem alguma coisa errada pouco depois de começarmos a correr.

— Tudo bem, Em? — Essa é a primeira vez que ele me chama pelo apelido pelo qual eu e Emily nos chamamos desde os cinco anos de idade, e é toda a pressão que as minhas emoções precisam. Meus olhos se enchem de lágrimas e eu as afasto, murmurando uma desculpa qualquer sobre pólen e reações alérgicas.

Eu nunca tive alergia na vida, mas esta semana pareço estar com a pior alergia do mundo. Acho que ele não está acreditando e, depois de alguns dias, mando uma mensagem dizendo que eu provavelmente devia evitar o pólen e dar um tempo nas corridas. Ele responde perguntando se pode fazer alguma coisa. Só consigo escrever que não. E é totalmente verdade.

Eu me alterno entre desejar que a Emily só veja fotos minhas sorrindo e me divertindo no seu maldito navegador e querer que ela não veja nenhuma foto minha, porque isso validaria o que ela disse. Enquanto todo mundo sai para relaxar depois de longos dias de filmagem, fico no hotel e peço comida no serviço de quarto, estudo com o livro preparatório, faço os testes simulados e culpo o vestibular e as falsas alergias pelo meu comportamento recluso e fungadas constantes. Brooke oferece antialérgicos, enquanto Meredith oferece a cura holística que seu médico homeopata recomenda.

O baile da Emily passa e ela não me liga.

Não sei se ela encontrou um vestido, ou se o Derek a convenceu de que não quer que ela mude, ou se ela sente a minha falta.

Tenho passado uma hora todas as manhãs aplicando uma compressa de água gelada nos olhos, tentando eliminar o inchaço de chorar até dormir.

Estou igualmente magoada e furiosa.

36

Reid

Devo voltar a filmar amanhã, apesar de a médica e a produção só me permitirem poucas horas por dia. Estou pronto para voltar com tudo, e isso é muito frustrante.

— Meio período é melhor que nada — me disse o Richter. — Estou feliz de poder te usar.

Emma senta ao meu lado, traduzindo um trecho de um livro em francês. Ou acho que está, até ela dizer:

— Eca! Você matou... essa coisa... com uma *frigideira?*

Enfio um machado no ombro do próximo zumbi e arranco um braço.

— Cacete... morto-vivo. — Eu queria ter acertado a cabeça dele. — Tecnicamente, sabe... — Arranco a cabeça do próximo zumbi com o machado, e ela faz outro barulho enojado. — ... era uma fritadeira. — Olho de novo para ela, rindo com a expressão revoltada em seu rosto: um lado do lábio superior levantado com desprezo. Dou uma pausa no jogo e entro em seu campo de visão. — Tenho que estar preparado pra te proteger, já que você é péssima em matar zumbis.

Ela revira os olhos e eu a beijo, tirando o livro do seu colo e ignorando seus fracos protestos.

— Pausa pra uns beijos. — É o único aviso que dou.

Pressiono suas costas contra os travesseiros, seguindo-a com cuidado, porque me esticar no ângulo errado ainda dói demais.

— Tem certeza que você está bem pra... você sabe... — diz ela.

Eu me inclino sobre ela e sorrio.

— Pra quê? Te beijar e te tocar até você me jogar na cama e fazer o que quiser comigo? Sim, estou preparado pra isso.

Ela suspira e ri, e imagino que, nesse ponto, não precisamos falar mais nada.

* * *

Uma coisa que não acontece com frequência é eu ficar sozinho com Graham Douglas. A maioria das pessoas é razoavelmente descomplicada, depois que você entende suas motivações. Eu tinha certeza de que uma das dele era a Brooke. Mas, apesar de ele ficar perto dela, ele também observa a Emma. Eu seria burro se não percebesse isso. E eu não sou burro.

No momento, ele e eu estamos em pé um ao lado do outro, esperando para gravar a única cena no filme todo que tem somente nós dois. Eu me pergunto se ele está transando com a Brooke, e se também tem planos de experimentar a Emma.

— Como estão as coisas? — Sua expressão está relaxada, mas a tensão passa entre nós como um fio esticado. Será que, se eu puxar esse fio, consigo saber com mais clareza em que ponto estamos?

— Tudo bem. — Faço um sinal de positivo com a cabeça. — A Emma disse que eu tenho que te agradecer por chamar a médica naquela noite. Eu estava fora do ar demais pra ter consciência das coisas.

Ele encolhe um pouco os ombros.

— É, eu percebi. Fico feliz por ter ajudado.

Estou tentando encontrar a arrogância que espero de alguém que anda com a Brooke e pode ter planos de trepar com a garota que eu pretendo comer, mas não encontro. Ou ele é *muito* bom em disfarçar, ou a arrogância não existe. A assistente de produção nos chama para nossas posições.

— É, bom... obrigado.

— Não tem de quê — diz ele.

Emma

Estou correndo com o Graham hoje de manhã pela primeira vez em uma semana, e ele não comenta nada sobre o meu apocalipse alérgico. Conversamos sobre testes na Juilliard e os dormitórios da NYU, mas tem alguma coisa não dita sob essa conversa, e espero que ele resolva o que está pesando em sua cabeça. Ele finge não perceber quando eu digo "hum", o que me parece uma pista. Como se ele estivesse com medo de me irritar.

— E aí, está tudo bem com você e o Reid? — ele finalmente pergunta quando chegamos ao ponto de voltar.

— Ãrrã. Ele está bem melhor.

Ele fica calado por um instante.

— Errr... eu quis dizer entre vocês dois... está tudo bem?

Pisco para ele e percebo, pelo modo como *não está* me olhando, que ele ficou desconfortável ao fazer essa pergunta, que era isso que ele estava segurando nos últimos vinte minutos. Penso no que Reid e eu temos feito ultimamente e sinto um traço de culpa, apesar de que o que nós fazemos não é da conta dele, assim como o que ele e a Brooke fazem não é da minha.

— Hum, sim, tudo bem. Tudo ótimo.

— Ah. Que bom. Não estou tentando me meter, só queria garantir. Sabe, que você está bem. E você sabe que pode conversar comigo se precisar desabafar ou algo assim.

— Tá — digo. — Obrigada. — Não consigo me imaginar conversando com o Graham sobre o Reid.

Nosso beijo na minha cama nunca foi mencionado nem repetido — nem *perto* de ser repetido. É como se nunca tivesse acontecido. Eu queria conseguir esquecer com a mesma facilidade que ele, e na maior parte do tempo a lembrança está bem arquivada — zip, zip, sumiu —, mas com frequência eu penso no beijo e... *meu Deus.*

Nós também nunca falamos sobre o Reid me beijar na frente de fãs com câmeras ocultas que publicam as fotos na internet. Por isso, não tenho a menor ideia se o motivo de o Graham recuar foi porque eu beijei o Reid no dia seguinte, ou por causa da Brooke, ou porque me beijar simplesmente não significou nada para ele. Acho que, no fim, não importa o motivo.

Penso em pedir os conselhos dele em relação à minha briga com a Emily, mas só de pensar nela meus olhos ficam marejados, e estou determinada a não começar a chorar de novo em público. Acabo não falando nada. E, depois de alguns minutos, ele fala alguma coisa sobre a filmagem de amanhã e o momento passa.

Hoje faz uma semana que brigamos. Emily e eu nunca passamos mais de três dias sem nos falar ou mandar mensagens, normalmente nem vinte e quatro horas. Comecei a escrever mensagens e e-mails para ela pelo menos umas cinquenta vezes, digitei o número dela na discagem rápida e *quase* apertei o botão de ligar, mas não sei o que dizer.

Como é que você pede desculpas por viver a própria vida?

* * *

Reid começou a gravar pedaços curtos do filme esta semana, apesar de a médica ter limitado a três horas por dia. O problema é que existem muitas horas sobrando no dia dele, e pouca coisa para ocupá-las. Tenho várias horas de filmagem por dia, além das aulas e de estudar para o vestibular. Na tarde de domingo, estou tentando recuperar o tempo perdido com os estudos antes de começar mais uma semana de filmagem.

— Me fala de novo por que você vai fazer o vestibular? — Ele se alonga, dá uma pausa no jogo e estende a mão para mim.

— Faculdade? — Tiro o livro preparatório de matemática do colo quando ele me beija. Estamos sentados no meio da cama dele, com restos do almoço pedido no serviço de quarto em bandejas ao pé da cama, controles do jogo e material de estudo ao redor.

Ele pega o lápis da minha mão e joga na mesinha de cabeceira, com a sobrancelha franzida.

— Tá, mas por quê?

Meredith e Brooke fizeram a mesma pergunta, com a mesma expressão perplexa. Pessoas como nós não costumam buscar uma formação acadêmica. Para quê, se nossa carreira está bem diante de nós e um tempo afastado resultaria em papéis perdidos e na diminuição do ritmo? As duas menosprezam a Jenna como alguém esquisita devido à família acadêmica.

Basta dizer que isso é o que as pessoas normais fazem? (Provavelmente não, pois todas elas me perguntariam por que eu quero ser *normal*.)

— Não sei, Reid. Eu quero fazer faculdade, tá bom?

— Tá, só estou curioso. Parece esforço demais. — Ele me puxa para o colo.

— Cuidado — digo, preocupada, mas ele simplesmente dá de ombros.

— Estou bem. A médica disse que eu posso começar a fazer uns exercícios leves com o meu treinador na próxima semana. — Ele levanta meu queixo para beijar o pescoço. Um dos braços me apoia enquanto o outro desabotoa a parte de cima da minha blusa, sua boca seguindo os dedos. Afastando o tecido, ele passa a língua sobre a curva do meu peito, e eu fecho os olhos e tento respirar.

Quinze minutos depois, ele já tirou a camisa, a minha está totalmente aberta, e eu estou sentada no colo do Reid, virada para ele, com as pernas ao redor de seus quadris. Ele passa a mão para cima e para baixo nas minhas costas antes de tirar a alça do sutiã do meu ombro.

— Emma, você é tão gostosa. Não aguento mais isso. — Ele beija o meu ombro, indo em direção ao pescoço. — Você quer que eu implore? Eu imploro. Meu Deus, você está me matando de tesão.

— Mas o seu corte... — digo, ofegando com o que sua boca está fazendo: dando mordidas sugadas na curva do meu pescoço.

— Foda-se o corte, eu posso voltar lá e mandar costurarem de novo. Eu te quero e não me importo com mais nada. — Ele me puxa com força e me beija, quase com violência demais.

— Mas... — Estou desmoronando; ai, caramba, estou desmoronando. Meu cérebro procura uma desculpa. — Vou encontrar a Meredith daqui a meia hora pra fazer o dever de casa de economia, e depois disso todo mundo vai sair...

— Hoje à noite, então. — Seu tom é decidido, as mãos agarrando meus quadris. — Depois que a gente voltar e todo mundo tiver ido dormir, eu quero você de volta aqui, na minha cama. — Ele me encara. — Diz que sim, Emma. Por favor.

Digo a mim mesma que só estou com medo porque nunca fiz isso. Talvez, depois que terminar, não vai parecer tão importante.

— Sim — respondo com a voz mais baixa possível.

— Essa é a minha garota — diz ele, beijando meus lábios agora inchados com mais suavidade, e uma emoção me toma ao ouvir essas palavras. E então eu quero correr para o meu quarto e me esconder no armário. Eu sabia que isso estava para acontecer, estávamos mais próximos a cada dia, mas de repente chegou a hora, e eu estou petrificada.

Ele ri baixinho.

— Eu posso esperar. O que são mais... — ele olha para o relógio — ... quatro ou cinco horas.

* * *

Toda vez que eu penso em hoje à noite, começo a suar frio, então qualquer distração está valendo, até mesmo o dever de casa. Meredith e eu passamos uma hora estudando economia ("Não consigo ver por que *um dia* eu vou precisar dessas coisas", diz ela) antes de desistir e decidir que oferta e demanda podem esperar. Precisamos nos arrumar para ir com o elenco conhecer uma nova boate.

— O Reid parece quase totalmente recuperado. — Ela segura o cabelo no alto da cabeça e solta, puxa de novo e solta de novo. — O que você acha: preso ou solto?

— Eu gosto de preso. É diferente pra você. — Não respondo ao comentário dela sobre o Reid, apesar de, graças a isso, minhas mãos estarem tremendo o suficiente para tornar perigosa a aplicação do rímel.

— Concordo, preso. O Robby gosta dele solto, então, quando a gente sai, não posso prender.

Fico ali parada, observando-a no espelho, segurando o aplicador de rímel como se estivesse prestes a conduzir uma orquestra com ele.

— O Robby *gosta* dele solto?

— É... Hum, a gente voltou ontem à noite. — Ela sorri de um jeito travesso, analisando o próprio reflexo. — Ele vem no fim de semana.

Eu mal consigo evitar de soltar: *Que merda você estava pensando?*

— E ele vai ser menos possessivo e parar de te acusar de coisas que você não fez?

— Ele prometeu confiar mais em mim. — Ela começa a prender mechas do cabelo. — Ele sabe que estava tendo ciúmes sem motivo. Ele vai mudar.

— Ele já não disse isso antes? — De alguma forma, ela não percebe meu tom cínico.

— Acho que ele realmente está falando sério dessa vez — diz ela, totalmente feliz e confiante.

— Hum.

— Vamos prender o seu também. Vira.

Viro de costas para ela, de costas para o espelho. É melhor para nós duas se ela não vir a incredulidade em meu rosto.

37

Reid

Meu celular vibra: John.

Estão falando umas merdas por aí sobre aquela tal de Emma, que ela está saindo com vc e com aquele tal de Graham.

Nem. Esses sites são malucos.

Tá, mas tem fotos dos dois juntos. Não uma nem duas, parece que eles correm juntos o tempo todo, vc sabia?

WTF, quando???

Tem um site que diz que os funcionários do hotel falaram que eles descem juntos quase todo dia. Como se estivessem transando e depois correndo. Sei lá, cara, só achei que vc devia saber.

Tá, valeu.

Costumo evitar sites de fofocas como uma doença. Todos nós fazemos isso o máximo que podemos. A maior parte do tempo, é tudo inventado por uma imitação de "jornalista" que só quer vender notícia e não se importa nem um pouco se é verdade.

O problema é quando existem evidências fotográficas. Não que elas não possam ser forjadas também; os softwares de edição de fotos podem ser uma ferramenta terrível nas mãos erradas. Mas não tem nada de falso nas diversas fotos do Graham e da Emma correndo, se alongando, conversando, rindo. As roupas variam, então não foi um evento isolado. É algo que eles estão fazendo regularmente.

Bob encena uma de suas rotinas à noite para evitar a barricada de paparazzi, mandando um de seus colegas menos musculosos — usando meu boné — pela porta da frente, enquanto Emma e eu escapamos direto para um SUV que está esperando nos fundos.

Quando estamos nos afastando do hotel, eu pergunto:

— Há quanto tempo você está correndo com o Graham? — Meu tom é o mais indiferente que consigo. Eu *não* estou acostumado com essa porcaria de ciúme. Não que eu confie nas pessoas. É que normalmente eu não dou a mínima.

— Hã? — diz ela, pega de surpresa.

— Correndo. Com o Graham. Há quanto tempo? — repito a pergunta separando as frases, meus dedos acariciando sua nuca.

— Hum, meio que a intervalos desde que estamos aqui.

— Desde que estamos aqui em Austin? — Inclino a cabeça para o lado. — Vocês já se conheciam?

A expressão no rosto dela muda. Ela sabe de onde vêm essas perguntas. Sabe das fotos online. E não está acostumada a ser analisada tão de perto em tudo que faz. Ela pigarreia e engole em seco.

— Não.

— Quer dizer que vocês começaram a correr juntos quando chegamos a Austin, apesar de nunca terem se visto e não se conhecerem.
— Estou tentando parecer apenas curioso. *Fracasso.*

— Nós dois gostamos de correr cedo e nos encontramos algumas vezes na primeira semana, e o tempo passa mais rápido quando a gente corre com alguém... — ela diminui a voz.

— Ele é um cara bonito — digo, observando sua reação.

— O Graham? Hum, acho que sim. — O tom dela diz: "Ah, é? Eu não tinha percebido". Seus olhos, se arregalando ligeiramente, dizem que ela certamente percebeu.

Dou um sorriso. Melhor falar tudo de uma vez.

— O esquisito é que alguns sites de fãs estão publicando fotos de vocês dois juntos. Dizendo que vocês estão envolvidos.

— O *quê?* — Ela é boa. Eu quase não consigo perceber que ela já sabia disso.

— Esquisito, né?

— Isso é loucura. Nós estamos fazendo exercícios juntos, *só isso.* — Percebo verdade e mentira em suas palavras, e não sei o que fazer com isso.

— Tudo bem, eu só queria saber. — Eu a puxo para perto e deixo de lado o interrogatório, passo os dedos na lateral de seu pescoço e a beijo. Não vou deixar nada estragar a noite de hoje.

Emma

Reid parece esquecer o que falou no carro, mas não consigo olhar para o Graham sem me lembrar de cada palavra. É verdade, eu não abri o jogo sobre correr com ele todo dia de manhã, mas não achei que precisava prestar contas de cada momento da minha vida. Reid nunca me pareceu ser esse tipo de pessoa e, francamente, esse tipo de expectativa me assustaria, ainda mais depois do drama Meredith/Robby.

O beijo que Graham e eu compartilhamos foi semanas atrás. Eu não devia me sentir culpada, mas me sinto. Só pode haver um motivo para isso: eu ainda penso naquele beijo. Ainda significa alguma coisa para mim, apesar de não dever. Ao entrar na boate de mãos dadas com o Reid, estou determinada a esquecer isso. Não posso levar aquele beijo — e esses sentimentos — para aquilo que eu e Reid vamos fazer hoje à noite.

A produção não quer que aconteça nada com o Reid que possa provocar uma recaída. Os guarda-costas estão bem próximos, mantendo-o separado do pessoal que não é do elenco. Os fãs e os fotógrafos são obrigados a se contentar com babar por ele de longe. De vez em quando, alguém consegue ultrapassar a segurança e chega perto o suficiente para salivar nele.

Ele dança comigo algumas vezes, me puxando para si, balançando tão devagar que mal estamos nos mexendo. A maior parte do tempo, no entanto, ele fica encostado no bar bebendo, conversando com outros membros do elenco e uma ou outra fã favorecida e me observando dançar. Toda vez que nossos olhos se encontram, seu olhar é de puro fogo, me lembrando dos planos para mais tarde.

Estou dançando com o Tadd quando vejo o Reid conversando com o Graham, que passou a maior parte da noite no bar com a Brooke. No início, não acho nada de mais, mas depois o Reid faz um gesto na direção da pista de dança e, apesar de não olhar para mim, meus instintos dizem que a conversa tem alguma coisa a ver comigo. Oh-oh. Quando a música termina e outra começa, vejo que a Brooke está ao lado do Graham e os três estão conversando e, apesar de todos parecerem sob controle, o antagonismo entre eles é visível.

Eu me pergunto o que está sendo falado e como isso vai afetar meu relacionamento com cada um. Alguma coisa está prestes a mudar, consigo sentir, e tenho a certeza ofuscante de que, apesar do que eu estava pensando quando entramos aqui, eu não quero perder a amizade do Graham. Não quero que o Reid faça nada para acabar com ela. Ai, meu Deus.

Não tenho a menor ideia do que fazer. Como fiz durante mais de metade da minha vida em momentos como este, pego o celular e começo a digitar o número da Emily, hesitando quando percebo o que meu piloto automático mental está me obrigando a fazer. De repente, estou sobrecarregada de indecisão e tristeza. Quando uma nova música começa, deixo o Tadd conversando com um dos figurantes e corro em busca de um lugar onde me isolar. Bob aponta para um banheiro VIP separado.

Fico sozinha durante uns quinze segundos.

— O Reid está vindo atrás de mim — diz a Brooke quando entra. — Se você está tentando evitá-lo, é melhor se esconder.

Disparo para um dos três reservados, fecho a porta de aço inoxidável, abaixo a tampa do vaso, sento e levanto os pés. Antes que eu consiga me perguntar o que estou fazendo, me escondendo no banheiro como se estivesse num filme ruim de espionagem, Reid entra.

— Tem mais alguém aqui?

— Não — responde ela. — Quer verificar as cabines? Vai em frente. — Prendo a respiração, mas ela o conhece bem, e ele toma o desafio dela como confirmação.

— Só me responde uma coisa. E fala a verdade, se puder. O Graham sabe?

Através do meio centímetro de espaço entre a porta e a moldura, vejo-a pegar o gloss na bolsa e aplicar com cuidado. Depois de um olhar superficial para a porta atrás da qual estou sentada muda e imóvel, ela o analisa no espelho antes de responder.

— Ele sabe, sim.

Ele faz um som de irritação.

— Meu Deus, eu *sabia*. Por que você contou pra ele? *Por quê?*

Ela joga o tubo de gloss de volta na bolsa e vira para encará-lo.

— O Graham estava no filme em que eu tive que romper o contrato porque estava *grávida*. Quando você não deu a mínima, e os meus pais e o meu agente me pressionaram sobre "a coisa certa a fazer", ele bateu no meu trailer e me encontrou soluçando. E eu contei pra ele. E ele me disse pra fazer o que era melhor pra *mim*. Ele foi a única pessoa que se importou com o que *eu* precisava, e a gente mal se conhecia.

Meu sangue está bombeando com tanta fúria que eu mal consigo escutar.

— Ninguém te obrigou a ter aquele bebê, Brooke.

— "Aquele bebê" — diz ela, com a voz trêmula — era *seu* filho, babaca. Quando eu te contei, achei... — ela para. — Bom, ninguém se importa com o que eu achei. Tudo que importa são os fatos. Você não queria nada além de sexo comigo. Você disse o que precisava pra conseguir o que queria. Eu era uma garota inocente e arquei com as consequências.

Não estou respirando e, de qualquer forma, parece que não tem mais ar no ambiente.

— Você não tem ideia do que eu queria — diz ele, tão baixinho que eu mal escuto. — Se você tivesse feito o aborto, como os seus pais queriam, não teria *havido* consequências. A decisão foi sua. Sua decisão de estragar a sua carreira, e de ferrar com a vida de nós dois se o público um dia descobrir.

Ela o encara.

— Como você *ousa* agir como se fosse assim tão simples? Joga uma moeda. Atira um dardo. Não foi tão *fácil* assim, caramba. Quer saber, Reid? Minha decisão *realmente* abalou a minha carreira, mas eu tomei a decisão certa pra *mim*. E eu *sempre* vou preferir a minha vida à sua existência miserável e egocêntrica, de quem se acha um Deus.

— Miserável? Dificilmente. Egocêntrica? Tudo bem. Eu posso viver com *isso*.

— *Sai*. Daqui.

— Fui. Sem problemas. — A porta do banheiro se abre e fecha, fazendo barulho quando ele sai.

Não consigo me mexer.

— Ele já foi — diz ela, e eu abaixo as pernas e abro a porta.

— Não sei o que dizer.

Ela dá de ombros, tirando o excesso de gloss dos lábios.

— Bem-vinda ao clube. E, de qualquer forma, o que há pra dizer?

— Quando foi que isso aconteceu?

— Três anos atrás. Eu tinha dezesseis. Na verdade, exatamente hoje faz três anos, que também foi a última vez que o vi. — Ela pega uma toalha de papel e pressiona no canto dos olhos. — O Reid nem sabe a data de nascimento dele. Nunca perguntou. *Merda*. Eu estava bem o dia todo. Achei que este ano eu ia dar conta. Parece que eu estava errada.

Nossos olhos se encontram no espelho, e eu penso em como ela é jovem, como era muito mais três anos atrás. Como ela deve ter sentido medo.

— Tem alguma coisa que eu possa fazer?

— Pede pro Bob me arrumar um carro? Eu só quero sair daqui. Amanhã vou estar bem.

— Claro. Sem problemas. — Vou em direção à porta.

— Emma... — Eu paro e viro com a mão na maçaneta. — Não entra nessa sem saber a real. Tudo que ele disse pra você foi para conseguir o que ele quer. Se você também só quiser isso, o poder está nas suas mãos. Só não se apaixona por ele.

Encontro o Bob, que me garante que vai levar a Brooke de volta para o hotel. Depois disso, minha cabeça está cheia de impulsos e vazia de soluções. Passo me esgueirando pela parede e me misturo à multidão, sem querer confrontar o Reid, que se absteve da responsabilidade e mesmo da emoção de engravidar alguém.

Quero a Emily. Meus olhos se enchem de lágrimas e eu vou em direção à saída, sentindo falta dela, precisando dos seus conselhos, do modo como ela me deixa centrada. Desde que me entendo por gente, penso nela como algo permanente, mas no fim não era o caso. Ela se afastou de mim e foi embora, como todas as pessoas que eu já amei.

38

Reid

Não consigo *acreditar* nesta noite.

Primeiro, a mensagem do John — os boatos a respeito da Emma, do Graham e de mim. Como eu normalmente não tenho relacionamentos exclusivos, a especulação sobre a Emma aumentou absurdamente desde que ficou claro que eu estava mais interessado nela do que meu padrão de pegar-e-largar. Se os tabloides não conseguem a confirmação de um relacionamento, eles inventam. E tentam encontrar todas as evidências de infidelidade que conseguem.

Eu *não* deixo essas merdas me atingirem. Não deixo. Mas essa é a primeira vez, desde a Brooke, em que estou nessa posição — num relacionamento com alguém que pode estar me traindo.

Dancei um pouco com a Emma e a entreguei ao Tadd, que está em melhor forma para dançar no momento. Conversando distraidamente com alguns atores coadjuvantes e figurantes que descobriram aonde íamos à noite, eu a observei dançar, o modo como ela se movia, como ela me olhava de vez em quando para ver se eu ainda estava olhando. Seu sorriso tímido quando via que eu estava. Tudo estava perfeito para a noite ser maravilhosa.

Brooke estava meio bêbada, sentada no bar a pouca distância, com o Graham. Eu a ignorei. Até um certo momento.

— Com licença, sr. Alexander? — disse o bartender atrás de mim.

Eu me virei.

— Sim? — Ele me estendeu um copo de screwdriver, que eu definitivamente não tinha pedido. — O que é isso?

Ele apontou para a Brooke, que me jogou um beijo. Bêbada, sem dúvida. Peguei o drinque e dei alguns passos até ela.

— Hum, obrigado. Mas acho que você vai curtir isso mais do que eu.

Ela quase fez um beicinho.

— Houve uma época em que você gostava.

Estreitei os olhos, me perguntando qual era o joguinho. Graham estava sentado em silêncio do outro lado dela, encarando seu drinque, os lábios pressionados.

— Ah, é? Quando foi isso?

— Eu não devia estar surpresa de você não lembrar.

Ah, eu lembro muito bem. Pouco antes do nosso término, Brooke entrou na minha casa com uma garrafa de vodca na bolsa.

— Vamos pegar suco de laranja e fazer screwdriver — sussurrou ela.

Fiz pipoca de micro-ondas enquanto ela pegava dois copos grandes de plástico e enchia cada um até a metade com suco de laranja e gelo, e falamos para os meus pais que íamos ver um filme na sala de TV enquanto desaparecíamos na minha ala da casa.

Uma hora depois, estávamos totalmente bêbados, dando risinhos e nos agarrando. Tivemos consciência de pouca coisa além de nós dois naquela noite, e fomos imprudentes de todas as maneiras possíveis. Por que ela queria me lembrar daquela noite — com Graham ao lado — era algo incompreensível.

— Tem algum motivo pra você querer que eu me lembre de beber screwdriver com você, Brooke?

Ela me encarou, enquanto, sob a superfície, nós dois estávamos surtando de tensão. Ela era um fio desencapado, perigosa e instável, e um pressentimento me disse para ter cuidado. Num segundo de idiotice, eu baixei a guarda.

— Só por causa do que veio depois — respondeu ela.

Foi nesse momento que meu olhar captou o Graham fechando os olhos e suspirando. Então ele virou, com a mão no antebraço dela.

— Brooke, vamos voltar para o hotel.

— Eu só quero que ele se lembre. Só hoje. Só *uma vez.* — Foi aí que eu soube que ela tinha contado para ele.

Eu me inclinei para perto dela.

— Quer dizer que você sabe exatamente quando foi? Dá um tempo. Duvido que você saiba até mesmo com *quem* foi.

Ela desceu do banquinho do bar, com os punhos cerrados, pálida e não tão bêbada quanto eu pensava.

— Seu *canalha*...

Graham entrou na frente dela.

— Isso é desnecessário — ele me disse, com a mão nela, mantendo-a atrás de si, como se eu fosse machucá-la se me aproximasse demais.

Todos nós falávamos baixinho, hiperconscientes do fato de que estávamos em público. Mesmo assim, eu estava puto com o tom condescendente dele.

— Isso não é da sua conta, porra.

— Como amigo dela, é da minha conta, sim. Cai fora.

— *Amigo?* Ah, tá. A Brooke sabe que você corre todas as manhãs com a Emma, e quem sabe o que mais? Que você está tentando pegar as duas ao mesmo tempo? Pelo menos eu só estou atrás de *uma* garota — apontei para a pista de dança.

Graham olhou naquela direção.

— Eu te dou uma surra se você magoar a Emma. Não pense nem por um segundo que eu não faria isso.

Tudo bem. Confuso isso — bem na frente da Brooke?

— Meu relacionamento com a Emma *definitivamente* não é da sua conta.

Ao ouvir isso, a Brooke saiu batendo o pé. Virei a tequila que o bartender tinha colocado no meu lugar e fui atrás dela. Graham me seguiu, mas eu nem me importei. Eu precisava saber se ela tinha contado a ele, apesar de *saber* que tinha. Nossa conversa no banheiro confirmou. Quando abri a porta minutos depois, ele estava em pé do lado de fora, com o maxilar travado. Eu olhei para ele e voltei direto para o bar, procurando a Emma na pista de dança.

Emma

Não tenho a menor ideia de como consigo sair da boate e chamar um táxi sem ser parada por ninguém, mas consigo. Quando estendo a mão para a maçaneta, Graham está lá, abrindo a porta para mim.

— Emma? Você tá bem?

Balanço a cabeça, secando as lágrimas do rosto.

— Entra — diz ele, irritado, e eu obedeço, me encolhendo no banco traseiro e me afastando quando fica claro que ele vai entrar comigo. Meu rosto dói de tentar não soluçar, e viro para a janela enquanto ele dá o nome do hotel para o motorista.

Não dizemos mais nem uma palavra durante o trajeto de volta, mas ele pega a minha mão e me puxa para os seus braços enquanto eu choro. Minha cabeça está um caos total. Acabei de largar o Reid sem nenhuma explicação ou despedida, e não consigo imaginar o que vou dizer a ele. Será que eu consigo fazer o que a Brooke sugeriu, usá-lo do modo como ela acha que ele quer me usar? Dificilmente. Imagino a Emily me dizendo que usar Reid Alexander para perder a virgindade seria o jeito mais incrível de perdê-la.

Pelo menos eu não estou apaixonada por ele. Minha desilusão com o não-tão-perfeito Reid Alexander é o toque final de uma semana péssima. Desapontada e chocada? Definitivamente. Com o coração partido? Não.

Essa perda nem se compara à dor de ter perdido minha melhor amiga. Fecho os olhos enquanto novas lágrimas escorrem pelo meu rosto e pingam do queixo. Não consigo aguentar de saudade dela. É como um membro amputado. Como a voz baixinha da consciência. Como a fome.

— Emma — diz o Graham quando paramos no meio-fio e ele paga ao motorista. — Fica perto de mim. — Tento entender essa instrução por dois segundos, aí os flashes começam a estourar. Ele me puxa para perto e se dirige rapidamente para a porta enquanto alguns seguranças saem correndo para nos escoltar para dentro. As histórias de amanhã vão ser fascinantes. Por sorte, eu não me importo.

Quando chegamos ao nosso andar, ele olha para a porta da Brooke quando passamos em frente, e eu sei que é lá que ele quer estar. Espero que ela perceba o que tem. Ele não se parece nem um pouco com o Reid. Não consigo nem acreditar que um dia eu pensei em comparar os dois.

Enfio o cartão-chave na porta e digo:

— Obrigada. Vai... cuidar dela. Estou bem.

— Tem certeza? — Sua preocupação é tão doce que quase dói.

Faço que sim com a cabeça, e ele pega meu queixo e examina meu rosto. Fecho os olhos, sabendo que devo estar um caco.

— Você vai ficar bem, Emma. Você é mais forte do que pensa. — Sua voz é suave, mas firme, e eu faço que sim com a cabeça de novo. Ele beija minha testa com delicadeza e vira.

Meu celular apita assim que entro no quarto. Quando olho para a tela, vejo duas chamadas perdidas e quatro mensagens, todas do Reid. Eu me jogo na cama e as leio.

Cadê vc? Ainda está aqui?

Sério, vc desaparece e depois não responde? Tô preocupado, me liga.

A Jenna disse que viu vc conversando com a Brooke. Quer saber o meu lado ou vai escutar só o dela?

Tá. Entendi. Me liga em 5 min ou vou supor que terminamos.

Dois minutos se passaram desde a última mensagem. Deito na cama e observo o relógio marcar os últimos três minutos de seu ultimato, depois viro de costas.

Não dou a mínima se é absurdo rejeitar o que deve ser a fantasia de todas as garotas do mundo — perder a virgindade com alguém como Reid Alexander. Não dou a mínima se é antiquado se guardar para perdê-la com alguém que valha a pena. Talvez, depois que esse alguém partir o meu coração, eu não me importe mais com isso e transe com qualquer um. Talvez eu olhe para este momento e pense que fui a maior idiota do Texas.

Meu Deus, a Emily ia me *matar*.

39

Reid

Nenhuma resposta. I-na-cre-di-tá-vel.

Sinto como se eu pudesse eletrocutar alguém com um único toque. Para mim, raiva é algo que eu libero em rajadas curtas, para aliviá-la antes que o restante seja engolido. Aprendi a viver assim com meu pai arrogante. Eu nunca me permito ficar tão furioso, porque não consigo esconder. Se não consigo esconder, fico vulnerável.

Viro mais um shot de tequila no bar — o bartender franze uma sobrancelha, porque a bebida que estou virando é envelhecida e cara e deve ser saboreada, respeitada. Poderiam ser shots da porcaria mais barata que existe, pelo modo como estou bebendo. Bem nessa hora, uma mão pousa no meu ombro e eu viro, rápido demais, e quase derrubo a garota.

— Ah! — diz ela, tropeçando para trás nos saltos altos.

Eu a agarro antes que ela caia, com um braço envolvendo sua cintura e o outro no seu pulso.

— Ah... — repete ela, com as mãos no meu peito. Ela é bonita, com cabelos escuros, olhos grandes, um pouco exagerada demais na maquiagem. Eu a reconheço do set.

— Você é uma das figurantes.

— Isso. — Ela está sem fôlego, com os olhos dilatados; não sei dizer se é de álcool, drogas recreativas ou do fato de o meu braço estar ao seu redor.

— Qual é o seu nome?

— Blossom? — Ela diz o próprio nome como uma pergunta, como se estivesse disposta a trocá-lo se não fosse bom o suficiente para mim. Pressiono os lábios e sorrio para ela.

— Quer dançar, Blossom? Não posso fazer nada muito exagerado, já que ainda estou me recuperando da cirurgia...

— Ah, sim. Podemos dançar devagar. — Sua respiração sai em pequenas arfadas. Depois de tentar seduzir a Emma durante várias semanas, eu tinha esquecido como normalmente é fácil.

— Que bom — digo.

Ela me dá um sorrisinho travesso enquanto eu a levo até a pista, e pouco tempo depois estou sussurrando em seu ouvido, conseguindo que ela concorde em voltar para o hotel comigo sem o menor esforço, como sempre foi.

Emma

Depois de uma noite agitada, mando uma mensagem para o Graham dizendo que não vou correr hoje de manhã. De qualquer maneira, ele provavelmente ainda está com a Brooke. Ignoro a pontada de irritação que esse pensamento provoca.

Sei que não posso evitar a filmagem, apesar de considerar seriamente fingir uma laringite. Ou uma enxaqueca mortal. Ou um ataque cardíaco. O dia todo — ou melhor, o restante da semana — vai ser cheio de cenas com Reid. Eu me pergunto qual será a explicação dele. Me pergunto se vou aceitar, se consigo acreditar que o que aconteceu entre ele e a Brooke foi imaturidade, e não insensibilidade.

— Emma, o que *aconteceu* ontem à noite? — pergunta a Meredith no carro a caminho da locação na casa dos Bingley. Os outros já foram para lá, só sobramos nós duas. — Eu olhei e você tinha desaparecido, a Brooke tinha desaparecido, o Graham tinha desaparecido... E aí o Reid voltou pro hotel com uma das figurantes. Achei que vocês dois estavam saindo ou se pegando. — Sinto minha boca se abrir, mas não consigo fechá-la. — Ai, meu Deus — diz ela. — Você não sabia. *Merda*.

— Não — digo, piscando. Ele levou uma garota para o quarto? *Ontem à noite?* — Não, nós, hã... tudo bem. A gente... terminou.

— Uau. Que rápido.

Ela poderia dizer isso de novo.

— Caramba, eles não perdem tempo. Olha isso — diz ela, me mostrando o celular. Um dos sites de fãs está na tela, e de repente, aqui na minha mão, há fotos surpreendentemente claras do Reid e de uma garota se agarrando na boate, entrando juntos num táxi, descendo no hotel, ele com o braço nos ombros dela, a boca perto da orelha. Também tem fotos minhas e do Graham entrando no hotel, meu rosto escondido pelo braço dele.

As teorias estão por toda parte, desde as quase racionais — Reid e eu brigamos por causa do Graham ou por causa da Nova Garota do Reid — até as mais alucinadas — a coisa toda é uma armação para afastar o público da verdade: que eu estou grávida do Reid, ou será que é do Graham?, com um close da minha suposta barriga de grávida (minha barriga nessa foto dá a impressão de que eu comi meia fatia de pão ou perdi *a merda de um dia* de abdominais na semana passada).

Devolvo o celular. De jeito nenhum vou continuar a ler, ainda mais os comentários das fãs. Já estou emocionalmente afundada o suficiente, obrigada.

— Que monte de besteira. A gente simplesmente decidiu... que não estava dando certo.

— Isso é tão esquisito. Achei que as coisas estavam bem na última vez que conversamos. Você tá bem? Você me pareceu um pouco deprimida ultimamente.

— Ãrrã, tô bem — minto.

* * *

Enquanto estou na maquiagem, faço o que posso para entrar na personagem e conseguir encarar o Reid. Não sei se o antagonismo dessas cenas entre Lizbeth e Will vai nos beneficiar ou prejudicar; o modo como Reid vai interpretar é o único fator indeterminado. Infelizmente, é um fator muito importante. Nós nem fazemos contato visual no set até o Richter gritar:

— Ação.

INT. Casa dos Bingley — Noite

Festa dos Bingley. CHARLOTTE e LIZBETH observam os outros convidados. WILL se aproxima das duas.

CHARLOTTE

(ao lado de LIZBETH)

Não olhe agora, o Will está vindo na nossa direção.

WILL

(para LIZBETH)

Quer dançar?

(Ou ele está perfeitamente no personagem, ou está com raiva de eu ter fugido ontem à noite. Eu poderia ter escutado, se ele tivesse explicado, me dado a chance de entender. Agora essa chance não existe mais.)

LIZBETH

(olhando de relance para CHARLOTTE)

Claro

Corta para:

CHARLOTTE dá de ombros para LIZBETH enquanto WILL a conduz até o espaço aberto onde as pessoas estão dançando.

Reid pega a minha mão e abre caminho pela multidão de coadjuvantes e figurantes, me puxando atrás de si. Eles dão espaço quando passamos, e paramos no meio da pista, os braços do Reid me envolvendo, me segurando tão perto quanto ontem, quando dançamos. No momento em que Richter grita "Corta", seus braços me soltam e ele vira de costas sem uma palavra.

Alguém da maquiagem corre para ajeitar uma mecha do meu cabelo atrás da orelha e passar spray para mantê-lo no lugar. Por cima do ombro da maquiadora, vejo Graham com sua roupa boba de Bill, que o faz parecer um pai fora de moda. Ele levanta os olhos, vê meu olhar pensativo e sorri, ajeitando os óculos e balançando as sobrancelhas, me arrancando um sorriso relutante.

— Aos seus lugares, pessoal — grita o diretor assistente, e eu viro para o Reid, que está sussurrando no ouvido da garota que estava nas fotos dos paparazzi. Ela dispara de volta para seu parceiro de cena; enquanto eu a observo, ele me observa.

Seus braços me envolvem de novo, e os meus voltam para os seus ombros.

— Bom dia, Emma — diz ele, com uma expressão glacial. — Dormiu bem?

Antes que eu consiga responder, Richter grita "Ação". Dançamos em silêncio por cinco minutos, enquanto filmam close-ups de nós dois evitando o olhar um do outro. Esses definitivamente serão os cinco minutos mais fáceis da filmagem de hoje com o Reid.

Durante o intervalo, Brooke pega meu cotovelo e nós nos afastamos de todo mundo.

— O Graham me disse que você voltou para o hotel ontem à noite sem falar com o Reid. — Ela parece desconfortável. — Eu não esperava... quer dizer, seu relacionamento com ele não é da minha conta. — Ela está hesitante e preocupada, e percebo que não tenho ideia de quem ela realmente é. Uma coisa está clara: a Brooke que eu achei que conhecia é uma fachada. — Eu sei que falei pra você não se apaixonar por ele. Mas... talvez ele só tenha sido assim comigo. Talvez ele seja diferente com você.

— Acho que não — digo, observando-o conversar com a figurante, Blossom. — Mas agora não importa mais.

— Sinto muito — diz ela, com o olhar firme.

Dou de ombros e desvio o olhar.

— Não sinta.

O diálogo da próxima cena é próximo demais da realidade, e a proximidade e o contato visual ficam mais constrangedores por causa das palavras.

— Ação.

WILL e LIZBETH dançam.

LIZBETH

Alguns dias atrás, você me disse que a sua opinião sobre as pessoas não pode ser mudada.

WILL

(curioso)

Sim.

LIZBETH

Espero que você seja cuidadoso ao decidir o que pensa das pessoas, então. Que você não tenha a mente fechada a ponto de ser preconceituoso desde o início.

WILL

Espero que não. Por quê?

LIZBETH

Só estou tentando te decifrar

WILL

E?

LIZBETH

Ainda não consegui.

É nesse momento que a música da trilha sonora termina, e nós dois ficamos parados nos olhando por dez segundos. Seus olhos estão frios, e o gelo entre nós se contorce no fundo do meu estômago. Eu me seguro para não tremer. Dez segundos pode ser um tempo muito longo. Parece uma hora, até Richter gritar "Corta!" e nos virarmos e sairmos em direções opostas.

Os intervalos de filmagem são como sair para respirar depois de ficar debaixo d'água por alguns segundos a mais do que deveria, mas também têm sua própria angústia. Tudo que fazemos está sendo analisado por todo mundo no set. Todos sabem que, ontem à noite, o que estava acontecendo entre nós terminou. De um jeito desagradável. As especulações voam, passando por perto, mas nunca parando; ninguém sabe exatamente o que aconteceu, só que alguma coisa aconteceu, e ficam procurando pistas.

Esse dia maldito nunca vai acabar.

40

Reid

As cenas com a Emma são as mais difíceis que eu já tive que filmar. Faria alguma diferença se eu a pegasse sozinha, implorasse seu perdão e dissesse que a Blossom não significou nada? Faz alguma diferença isso ser verdade? Eu precisava de uma distração ontem à noite para entorpecer a emoção que estava fervendo sob a superfície depois do confronto com a Brooke, depois que a Emma desapareceu e não respondeu às minhas ligações e mensagens. Agora existe uma geleira entre nós, montanhosa e letal. Quando eu a vejo conversando com a Brooke, encarando a Blossom, olhando para mim e depois para longe, percebo que não será possível atravessar essa geleira.

Ainda bem que Will Darcy é meio babaca, ou eu nunca conseguiria levar isso a cabo.

Eu me irrito com a ideia de que deveria me sentir arrependido por algo que aconteceu quase *quatro anos* atrás, quando provavelmente nem era meu, para começo de história. Não penso nessa merda há anos. Mesmo ao ver a Brooke quando as filmagens começaram — claro, eu me lembrei do relacionamento, mas há muito tempo eu lutei para arrancar da cabeça o modo como terminou. O modo como ela estava saindo com outro cara, talvez vários, enquanto dizia que me amava, enquanto me fazia dizer a mesma coisa e *sentir* a mesma coisa. Eu a adorava, e ela me traiu. E daí que o bebê podia ser meu? Por que eu devia me importar?

Emma provavelmente não vê desse jeito; ela é mulher. Ela vê minhas ações como abandono. E talvez tenham sido.

Eu não preciso dessa merda. Tenho muita coisa para cuidar: uma mãe alcoólatra e uma carreira para manter nos trilhos e construir. Chega. Chega *mesmo*.

Emma

— Emma, o que está acontecendo?

A pergunta do meu pai fica pendendo no espaço de centenas de quilômetros entre nós. Estou sentada na minha cama depois desse dia infernal, no meio de um simulado de vestibular online. Vou ter que recomeçar se essa conversa não acabar logo.

— Hum, o que você quer saber, exatamente? — Eu enrolo, sem saber se ele está se referindo aos boatos de que estou transando com o Reid e/ou com o Graham, ou de que terminei com um ou com os dois, ou à minha suposta barriga de grávida... ou alguma outra coisa, totalmente diferente.

— Você precisa conversar comigo sobre alguma coisa? — Essa é uma pergunta caracteristicamente evasiva à qual fico grata (porque não tenho que responder nada específico) e irritada (será que ele ao menos se importa?).

— Não.

Ele fica em silêncio por um instante, e eu começo a relaxar. Ele nunca me pressiona em relação a essas coisas. Às vezes pergunta porque acha que deve. Mas ele não quer lidar de verdade com isso. É por isso que fico surpresa quando ele não deixa o assunto de lado, mas, em vez disso, faz uma pergunta que arrasa com a minha bela visão previsível do meu pai.

— Emma, você sabe que eu não dou o mínimo crédito a fofocas de celebridades, mas não posso fingir que é tudo mentira, não posso ignorar se... se você precisa da minha ajuda. Porque, *caramba*, eu sou seu pai e essa é a minha função. Por isso, eu preciso saber. — Ouço-o engolir em seco. — Você está grávida? — Se isso não for um pesadelo, não sei o que é.

Minha boca se mexe como se eu estivesse falando ou mastigando alguma coisa, mas nada sai além de alguns estalos, até eu finalmente dizer:

— Não. *Não.*

Ele expira, e eu o imagino com a mão na testa e os olhos fechados. Dessa vez, seu instante de silêncio não me engana. Estou em alerta total, não que isso ajude muito.

— Eu sei que nós nunca conversamos de verdade sobre, hum, sexo — continua ele. — Mas, como seu pai, eu preciso saber se você tem as ferramentas necessárias para se proteger

— Hum — digo, com o rosto em chamas.

— Então, você sabe que, hã... camisinhas são necessárias para se proteger não apenas contra, ééé, uma gravidez, mas também contra DSTs, errr, doenças sexualmente transmissíveis... — Ele está explicando essas coisas como se eu nunca tivesse ouvido falar nelas, como se eu não soubesse desde que conversei com a minha avó, anos atrás. Estou pensando: *Tarde demais?* e tentando conter a histeria enquanto ele passa para um excesso de detalhes gigantesco sobre educação sexual. — ... herpes e clamídia. Hum, acho que essas são as seis principais, apesar de existirem outras, mas você não precisa conhecer todas elas...

— *Papai.* — A palavra parece esquisita, como se outra pessoa estivesse falando, porque eu não penso nele como *papai*. Ele é *meu pai*, formal e impassível. Como tem sido nosso relacionamento desde que minha mãe morreu. — Eu... eu sei de tudo isso.

— Ah, é? A Chloe...?

— Não — digo, hostil demais. — Não... A vovó e a mãe da Emily. — E então, por ter falado o nome da Emily, eu começo a chorar.

— Emma, o que foi?

— Eu briguei com a Emily! — A frase escapa de mim, sem conseguir ser contida por mais tempo. — Ela não está falando comigo, e eu não sei o que eu fiz ou o que posso fazer ou o que devo fazer.

Ele fica em silêncio de novo e, assim que eu começo a me repreender por soltar tudo isso para *ele*, entre todas as pessoas do mundo, ele pergunta:

— Você já tentou ligar para ela?

— Mais ou menos. Não de verdade. Não sei o que dizer. — Dou uma fungada. — Ela acha que eu a estava ignorando, e talvez estivesse, mas não foi de propósito...

— Então fala isso, meu amor. — Ele não me chama assim há muito tempo. Não desse jeito, como um carinho, um abraço. — Você e a Emily são como irmãs quase desde que nasceram; ela vai te escutar.

— E se ela desligar na minha cara? E se ela me odiar?

— Emma, você realmente acredita que isso é possível? Pensa em quanto tempo vocês passaram sendo unha e carne. Agora vocês já são quase adultas, têm vidas separadas. Talvez ela esteja com medo de te perder.

— Então por que ela está me afastando? — Eu soluço.

Ele fica em silêncio por um instante.

— Porque é isso que as pessoas fazem, às vezes, quando estão com medo e só conseguem reagir. Talvez você precise ser a corajosa.

— Mas eu não sou corajosa — digo, com a voz baixinha.

— Ah, querida, eu não conheço ninguém mais corajosa que você. — *O quê?* — Vamos combinar uma coisa, nós dois. Você liga hoje à noite para a Emily. E eu conto para a Chloe que você vai pra faculdade no próximo outono. O vestibular é daqui a pouco mais de uma semana, né?

— Isso. — Balanço a cabeça, dizendo: — Você não contou pra ela?

— É hora de eu ser corajoso também — diz ele, sem empolgação. Começo a rir e ele se junta a mim.

— Você vai contar pra ela sobre os seus almoços no McDonald's? — pergunto, provocando. Tento ser racional e abafar a esperança de que isso tudo seja de verdade, mas a esperança tem um jeito de fechar os olhos para a razão e continuar crescendo.

— Ah, não vamos enlouquecer — diz ele, fingindo seriedade. — Em alguns casos, o que não se sabe... Bom, você conhece a Chloe.

— É, conheço. — Inspiro de um jeito trêmulo. — Obrigada, papai — digo, gostando do som da palavra, com medo de essa imagem dele ser uma miragem, de olhar para o lado, voltar e ver que ela sumiu. Penso no que ele disse. Que eu sou corajosa. Se isso for verdade, talvez eu não o deixe ir embora com tanta facilidade dessa vez. Talvez eu o lembre, se ele esquecer de novo.

— Boa noite, meu amor — diz ele, e eu deixo essa palavra me envolver e afastar a dúvida, pelo menos por hoje.

— Boa noite, pai.

* * *

Escrevo para a Emily:

> Me desculpa. Eu fui egoísta, mas não foi de propósito. Faço o que for preciso pra vc acreditar em mim. Pra me perdoar. Sinto muito a sua falta.

Quando aperto a tecla para enviar, digo a mim mesma que uma gotinha de coragem é melhor que um monte de covardia. Vai doer menos se ela ignorar minha mensagem do que se eu ligar e ela não atender ou deixar cair na caixa postal, ou, pior ainda, se ela atender e falar que tudo que disse era verdade.

Sobrevivo durante cinco minutos agonizantes, durante os quais fico me balançando no meio da cama, com os braços em volta dos joelhos, encarando o celular como se não confiasse apenas no som para me avisar que ela respondeu. Quando ele toca, levo um susto e o jogo na cama, depois pego de novo.

— Alô?

Sua voz está tão suave que mal escuto. Nada a ver com a Emily.

— Me desculpa também — diz ela, e nós duas começamos a chorar e a falar ao mesmo tempo. — Eu não queria...

— Emily, me perdoa...

E aí começamos a rir e a chorar, e ela diz:

— Deixa eu começar. Primeiro, nunca mais me deixa fazer isso, mesmo que você tenha que mandar a Chloe aqui para me dar uns tapas na cara pra eu cair na real.

— Eu nunca faria isso.

— É sério. Segundo, por muito tempo eu me parabenizei por ser uma ótima amiga: com você na televisão, depois conseguindo esse filme e ficando *famosa*, e eu sem um pingo de ciúme. E aí, de repente, você está num romance de conto de fadas enquanto eu estou morta de medo de estar mergulhando no pior caso de amor platônico idiota com um cara que trabalha na porcaria da Abercrombie. Isso quer dizer que eu sou uma *péssima* amiga... — ela soluça.

— Emily, não é não, *eu* sou... — eu me oponho, mas ela continua, como se eu não tivesse falado nada.

— ... e aí o seu romance de conto de fadas foi pro ralo e é claramente culpa minha por ter te abandonado quando você precisava de mim! — agora ela está berrando, e eu interfiro enquanto posso.

— Emily, eu estou bem, e você *não é* uma péssima amiga, você é a melhor amiga do mundo.

— Pfff!

Antes que ela consiga se opor mais, eu digo:

— Sério, eu estou bem. Fiquei mais chateada por perder *você* do que por qualquer outra coisa que aconteceu. Me desculpa por fazer você sentir que eu sempre consigo a sua atenção quando você nunca consegue a minha, por fazer você achar que eu não me importo com os seus problemas.

— Em, isso nem é verdade. Eu só estava com ciúme. Esquece o que eu disse.

— Não. Você precisava de mim, e eu estava obcecada com o Reid e o Graham, e eu devia ter escutado o que *você* precisava, em vez de esperar que você sempre seja a pessoa que escuta. Quando eu te perdi, não me importei muito com mais nada.

Ela suspira.

— Mesmo me sentindo ignorada, eu sabia que as coisas não eram bem assim. Você nunca deixou de não estar ao meu lado pra me apoiar. *Ai, meu Deus,* eu usei uma negativa dupla. Estou claramente traumatizada! Por favor, me perdoa.

— Só se você me perdoar.

— *Tá bom.* Eu te perdoo. Feliz?

— Ãrrã — dou uma fungada.

— Tudo bem. Agora me conta essa confusão aí? Minha mãe está surtando, ela ligou pro seu pai e deu um esporro nele. Até usou uns palavrões! Nenhum bom de verdade, mas mesmo assim.

— Acho que isso explica tudo...

— O quê?

— Ele me ligou mais cedo... Você acha que ele só fez isso porque ela mandou?

— Acho que não. No início sim, ela estava brigando com ele, mas depois eles começaram a conversar e, pelas respostas dela, ele estava fazendo as perguntas certas. Acho que ele não tinha ideia de como estava se saindo mal como pai. Até, você sabe, ela *falar* pra ele, daquele jeito que só a minha mãe consegue fazer.

— Ah.

— Agora, que história é essa de barriga de grávida?

— Emily, eu não estou...

— Ah, eu sei. Também sei que você estava dividida entre o Reid e o Graham. E parece que foi tudo pro espaço. Então, o que aconteceu?

— Quanto tempo você tem? — pergunto, deitando na cama.

— A noite toda, baby. Eu até liguei pro Derek antes de ligar pra você e falei: "Não me liga; eu ligo pra você", então temos todo o tempo que você precisar.

— Emily, estou fazendo tudo de novo, a gente devia falar sobre o Derek...

— Está tudo bem com o Derek; ele pode esperar, a gente conversa sobre ele em breve, não se preocupa. Agora para de me enrolar e começa a falar.

Conto tudo a ela. E a primeira coisa que ela diz depois é:

— Uau. Eu não tinha percebido como senti falta de saber mais do que o maldito *National Enquirer*.

— Hum.

— Em — diz ela —, você já percebeu que fala "hum" sempre que não consegue pensar em mais nada pra dizer?

41

Reid

Eu quase sinto pena da Blossom. Não consegui tolerar a garota nem por vinte e quatro horas. Acontece que existe *sim* elogio e adoração em excesso. A próxima foi uma garota que interpreta uma líder de torcida da Escola Netherfield (pedi para ela manter o figurino a maior parte do tempo), seguida de uma mulher que faz uma das professoras.

Tenho evitado interação social com os colegas de elenco — exceto com Tadd e Quinton — até agora à noite, quando todo mundo está reunido no quarto da Brooke para comemorar o aniversário da Jenna. Fui idiota o suficiente para trazer a garota de ontem à noite comigo. Vivian é gostosa e criativa na cama; fora dela, é grossa e irritante. Mesmo assim, eu ainda preciso de um escudo entre mim e a Emma, para não acabar fazendo alguma coisa terrível, como me ajoelhar e implorar clemência.

Tadd está abrindo uma garrafa de riesling, ou tentando. Na verdade, ele está destroçando a rolha enquanto a Emma olha, rindo conforme os dois servem o vinho nas taças e pescam pedacinhos de rolha usando canudos, colheres, guardanapos e palitos de dente.

— Você *mastigou* a rolha, Thaddeus? — pergunto.

— Sai fora, cara — diz o Tadd enquanto pesca o último pedaço.

Vivian se aproxima de mim e pergunta:

— O que você está fazendo? — enquanto lança um olhar desafiador para a Emma. Jesus. Eu *não* preciso disso.

— Pegando alguma coisa pra você beber, babe. — Pego uma taça e dou a ela com um sorriso, me perguntando se o álcool vai fazê-la ficar mais calma ou mais briguenta. Ela fica na ponta dos pés e esfrega o nariz no meu, marcando território. Ela *só pode* estar brincando.

Trocando um olhar com Tadd, Emma põe a língua para fora e enfia um dedo na boca, e ele ri. Infelizmente, Vivian percebe a encenação. Ela estreita os olhos para Emma e solta:

— Algum problema?

— Ei — eu a arrasto para o lado oposto do quarto —, ninguém está com problemas.

Por que o meu apêndice não resolveu morrer *hoje à noite*? É difícil decidir o que foi mais doloroso: aquela noite ou esta.

Emma

Durante quase duas semanas, assisti de camarote enquanto Reid fazia a rapa no elenco de figurantes femininas. *Apresentem-se, Reid Alexander está aceitando inscrições para estágios de uma noite.* Por um lado eu não me importo, mas, por outro, é quase humilhante, e eu me sinto uma idiota total por ter achado que eu seria exceção no modo como ele trata as mulheres.

Tenho evitado falar com ele ou olhar para ele e para o brinquedinho da noite, mas senti os olhos dela em mim no instante em que os dois entraram no quarto. Com o vestibular amanhã, estou evitando álcool, mas ajudei o Tadd a abrir a garrafa de riesling. Conseguimos desintegrar a rolha com o saca-rolhas e, enquanto estávamos terminando de pescar os pedacinhos nas taças, Reid apareceu ao meu lado com a acompanhante, que grudou nele como uma craca a um navio.

Ela estava tentando iniciar alguma coisa antes que ele a arrastasse para longe. Eu *não quero* que ele pense que estou com ciúme. Ser atriz pode ajudar em situações como esta, mas somos humanas, com emoções como todo mundo, e às vezes elas simplesmente não ficam submersas. Fugi para a varanda para me recompor.

Fecho os olhos e respiro até o Graham sair e parar ao meu lado, com as mãos nos bolsos; eu sei que ele está ali quando inspiro o aroma picante característico dele. Analisamos a vista enquanto o céu fica escuro e os postes de luz se acendem. Ele não fala nada durante vários minutos, e eu penso no fato de que nós dois passamos muito tempo juntos sem conversar, confortáveis com a companhia um do outro apesar dos longos silêncios. Isso provavelmente é resultado de corrermos juntos, porque o esforço nem sempre nos permite conversar.

— Vestibular amanhã, hein? — Adoro a textura da voz dele, o timbre rouco que provoca reverberações em algum lugar dentro de mim. É uma pena ele pertencer à Brooke.

— É. Acho que tenho uma desculpa pra escapar cedo hoje.

— Humm. Você está bem, com...? — Ele aponta para o Reid dentro do quarto.

— Ãrrã, tô bem.

Brooke se junta a nós.

— Ei, você está bem? Porque, pode acreditar em mim, eu *adoraria* mandar ele ir embora e levar a vagabunda junto.

— Tô bem — minto.

— Bom, basta você dizer uma palavra e eles saem daqui correndo. — Ela aperta o meu ombro e volta para dentro.

Meu mundo deu um giro de cento e oitenta graus: quero que o Reid desapareça e, de alguma forma, Brooke e eu nos tornamos melhores amigas de infância. Que. Diabos.

* * *

Uma hora depois, estou no meu quarto reclamando com a Emily.

— ... e a biscate da vez do Reid estava marcando território. Como se eu fosse concorrência. *Até parece.*

— Meu Deus, quantas foram até agora?

— Quatro... que eu saiba.

— Caramba, que galinha.

Eu suspiro, me jogando nos travesseiros.

— Se ele começar a levar essas mulheres quando todo mundo sair junto, acho que não vou aguentar. Já é difícil estar no mesmo ambiente que ele.

— Em, talvez você esteja mais magoada com tudo isso do que pensa — sugere ela.

— Só estou puta, só isso.

— Se você está dizendo...

Ela não acredita em mim, mas eu preciso esquecer o Reid por um instante, esquecer onde estou e tudo que estou sentindo.

— É sério. Mas, mudando de assunto... como está o Derek?

— O Derek está bem — diz ela e, como se isso fosse possível, eu a ouço sorrir através do telefone.

42

Reid

A produção alugou o trigésimo andar de um prédio comercial na maldita *Dallas* para ser a sede da Rosings Corp. Isso significa três dias (e duas noites) na locação com Graham, Emma e MiShaun. Não sou exatamente o preferido de nenhum deles, no momento.

Vou para o elevador na manhã de segunda, com uma sacola de viagem pendurada no ombro e o braço envolvendo a diversão de ontem à noite. Ela está dando risinhos e vestindo minha camisa (droga, eu provavelmente nunca mais vou ver *essa camisa* de novo, e é uma das minhas favoritas). A garota é bonita, mas, depois de uma noite com ela, estou desesperado por *silêncio*.

Quando viramos a esquina, Emma acabou de fechar a porta do quarto e está parada no corredor, agarrando o puxador da mala de rodinhas. Ela vira de novo para a porta assim que me vê, mas é tarde demais — a porta já fechou e trancou automaticamente; estamos todos presos no corredor juntos.

Quando passamos por ela, eu digo:

— Bom dia, Emma.

Com os lábios contraídos, ela levanta os olhos até os meus antes de afastá-los ao virar para o elevador.

— Bom dia — murmura.

Sem motivo, a garota que está usando minha camisa dá um risinho. Viro seus ombros na direção do quarto dela e dou um tapa na sua bunda, resistindo à vontade de *empurrá-la* naquela direção.

— Vai dormir um pouco, mocinha.

— Ai! — diz ela, seguido de mais risinhos. Jesus.

Seguindo a Emma até o elevador, não consigo evitar de reanalisar tudo que eu sempre achei atraente nela: a forma como seu cabelo cai sobre os ombros, sua postura ao andar, a curva do seu quadril e a linha de músculos na lateral das pernas, abaixo da barra do short branco, o punho com pulseiras empilhadas no braço esquerdo e, na mão direita, o anel prateado com a história que eu nunca vou saber. Entramos no elevador e vamos até o térreo em silêncio, seu ombro pálido encostado na parede oposta. Cantarolo para mim mesmo enquanto vivemos o que parece ser a descida mais lenta da história das caixas motorizadas operadas por cabos. Eu me pergunto: *Essa coisa maldita está se mexendo? Eu poderia descer mais rápido engatinhando pela escada.* Há pouco tempo, nós dois curtíamos o ritmo letárgico do elevador.

Graham e MiShaun estão no saguão, com Bob, que fala pelo rádio avisando que vai nos levar para fora. Por sorte, como é muito cedo, só aparecem dois paparazzi. MiShaun pega o braço da Emma, falando bobagens no caminho até o carro. Elas se sentam lado a lado, e Graham na frente da Emma. Eles uniram forças para garantir que eu fique o mais longe possível dela.

Maravilha.

Emma

— Você não me falou como foi o vestibular. — Graham recheia uma tortilla com um pouco de tudo que está no prato de fajitas que estamos dividindo, incluindo sour cream, queijo e guacamole, que eu evito para não ser acusada de ter barriga de grávida de novo. Nós dois encontramos um restaurante tex-mex para nossa última refeição em Dallas. O "cara dos computadores" da MiShaun está na cidade para um projeto de consultoria, então ela saiu com ele, e Reid provavelmente está agarrado a uma das novas figurantes ou uma tiete local. A filmagem foi um inferno, mas acabou.

— A prova foi demorada e difícil. — Bato o pé no ritmo da música de fundo enquanto seleciono pedaços magros de frango grelhado e vegetais. Graham sorri, e percebo um pouco de sour cream no canto de sua boca. Eu me pergunto o que ele faria se eu esticasse o dedo e limpasse. Talvez com um guardanapo. Talvez eu devesse dizer alguma coisa. Talvez só ignorar.

— Parece traumático — diz ele. *Hã?* Ah, sim, o vestibular.

Dou de ombros, tomo um gole de chá gelado e olho de novo para sua boca. O sour cream ainda está lá. Tenho uma visão em que me inclino por sobre a mesa e dou uma lambida na sujeira, mas deixo escapar:

— Você está com um pouquinho... — e aponto para o canto da minha boca. Ele pega o guardanapo no colo e limpa.

— Saiu?

— Ãrrã. — Preciso parar de encarar sua boca. Eu me recosto no banco de couro macio e me obrigo a desviar o olhar. Se o Graham e a Brooke estão juntos, ou tentando ficar, eu não posso pensar em... lambê-lo.

— Fãs à direita.

— Hum? — digo e ele ergue uma sobrancelha. — Tá, esse não conta. Foi basicamente uma *pergunta*, e não um *hum*.

— Tá certo. — Ele sorri. — Esse eu deixo passar.

Tento olhar disfarçadamente por sobre o ombro, mas o disfarce não importa — uma mesa inteira de garotas de fraternidade estão nos encarando. Minha olhada faz todas elas começarem a conversar empolgadas, e aí aparece o celular.

— Droga. A gente pode ir embora?

— Ainda não paguei. — Ele procura a garçonete e faz sinal para chamá-la. — Os restaurantes não gostam muito quando os clientes saem sem pagar. Mesmo os famosos. — A garçonete chega com a conta, e Graham lhe dá o cartão de crédito. — Sabe, a gente conversou sobre isso um tempo atrás. Vai acontecer com mais frequência ainda, depois do lançamento do filme. — Ele ri um pouco enquanto eu franzo a testa com a cabeça baixa. — Emma — diz o Graham, me fazendo olhar para ele. Está inclinado para frente, com os braços cruzados sobre a mesa, os olhos escuros e diretos. — Você é a protagonista de um filme de um grande estúdio. Isso vai ser o normal pra você daqui pra frente.

Ele está certo, claro. Eu também me apoio nos antebraços.

— A Emily me disse que os sites de fãs estão malucos pra saber por que o Reid está saindo com todo mundo *exceto* eu. — Eu poderia me perder nos olhos dele. Preciso parar de encará-los como se *quisesse* me perder ali. — Você sabe o que vai acontecer: eu sendo fotografada no que sem dúvida será descrito como um jantar íntimo com você.

Ele sorri, assinando o recibo e guardando o cartão de crédito.

— Eu aguento. Agora tenha um pouco de atitude e vamos sair daqui. — Ele chama o motorista para nos encontrar na frente do restaurante e pega minha mão enquanto saímos, e, apesar das pessoas encarando, direcionando celulares ou simplesmente apontando, eu me sinto calma de mãos dadas com ele.

43

Reid

As últimas semanas de filmagem estão passando como um borrão.

De acordo com os sites de fãs, Emma e Graham continuam a correr juntos todas as manhãs, e os boatos são que eles se agarram pela cidade toda — apesar de não haver evidências fotográficas além do incidente de mãos dadas em Dallas. Em particular, eles não estão diferentes do que eram perto um do outro. Uma familiaridade tranquila, mas nada de encarar um ao outro do outro lado do ambiente, como se mal conseguissem esperar para ficar sozinhos, e nenhum toque que eu tenha testemunhado ou ouvido falar. Graham continua bancando o protetor da Brooke — pelo menos isso eu entendo, agora. Ainda acho que eles estão envolvidos.

Emma foi escolhida para interpretar Lizbeth por causa da química entre nós, que se recusa a desaparecer só porque nós queremos. E, ah, como eu quero. Fazer as declarações de amor de Will Darcy para Lizbeth é uma tortura. Tocá-la é uma tortura. Beijá-la é uma tortura.

Sempre que possível, eu escapo das atividades sociais em grupo nas quais Emma pode estar envolvida. Tadd, é claro, é a pessoa que percebe meu desconforto. Ou talvez ele seja apenas o único que se importa ou não pensa automaticamente que eu mereço colher o que plantei.

— Quase acabando, brôu.

— O quê? — Estamos no set, esperando para ver se o Richter quer fazer mais tomadas com a discussão entre Will e Charlie, quando este descobre que seu melhor amigo sabotou seu relacionamento com Jane. Mas eu sinto que o Tadd não está se referindo às filmagens de hoje. A química entre nós na filmagem é tão fácil quanto nosso relacionamento sempre foi, então a gente deve estar bem.

Tirando o cabelo dos olhos, ele nivela o olhar com o meu, a boca com aquele toque sarcástico que eu conheço muito bem.

— Eu nunca te vi tão derrotado, cara. Por que você simplesmente não desiste e implora o perdão dela?

Minha boca se abre de repente.

— Numa frase você me chama de derrotado e na outra sugere que eu implore o perdão dela? Que diabos, cara. Isso não faz sentido.

Ele suspira fazendo barulho e cruza os braços.

— Faz sim. Você conseguiu ser um porco nojento com alguém por quem estava se apaixonando. Você podia tentar pedir desculpas. Deus sabe que você já tentou *trepar* com todo mundo pra tirar ela da cabeça. — Ele dá um risinho baixo. — E *não* está funcionando, aliás.

Encaro o objeto dessa conversa do outro lado do ambiente, onde ela está bebendo água de uma garrafa e rindo de alguma coisa que a Meredith acabou de falar, e meu maxilar fica travado.

— Não vou cair aos pés dela pra ela poder me chutar com mais facilidade. O esforço seria inútil, além de degradante.

— Mais degradante do que é, pra ela, ver você comer todas as garotas do elenco?

Eu adoro esse cara, mas, *meu Deus*, o Tadd é muito dono da verdade às vezes.

— Ela ouviu o lado da Brooke e nem perguntou o meu — sibilo. — Cadê o pedido de desculpas *dela* pra *mim?* — Quando a assistente de produção olha para nós, eu sei que a conversa foi longe demais. Não quero discutir se devo ou não pedir desculpas à Emma por uma coisa que eu supostamente fiz para a *Brooke*.

Tadd vira para mim, os olhos azul-claros sérios como eu nunca vi.

— Brôu, você está infeliz...

— Não. Estou *puto*. Mas, como você disse, está quase acabando.

— Bom trabalho, rapazes — diz o Richter. — Nenhuma segunda tomada, podem fugir.

Quando viramos, Tadd faz um sinal de positivo com a cabeça, fechando a boca e abafando o que ia dizer. Estou surdo porque já tomei uma decisão, e sempre fui bom em desligar as emoções. Estou ficando melhor ainda.

Emma

Estou em casa.

As últimas semanas de filmagem foram desafiadoras, não por causa das cenas em si, mas pelo que aconteceu entre elas. Quando Reid e eu filmamos cenas íntimas, nos encarando fixamente e recitando as palavras entre Will e Lizbeth enquanto eles se apaixonavam, apesar de todas as intenções contrárias, ele foi bem convincente. Mas o "Corta!" do Richter desligou a paixão e a dedicação em seus olhos como um interruptor.

Tive medo de que beijá-lo fosse insuportável, mas, com preparação, depois que fechei os olhos, me tornei Lizbeth Bennet beijando Will Darcy, e Reid Alexander não estava mais lá. Houve umas duas vezes em que eu não estava preparada, e o toque de sua boca na minha me fez perder o fôlego. Nas duas vezes, eu poderia jurar que ele também tinha sido afetado, até o inevitável fim da cena, quando ele piscou e a conexão desapareceu.

No último dia de filmagem, o clima de comemoração foi matizado pela tristeza do fim. Risos e lágrimas simultâneos, abraços e promessas de manter contato passaram por todos nós. Os lábios do Reid roçaram minha testa brevemente, antes de ele virar para dar um abraço no Quinton. Ele e Richter saíram do hotel naquela noite. O restante saiu no dia seguinte.

Graham e eu pegamos um táxi juntos para o aeroporto; nossos voos eram bem no início da manhã, saindo com diferença de dez minutos um do outro. Passamos pela verificação de segurança mais rápido do que esperávamos e decidimos passar o tempo na cafeteria lotada. Ficamos sentados observando os outros viajantes: alguns com olhos vidrados, outros perdidos, alguns de alta classe frustrados com todos os outros.

Graham arrancou um pedaço da rosca de canela que estávamos dividindo.

— Você já se inscreveu em algum lugar? — perguntou ele, consumindo sua parte grudenta numa mordida só.

— Vou fazer isso quando chegar em casa. Já organizamos tudo: quais universidades requerem uma redação, quais têm extensão de inscrições, quais exigem cartas de recomendação.

Ele sorriu.

— Isso é ótimo.

— E você... depois da formatura? — Mordisquei um pedaço bem menor do nosso café da manhã compartilhado, lambendo os dedos de um jeito reflexivo. Então o Graham encarou meus dedos e minha boca, me cobrindo com um calor inesperado tão forte que parecia visível. Quando ele baixou o olhar para o último pedaço da rosca, limpei os dedos no guardanapo em meu colo enquanto me esforçava para não pensar em sua boca sugando a doçura grudenta de cada um deles, devagar e com perfeição. — Pode, hum, ficar com o resto. — Lutei para parecer indiferente e despreocupada com a eletricidade que percorria meu corpo.

Ele pigarreou.

— Meu agente me ligou ontem. Tenho mais um filme independente agendado para o meio do verão, que vai ser gravado em Nova York. — Depois de me olhar por mais um longo instante, ele disse: — Se você escolher uma universidade lá, eu provavelmente vou estar na cidade quando você começar, no outono. — Ele mexeu no celular, verificando o horário. — É melhor irmos para os nossos portões.

Nós nos levantamos ao mesmo tempo e nos encaramos; nossos portões eram em direções opostas. Ele estendeu os braços para mim e fui até ele. Colei meu rosto em seu peito, inalei seu aroma. Ele ia embora, e eu ia deixá-lo ir sem perguntar por que ele me beijou.

— Vou sentir saudade, Emma — disse ele. No meu ouvido, seu peito ressoou ligeiramente com o meu nome.

— Também vou sentir saudade.

Ele afrouxou o abraço, pegou meu rosto nas mãos e beijou suavemente minha testa.

— Vou sentir mais saudade que você — sussurrou antes de virar para pegar as malas. Quando estava a uns quatro ou cinco metros de distância, ele olhou para trás, levantou o queixo e sorriu para mim. Acenei e respirei fundo, memorizando seu jeito familiar de andar. O modo como ele não prestou atenção nas garotas que viraram para vê-lo passar. O modo como eu já sentia o afastamento, quando ele ainda estava em meu campo de visão.

* * *

— Então... acho que ele aceitou bem — diz o meu pai depois de ligar para o Dan e contar que eu ia dar um tempo de papéis em filmes de sucesso para poder fazer faculdade. Ele esfrega a nuca com uma das mãos enquanto encara o telefone na outra.

— Você não mente muito bem, pai.

— Bom, ele *recebeu* a notícia. Acho que gostar ou não é problema dele.

— Humpf — diz a Chloe da mesa da cozinha, onde está corrigindo provas. Ela ainda está irritada porque eu vou desistir da minha carreira no cinema, talvez para sempre. Seus sonhos de ser mãe de uma grande estrela, andando pela alta sociedade no mundo todo, se esfregando em celebridades, foram frustrados. Ela não falou com nenhum de nós dois durante dias, mas está quase resignada agora. Acho.

Meu pai pisca para mim, se inclinando por sobre o ombro dela e dizendo:

— Acho que a gente podia aproveitar um passeio de fim de semana. Visitar uma vinícola ou duas... ficar numa pousada?

— Sério? — Ela se ilumina, depois sua expressão desaba. — Mas e... — ela aponta para mim enquanto eu me sirvo um copo de suco de laranja.

— A Emma já é adulta, Chloe. Ela consegue passar um fim de semana em casa sozinha. — Quando ele tocou no assunto na semana passada, eu garanti que estava *mais* do que tranquila com isso.

— Claro — digo. — Vão se divertir, crianças.

Passo os olhos nas minhas mensagens no celular enquanto vou para o quarto. Tem uma sequência de mensagens do Graham, de ontem à noite, que eu quero reler.

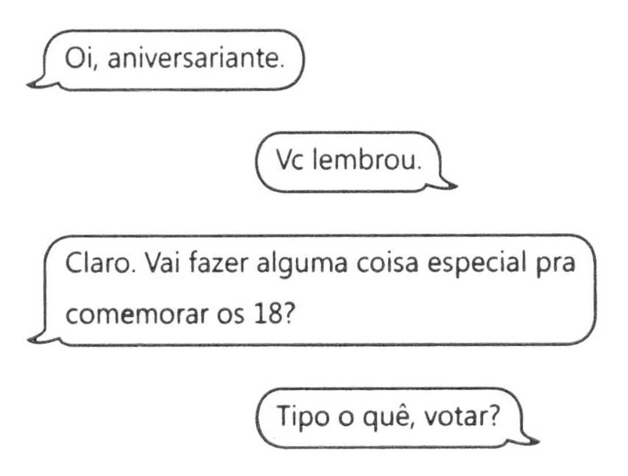

HA

Só sair pra jantar com meu pai e a Chloe.

Como estão as coisas, falando nisso?

Muito bem, na verdade.

Que bom. Acabei de fazer a matrícula pro último semestre. Vou para o norte do estado com as minhas irmãs pra relaxar no fim de semana.

Que inveja. Eu sempre quis ter irmãs.

Confia em mim, não foi nada legal nos primeiros 15 anos, até eu ser descolado o suficiente pra elas serem vistas comigo em público.

Hahaha. Aproveite o fim de semana.

Obg, vc também.

Salvo o texto na memória permanente do celular. Não vi ninguém de *Orgulho estudantil* nas semanas depois do fim das filmagens. A nova versão da minha antiga vida me reabsorveu. Essas poucas linhas e algumas semanas de lembranças — conversas incontáveis e um beijo inesquecível — são o que me restou do Graham.

* * *

No dia em que conheci o Derek, ele e a Emily tinham acabado de sair do trabalho. Os dois estavam vestidos para vender uma imagem para seus respectivos clientes — e a maioria deles jamais frequentaria os círculos sociais uns dos outros. Desde as mechas roxas no cabelo escuro da Emily até as unhas pintadas de preto e as botas de motoqueira com fivelas do tornozelo até o meio da canela, ela não poderia parecer mais incompatível com ele: bronzeado e magro, com cabelo loiro curto, usando calça cáqui, camisa social para fora da calça e mocassins. Enquanto eu os observava, não pude evitar de pensar que eles estavam condenados. Depois ele pegou a mão dela, a fez parar e sorriu como se ela fosse a única coisa no mundo que o fizesse feliz. Quando ele envolveu o rosto dela com mãos cuidadosas e a beijou, ela se derreteu.

Emily confessou que eles vão se inscrever nas mesmas universidades, a maioria escolhida por ela. As aspirações de Derek incluem um diploma de literatura enquanto escreve um livro — e ele diz que qualquer ambiente acadêmico decente serve para isso. Eu nunca a vi assim. Minha melhor amiga, independente e inflexível a vida toda, se apaixonou. *Muito.*

Ainda estou pensando em morar em Nova York, apesar de não sentir mais a necessidade de fugir do meu estado natal. Depois que a ideia de me mudar para lá se alojou na minha mente, todo o resto pareceu inferior em comparação. Meu pai e Emily já se conformaram em me perder para a costa Leste, pelo menos por um tempo.

Participei do teatro comunitário durante as festas de fim de ano — o papel de protagonista numa produção de baixo orçamento de *A felicidade não se compra*. Meu pai não perdeu nenhuma apresentação. A ideia de deixá-lo no próximo outono dói, apesar de eu estar indo e vindo há anos. Mas é bom. A dor me diz que vou sentir saudade dele e do modo como ele me olha agora — como se não me visse há anos, como se não pudesse ficar perto o suficiente de mim, agora que estou aqui.

44

Reid

Estamos em março, cinco meses depois de terminarmos as filmagens de *Orgulho estudantil*. Saí com o Tadd várias vezes desde então e com o Quinton duas vezes. Não vi nem ouvi falar de mais ninguém. Agora, o elenco principal está em Austin por uns dois dias para fazer um ensaio fotográfico para a *Vanity Fair*. Meu voo atrasou, e ninguém está acordado quando faço check-in no hotel. Desorientado por estar em Austin de novo, durmo pensando na Emma. Meus sonhos são reais e perturbadores, voltando para os cantos da minha consciência quando eu acordo, sumindo com os detalhes e me deixando inquieto. O café da manhã servido no quarto adia a necessidade de ver alguém até o concierge ligar para avisar que a limusine chegou.

Quando saio do quarto e viro a esquina, ela está parada na frente do elevador.

— Emma — digo baixinho, sem querer assustá-la. Seus ombros ficam um pouco tensos, mas ela vira com uma expressão agradável, porém artificial.

— Oi, Reid.

— Você está ótima — digo, e ela está mesmo.

— Obrigada. Você também.

As portas do elevador se abrem, nós entramos e ficamos a meio metro de distância, encarando a contagem regressiva de números. Lembranças giram ao nosso redor, agudas e silenciosas — como eu a encostava na parede assim que as portas do elevador se fechavam, prendendo-a contra o painel frio de aço inoxidável enquanto minhas mãos alisavam sua cintura e minha boca se movia sobre a dela até nenhum de nós conseguir pensar direito. Eu me pergunto se ela esqueceu.

* * *

— Tudo bem, Emma, deita de costas com a cabeça no colo do Reid. Ótimo. Reid, uma das mãos na barriga dela. — O fotógrafo da VF é o Virgil, um daqueles artistas tão conhecidos que não precisam de sobrenome. Ele é famoso por ensaios fotográficos sensuais e românticos. Ele ajeita o cabelo da Emma para cair em cascata sobre o meu joelho e no lençol que eles estenderam sobre as tábuas duras do deque e diz: — Emma, olhe pra mim. Reid, olhe pra ela... com desejo e ânsia no rosto. — Nenhum problema com isso.

Clique, clique, clique.

Na próxima série, estou empoleirado num banco enquanto ela senta no meu colo, me encarando, com as pernas ao redor dos meus quadris. Ela está fazendo um esforço tremendo para manter os olhos afastados — uma façanha, nessa posição.

— Essas fotos vão ser da cintura pra cima, mas preciso de vocês dois bem próximos — diz Virgil. — Emma, arqueie o corpo na direção dele. — *Clique, clique, clique.* — Ótimo, agora incline a cabeça para trás, com o queixo pra cima.

Clique, clique.

— Mais para trás, feche os olhos. — Pressiono a boca na garganta dela, e Virgil fica eufórico. — Fantástico. — *Clique, clique.* Ele dobra o braço dela, colocando sua mão na minha nuca, me prendendo ao seu coração, as batidas ecoando em mim enquanto encaramos a câmera e Virgil clica como se não houvesse filme suficiente no mundo para capturar este momento.

Ficamos de pé, de costas um para o outro, com as mãos unidas na lateral, enquanto eu olho para o lago, destacando o que foi chamado de "meu perfil másculo arquetípico". Apoiando a cabeça entre as minhas omoplatas, Emma encara a câmera enquanto Virgil clica.

— Emma, olhe por cima do meu ombro. Imagine que você está longe, em um lugar lindo e perfeito...

À direita, os outros estão reunidos, conversando e observando distraidamente, esperando sua vez. Quinton e Tadd estão atrás dos outros, rindo. As garotas estão sentadas num semicírculo, Jenna lendo, as outras conversando. Graham está deitado um pouco afastado delas, com as pernas esticadas, os tornozelos cruzados, apoiado nos cotovelos, observando a Emma. Sua boca se curva para cima, e eu sei que ela está retribuindo seu olhar. Ele inclina o queixo para cima num oi, e Virgil murmura "Perfeito", disparando cliques rápidos.

As fotos em grupo são cheias de palhaçada, algumas das quais vão aparecer no ensaio, mas a maioria não. Quinton, Tadd, Graham e eu segurando a Emma na horizontal, como uma cantora burlesca. Uma pirâmide de mãos e joelhos, os caras embaixo, depois Brooke, MiShaun e Meredith, com Jenna e Emma no topo. Tadd geme e finge se curvar sob o peso quando a minúscula Jenna sobe na Brooke e na Meredith, e todo mundo grita e ri quando a pirâmide toda quase cai sobre os tapetes cobertos com lençóis e areia.

Amanhã vai ser dividido: garotas pela manhã, caras à tarde.

— Nada de ressaca, pessoal — diz Virgil. — A câmera não gosta de pessoas desidratadas e com olhos vermelhos. — Ele dá um risinho quando reviramos os olhos e nos arrastamos até os carros que estão esperando.

Entro num carro com Emma, Meredith e Jenna. Toco o ombro da Emma e a tiro da conversa com as meninas. Ela está cautelosa comigo, como no elevador hoje de manhã.

— Você vai mesmo pra faculdade no outono? Já escolheu uma?

Suas mãos estão entrelaçadas no colo, e eu deixo um pequeno espaço entre nós.

— Vou visitar algumas no mês que vem pra tomar uma decisão.

— Legal.

Nós quatro conversamos sobre projetos futuros, e Jenna interroga Emma em relação às universidades que ela escolheu visitar no próximo mês e o que ela vai estudar. Eu não deveria ficar surpreso de as duas irem para Nova York — para estudar teatro, faz sentido —, mas me pergunto o que isso tem a ver com Graham, se é que tem. Chegamos ao hotel e todo mundo decide pedir comida no meu quarto, menos a Meredith, que vai ficar no quarto dela com Robby, o Namorado Controlador.

— Esse cara é um babaca — Tadd diz a Emma, usando a coqueteleira do meu bar para fazer margaritas. — Como é que ela pode *gostar* disso?

— Não faço ideia — responde ela enquanto ele abre a coqueteleira, despejando a mistura em três taças e dando uma para ela e outra para mim.

— Um amigo meu entrou num relacionamento *muito* perturbado com um cara possessivo — continua ele depois de tomar um gole. — Ele xeretava as mensagens no celular, o afastava dos amigos, hackeou o computador dele. Foi um pesadelo foda. Na verdade, ele disse que *essa* parte era muito boa, o resto era um pesadelo.

Emma e eu conseguimos, por pouco, não cuspir margarita nele.

— Já está deixando todo mundo chapado, é, Tadd? — comenta a Brooke quando se aproxima.

— Quer uma? — pergunta ele. — São magicamente deliciosas.

— Sim, por favor... e uma pro Graham também. Ele vai chegar daqui a pouco. Está numa ligação.

Olho para Emma quando Brooke menciona o Graham e não consigo deixar de perceber o nanossegundo de felicidade que atravessa seu rosto. A apreensão que se segue. Depois do fim das gravações, a especulação sobre os dois sumiu completamente. De acordo com a imprensa, ela e eu saímos juntos algumas vezes — meio absurdo, já que não estivemos na mesma cidade desde o fim das gravações.

Não teremos jogos com bebidas hoje à noite por causa da recomendação do Virgil sobre ressacas. Todos estão relaxados e nostálgicos, sabendo que, depois desta noite, teremos algumas premières em maio e mais nada. Mesmo que alguns de nós trabalhem juntos no futuro, nunca mais será este grupo.

Graham entra, se instalando no chão com as pernas cruzadas entre Brooke e Emma.

— Oi, Emma — diz ele.

— Oi. — Ela retribui o sorriso e afasta o olhar, ouvindo a conversa dos outros. Nada mais acontece entre eles, que eu veja.

— Talvez eles façam uma continuação — diz a MiShaun. — Will e Lizbeth se casam e se acomodam numa vida de reflexão, livros e tédio.

— É assim que se estragam os sonhos idílicos de Darcy e Elizabeth pelo resto da vida — concorda o Tadd. — Mostra como é de verdade depois que eles se casam. — Ele se vira para o Quinton. — Você é um babaca taciturno! — diz numa voz de falsete.

— E você é igualzinha à sua mãe! — rosna o Quinton.

Quando todos vão embora, algumas horas depois, pego o braço da Emma com delicadeza.

— Emma, espera um instante. Quero te perguntar uma coisa. — Ela está na defensiva, mas faz que sim com a cabeça.

Emma

— Senta aqui. — Reid pega minha mão e me conduz até o sofá.

— Hum, a gente precisa acordar cedo... Bom, *eu* preciso acordar cedo, acho que você só tem que chegar lá mais tarde... — As desculpas se acumulam incoerentemente em meu cérebro.

— Não é tão tarde — diz ele, e decido apenas ouvi-lo. Nós sentamos. — Você estava maravilhosa hoje. — Ele ainda está segurando a minha mão. — Não consegui tirar os olhos de você.

Ele está lindo como sempre, os olhos azul-escuros passando pelo meu rosto, o cabelo loiro um pouco mais escuro, um pouco mais comprido, ainda perfeitamente bagunçado. Eu pisco e absorvo suas palavras.

— Reid, o que você está...? Quer dizer, eu não...

— Emma, eu errei. Errei *feio*. Fiquei com raiva quando você desapareceu naquela noite, mas eu nunca devia ter te dado um ultimato; foi impensado e infantil. Eu devia ter esperado você vir falar comigo. Eu podia ter explicado. Você é sensata e justa, e tenho certeza que teria escutado.

Meu coração dispara no peito, pulsando pelo meu corpo.

— Mas... você *não* esperou. Você *não* explicou. Simplesmente saiu com a primeira garota, e depois a segunda, a terceira, a quarta. Eu parei de contar depois dessa...

— Eu estava reagindo, tentando te deixar com ciúmes...

— Não, você estava tentando me mostrar como eu era insignificante. E conseguiu.

Essa é a zona de combate que evitamos desde que ele pegou a Blossom e eu o deixei de lado. Não houve confronto nem término. Minha garganta se fecha agora, enquanto luto contra as lágrimas. Na época, eu não pensei que ele tinha me ferido de verdade. Achei que só estava puta com suas tentativas de me humilhar. Uma emboscada de emoções me prende enquanto percebo que eu estava minimizando a situação. O que ele fez me machucou. E aparentemente ainda machuca.

Ela passa os dedos sob meus olhos, removendo as lágrimas com cuidado.

— Emma, eu sou um cara arrogante. Estou acostumado a conseguir as coisas do meu jeito, todas as vezes, com qualquer garota. Mas você foi diferente. É por isso que eu não consigo te esquecer. — Ele se aproxima, envolvendo o meu rosto. — Me perdoa. Por favor. — Seus olhos são hipnotizantes, azul-escuros, e sei que ele tem mais profundidade do que me permite ver, mas não é suficiente.

— Eu te perdoo — digo. — Mas não consigo esquecer. E não consigo confiar em você, Reid.

Ele pega as minhas mãos.

— Eu poderia ser diferente com você. — Ele é tão sincero que eu preciso de todas as forças para pensar logicamente. — Você poderia ser a única a enxergar além das minhas merdas e me ajudar a ser algo mais, algo melhor.

Encaro nossas mãos entrelaçadas.

— Eu não quero te ajudar a ser nada. Quero alguém que *já seja* algo mais. Por conta própria. Com ou sem mim.

Ele fica em silêncio, e eu ainda não tenho coragem de olhar para ele.

— Tem outra pessoa?

Penso no Graham. Graham, que não pode ser meu.

— Não. Mas essa não é a questão.

— Então qual *é* a questão? — Ele levanta meu queixo, me fazendo olhar em seus olhos de novo.

Meu queixo treme, e as lágrimas escorrem para a mão dele.

— A questão é que eu não vou aceitar menos do que eu quero, menos do que eu mereço. A Brooke confiou em você, e você a abandonou... e, sim — digo, antes que ele possa protestar —, talvez vocês dois fossem jovens demais pra lidar com a situação na época, mas você nunca me deu uma chance de descobrir isso. Você começou a trepar com o resto do elenco como se os meus sentimentos não importassem. Eu te perdoo porque já superei isso. Mas essa é a questão. Eu superei.

Com a última gota de esforço que consigo, eu me levanto e saio do quarto dele, tremendo dos pés à cabeça. Ele não fala nada e não me segue, mas não consigo relaxar os ombros até estar dentro do meu quarto, com a porta trancada. Acendo uma luz e caio na cama, chorando e discando.

— Emily — digo quando ela atende, me sentindo dez vezes melhor no instante em que ouço sua voz.

45

Reid

Começa do mesmo jeito que na última vez, com uma taça de vinho durante o jantar. Uma semana depois, é um coquetel antes do jantar e vinho durante. E depois alguma coisa antes de ir para a cama. Quando chega à luz do dia, já era.

Algumas pessoas mergulham de cabeça na recaída, outras não conseguem evitar. Minha mãe simplesmente entra nela, com calma e a mesma determinação com que deu entrada três vezes na clínica de reabilitação. A primeira vez em que ela tentou conseguir ajuda foi quando descobriu que estava grávida, mas perdeu o bebê durante a primeira fase da reabilitação, a da interrupção. Quando voltou para casa e afundou na depressão, se entorpecendo regularmente porque, de outra forma, ela não fazia nada além de chorar, ninguém a culpou — nem seu filho de dez anos, nem seu marido, nem sua mãe, que morava conosco.

Minha avó tentou fazê-la voltar e conseguir a ajuda e o apoio psicológico de que precisava para lidar com a dor, mas minha mãe não quis. Suas recusas nunca são barulhentas e desordenadas. Sua tática é genial, na verdade. Ela nunca constrói um argumento nem tem um surto desesperado. Simplesmente concorda com o que é proposto e depois não vai até o fim.

Seja pela dor de perder a mãe ou pela culpa de nunca corresponder às próprias expectativas de ser a filha perfeita, minha mãe tentou a reabilitação pela segunda vez alguns meses depois de a minha avó morrer. Voltei de uma filmagem — do filme em que conheci a Brooke — e ela não estava em casa. Meu pai estava feliz. Achou que ela abandonaria o vício e tudo ficaria bem com o mundo e a família Alexander.

Claro que isso foi um exagero.

Não lembro quando ela voltou a beber naquela vez, só que eu já tinha começado nessa época. Por algum motivo irracional, eu me senti melhor por ela também estar bebendo.

Brooke e eu tínhamos terminado — na verdade, explodido, depois de diversas alegações de que ela estava me traindo à luz do dia. Quando ela me disse que estava grávida, eu respondi:

— E o que eu tenho com isso? Parece que o problema é seu. — Eu estava totalmente convencido de que o bebê não era meu. Não tenho certeza agora, se bem que também não importa mais.

Minha mãe sabe que eu bebo. Mas, de alguma forma, conseguiu ficar chocada quando eu saí com o John no meu aniversário de dezenove anos — algumas semanas atrás — e fiquei tão chapado que não sei muito bem o que fizemos depois de um certo ponto. Foi a primeira e única vez que eu apaguei. Acordei agoniado na casa do John, com a mão inchada e latejando, sem a menor ideia do motivo.

De acordo com ele, nós e mais um pessoal paramos um SUV debaixo de uma escada de incêndio, subimos até o topo de um prédio, transamos muito (especialmente assustador, já que eu estava bêbado o suficiente para não me lembrar de *nada* disso) e depois tentamos descer sem cair. Eu fracassei no fim e caí em cima do carro, mas parecia bem, segundo o John — a prova disso era que eu estava rindo o tempo todo. Eu tinha quebrado a mão esquerda. Um cirurgião especialista em mãos teve que operá-la para retirar fragmentos de osso espalhados, colocá-la no lugar e inserir uma placa de metal no meu dedão, o que é uma merda. Daqui a algumas semanas, vou tirar a placa e depois tenho que fazer — não estou brincando — *fisioterapia na mão* duas vezes por semana durante não sei quanto tempo.

Dias depois desse pequeno contratempo, foi a primeira vez que eu voltei para casa e vi minha mãe com um drinque na mão. Ela até tinha conseguido passar pelas festas de fim de ano, dessa vez, mas não conseguiu passar pela minha proeza frustrada na escada de incêndio. Meu pai às vezes vinha para casa um pouco mais cedo, conseguia chegar para jantar de vez em quando, fazia aparições nos fins de semana. Depois que a recaída aconteceu, essas mudanças foram interrompidas.

Muito bem, pai, é assim que se dá apoio. Tudo de volta ao normal, o que quer que essa merda signifique.

Emma

Enquanto meu pai pede bebidas com café, eu fantasio com luvas e fogueiras e edredons recheados de penas. Meus dedos estão dormentes com o frio inesperado que faz em abril na cidade de Nova York, e anseio pelo latte, tanto pelo calor do copo que aquece os dedos quanto pela cafeína que a dose dupla de espresso promete. Vou precisar me acostumar com Nova York, depois de uma vida inteira na Califórnia; pouca coisa aqui se parece com a minha cidade natal suburbana — os dialetos locais, as multidões, o clima. Lembro a mim mesma que *diferente* era a ideia original.

Quando olho ao redor procurando uma mesa livre, vejo uma menininha vestindo um casaco masculino por cima de um collant e uma meia-calça verde-limão e uma saia de tule cor-de-rosa. O casaco vai até abaixo dos joelhos, e seus bracinhos são engolidos pelas mangas. Saindo do braço do casaco, como se ela não tivesse mãos, vejo uma vareta de madeira com uma estrela coberta de purpurina e fitas penduradas na ponta. Ela pula ao redor da mesa duas vezes, senta e se levanta de novo cinco segundos depois, pulando na direção oposta, o cabelo curto quicando a cada passo.

Meus olhos vão até o homem cujo casaco ela está usando. Eu pisco, porque o homem é o Graham. Ele me faz um aceno de cabeça, e a garotinha vira e olha para mim. Eles têm os mesmos olhos escuros, o mesmo formato de boca, mas o cabelo dela é liso e loiro-avermelhado, enquanto o dele é ondulado e escuro, apesar de eu lembrar que, no sol, ficava meio avermelhado. Eu também lembro que o Graham tem duas irmãs mais velhas. Deve ser uma sobrinha.

Eu não o vejo desde o mês passado, mas pensei nele com frequência desde então. Sorrio, pensando: *Qual é a probabilidade?* Sinto uma timidez atípica com ele, esse cara com quem corri quase todos os dias de manhã enquanto estava em Austin e compartilhei aspectos da minha vida que só a Emily conhecia. E aí acabou.

Eu me dou conta de que ainda não sei por que ele me beijou ou por que se afastou de mim depois. Imagino que foi por causa do relacionamento com a Brooke, e por causa do meu beijo muito público com o Reid. Mas nos tornamos amigos, apesar dos dois. Apesar daquele beijo no meu quarto.

— Aqui está o seu latte — diz o meu pai. Ele está equilibrando uma fatia de cheesecake em cima do café, aproveitando o fato de estar a milhares de quilômetros do último regime nutritivo da Chloe. Ele vê uma mesa livre perto do Graham e vai direto para lá.

— Oi — diz o Graham quando sentamos.

— Oi. Pai, você se lembra do Graham Douglas? — A sobrinha para de dar a volta na mesa e encosta o rosto na lateral dele.

— Sr. Pierce — diz o Graham, estendendo a mão para apertar a do meu pai enquanto passa o outro braço ao redor da menina, que agora está me avaliando abertamente.

— Graham, claro. — Meu pai põe açúcar no café. *Açúcar.* Chloe teria um ataque. — De acordo com a Emma, você era o ator mais talentoso do elenco de *Orgulho estudantil.* E ela não se impressiona com facilidade.

— Isso é interessante — diz o Graham com um sorriso. — Eu achava que *ela* era a mais talentosa. — Sinto o vermelho se espalhando pelo meu rosto.

Meu pai sorri para a menina enquanto ela gira as fitas da varinha num borrão de cores.

— E quem é essa menina bonita?

— Essa é a Cara.

Meu pai apoia os cotovelos nos joelhos.

— Você é uma princesa, Cara?

— Sou uma fada-madrinha. Tá vendo? — Ela tira o casaco do Graham para revelar suas asas amassadas. — Ah, não! Minhas asas estão ferradas! — As pessoas nas mesas próximas se viram e eu mordo o lábio.

— Hum, isso é o mais próximo de não xingar que a minha irmã consegue perto dela. — Graham dá de ombros, os lábios se contorcendo. — Menos chocante saindo da boca de uma menina de quatro anos do que a outra opção.

— Você quer que eu conserte? — pergunto e ela me encara por um longo instante, analisando se eu pareço ser confiável, acho, antes de se aproximar e virar de costas. Puxo as asas translúcidas para longe das omoplatas minúsculas, ajeitando os suportes de arame e admirando as penas com purpurina prateada. — Suas asas são lindas.

Ela faz um sinal de positivo com a cabeça.

— Elas são mágicas.

Sorrio para ela.

— É mesmo?

— É! — Ela pega a varinha de cima da mesa. — Fecha os olhos. — Obedeço. — Agora faz um pedido. — Do vazio da minha mente, que não faz um pedido de verdade há muito tempo, vem um pensamento inequívoco. *Quero ver o Graham de novo. Sozinhos.*

Ela encosta a varinha na minha testa; as fitas fazem cócegas no meu nariz.

— Pronto. Seu desejo foi concedido.

Abro os olhos e a ouço perguntar ao meu pai se ele também quer fazer um pedido. Graham me observa.

— Não importa o que foi, não duvide dela. A capacidade de conceder desejos da Cara é famosa.

Sorrio dentro do copo, girando o restante de espuma e espresso.

Um minuto depois, Cara olha nos meus olhos, com as mãos pequenas nos meus joelhos.

— O que você pediu? — Ela está com cheiro de chocolate, e a prova está em seu lábio superior.

— Achei que eu não podia contar.

Ela pensa por um instante.

— Então como eu posso realizar?

Não consigo evitar de me surpreender com sua lógica.

— Você é uma fada-madrinha muito astuta, Cara.

— Sou mesmo. — Ela percorre um oito ao redor das duas mesas, parando na minha frente de novo. Então morde o lábio inferior. — O que é axuta?

— Astuta. Significa que você é muito inteligente.

— Sou mesmo — repete ela, sem o menor sinal de arrogância. E aí ela vira para o Graham com uma pergunta aleatória, iniciada com um título não-tão-aleatório. — Papai, eu tenho que gostar de brócolis?

Graham olha para mim por cima da cabeça dela, absorvendo minha reação, e não há nada que eu possa fazer para disfarçar meu espanto. Eu não podia estar mais surpresa e atônita.

Os olhos dele vão até ela.

— Você não *tem* que gostar de brócolis. Existem outras verduras pra comer. Mas talvez você aprenda a gostar um dia, quando crescer.

Ela enruga o nariz.

— Acho que não.

* * *

— O Graham deve ser mais velho do que parece, para ter uma filha daquela idade — diz o meu pai quando estamos no táxi. Apesar de eu saber a idade exata dele, não consigo responder. Ainda estou tão chocada que mal consigo me concentrar. Ele nunca deu a menor pista disso. Ele voltou para casa naquela emergência familiar durante as filmagens, mas isso não quer exatamente dizer "Tenho uma filha", certo?

— Por que eu não cancelo o jantar com o Ted? — Ele pega a minha mão. — A gente faz alguma coisa juntos. Estamos em Nova York! Você não devia ficar sozinha num quarto de hotel, isso é maluquice.

Balanço a cabeça.

— Vou morar aqui em poucos meses. Preciso me acostumar com a ideia de ficar em casa de vez em quando, para não falir em um ano. Você nunca vê o Ted. Vai lá. Eu já domino esse negócio de ficar sozinha num quarto de hotel.

Ele suspira, olhando pela janela.

— A Cara me lembrou você naquela idade. Cheia de energia e pronta para questionar tudo, classificar tudo, usar a magia para tornar o mundo perfeito. Agora, olha só pra você: nesta cidade, visitando universidades, se redefinindo. Estou orgulhoso de você, Emma.

Apoio a cabeça no ombro dele, como a Cara fez com o Graham.

— Obrigada, pai.

Perdoá-lo é mais fácil agora, tão perto da separação. Nós nos reencontramos, e a amargura não vai trazer de volta os anos desperdiçados. Os anos em que eu não verbalizei minha dor para ele. Os anos em que ele não viu isso nos meus olhos. O que passou passou, e tudo que importa é para onde vamos a partir daqui.

46

Reid

A estreia de *Orgulho estudantil* é no próximo mês, precedida pelos inevitáveis eventos de tapete vermelho, aparições e entrevistas em programas de televisão. Já vi o suficiente do produto final para saber que ficou bom. No gênero "noite de encontro", "romântico incorrigível", esse filme vai ser quente.

Acabou tudo com a Emma. Eu *sei* disso, mas meu cérebro não aceitou completamente o fato. Fico repassando tudo que fiz de errado, procurando um jeito de consertar o caos total das decisões que tomei naquela noite. Eu não devia tê-la deixado sair do meu campo de visão. Eu não devia ter importunado a Brooke daquele jeito. E eu certamente não devia ter levado aquela garota para o hotel.

É possível que eu estivesse apaixonado pela Emma? Não sei. Será que eu sequer sou capaz dessa emoção? Também não sei.

O que eu disse a ela no mês passado não foi apenas uma cantada para levá-la para a cama. Eu estaria mentindo se dissesse que a companhia dela era mais importante que a atração entre nós, mas eu gostei das tardes que ela passou no meu quarto depois da cirurgia, quando ficávamos vendo filmes ou eu jogava videogames enquanto ela estudava. Eu gostava do conforto de tê-la por perto. Não tivemos uma chance de descobrir o que poderia ter acontecido, porque, no fim, eu a tratei como todas as garotas que já encontrei.

A maioria das garotas que me querem deseja o bad boy. Essa persona não é só uma encenação, é quem eu sou. Nunca houve a possibilidade de eu ser outra pessoa além de quem eu me tornei, e talvez a Emma finalmente tenha enxergado isso.

Ela disse que quer alguém que já seja melhor. Alguma coisa melhor do que eu, claro. Ela não quer ter que ler nas entrelinhas para ver quem ele é ou como se sente em relação a ela. Por mais que eu queira ser esse cara, não tenho nada disso em mim. Eu sou quem eu sou.

Emma

Inesperadamente, recebo uma mensagem do Graham:

Eu queria falar com vc. Sozinha. Se vc estiver disposta a falar comigo. Posso ir até o seu hotel, ou podemos nos encontrar em algum lugar?

Quando?

Agora, se vc puder. Hoje à noite. Amanhã.

Pode ser agora. Meu pai saiu com um amigo. Eu ia pedir comida no serviço de quarto e ver uns filmes.

Onde vc está?

Soho Grand.

Chego aí em meia hora.

— Oi — diz o Graham, pela segunda vez hoje.

— Oi. — Quando abro a porta, percebo que estou recebendo o desejo que a Cara me concedeu.

Ele entra no quarto enquanto a porta se fecha, e ficamos parados a meio metro. Um clipe antigo do Switchfoot toca ao fundo, o refrão fluindo pelo quarto como uma trilha sonora particular.

— Você e seus vídeos de música. — Ele sorri, passando os dedos pelos folhetos das universidades que pegamos nas visitas e deixamos em cima da cômoda. — Já escolheu uma escola?

— Acho que sim. Estou entre essas duas.

Ele faz um sinal de positivo com a cabeça.

— As duas têm ótimos programas. Quer dizer que você vai se mudar para Nova York?

— Vou. A gente vai resolver tudo quando voltar pra casa. Tomar uma decisão com base nas informações. — Ele faz que sim com a cabeça de novo, mas sei que ele não veio falar sobre meus planos acadêmicos, por isso não prolongo a conversa.

— Então... eu achei que você podia querer uma explicação. Não sei muito bem por onde começar.

E aí nós dois ficamos em silêncio. Tudo sobre o Graham, tudo que eu achei que sabia, está abalado. Minha visão dele, meus sentimentos por ele, tudo igual e, ao mesmo tempo, nada igual. Suas mãos estão fechadas em punhos nas laterais do corpo.

— Você tem uma filha. — Não tenho direito ao tom de acusação na minha voz. A última coisa que eu quero é que ele se sinta interrogado, mas ele não está falando, e as perguntas estão se acumulando no meu cérebro, tropeçando umas nas outras, todas elas querendo uma resposta *agora*. — Achei que nós éramos amigos... Por que você não me contou?

Ele estende as mãos.

— Eu não... costumo contar para as pessoas. Fora da minha família, só a Brooke sabe, e alguns amigos daquela época.

— Você foi... você é... *casado?* — O conceito é tão estranho que as palavras saem como algo repugnante.

— Não. Não sou, não fui. A mãe da Cara... ela nunca esteve no cenário. Não depois que a Cara nasceu.

Estou tentando processar a informação. E fracassando. É como se a caixa do quebra-cabeças tivesse a ilustração errada na tampa e, quando as peças se encaixam, a imagem gerada é totalmente diferente da que eu esperava.

— Como foi que você... acabou ficando com ela?

Ele anda pelo quarto pequeno e encara a janela em silêncio. Dou a ele um tempo para reunir os pensamentos. Por fim, ele se vira com as mãos nos bolsos.

— Meu relacionamento com a mãe da Cara já tinha acabado quando ela descobriu que estava grávida. Ela estava pensando nas opções, mas não queria ficar com o bebê. E eu simplesmente... eu *queria*. A possibilidade de ficar com ela, de criá-la, me deu um objetivo na vida. Eu *precisava* fazer isso.

Ele respira fundo e passa a mão no cabelo, encarando o carpete.

— Conversei com a minha família. Eu tinha dezesseis anos na época, então não podia fazer isso sozinho. — Quando ele levanta os olhos, eles estão queimando de determinação, e é fácil ver o rosto que a família dele deve ter visto na época. — Se eles não tivessem me apoiado, não sei o que ia acontecer. Mas eu já tinha tomado uma decisão, e eles perceberam que não tinham como mudá-la.

— E eles concordaram em te ajudar? — Ele faz que sim com a cabeça. — E aí...?

— E aí eu tive que convencer a minha ex-namorada a levar a gravidez até o fim e dar o bebê pra mim.

Eu sento na cama, num estado de semichoque.

— Uau. Eu não sei nem o que dizer.

Ele senta ao meu lado.

— É. Essa é a reação normal. — Ele entrelaça as mãos e as encara. — A emergência familiar que eu tive, quando desapareci durante as filmagens... A Cara teve uma crise de asma e foi hospitalizada. Eu nunca senti tanto medo.

Ele desapareceu horas, talvez minutos depois de me beijar na minha cama. Ele poderia ter me falado na época, mas não confiou o suficiente em mim.

— Uau, isso é simplesmente... muito incrível. — Estou procurando as palavras, me encolhendo ao ouvir minha própria voz falsamente feliz, mas é como se eu fosse hiperventilar se parasse de falar. — Quer dizer, você é, sabe, pai. Alguém te chama de *papai*. E isso é tão...

— Incrível? — Ele está desapontado ou magoado, mas, ao mesmo tempo, não está surpreso. Está acostumado com essa reação. — Enfim, agora você sabe de tudo. — Ele se levanta. — Escuta, eu tenho que, hã, resolver umas coisas na rua. A gente se fala depois, tá? — Não percebo a probabilidade de um *depois* na voz dele.

— Tá. — Eu o sigo até a porta, percebendo que ele acabou de compartilhar uma coisa muito *íntima* comigo, e eu surtei. Ele está parado no meu quarto, meu desejo em forma sólida. — Graham — digo com delicadeza. Ele se vira e eu coloco as mãos em seu peito, sinto o coração batendo no mesmo ritmo acelerado que o meu. Seus olhos escuros estão tristes, me encarando.

Com a mão trêmula, coloco a mão no cabelo dele, na altura da têmpora, puxando sua cabeça para mim. Eu o beijo com suavidade e cuidado e, por um instante, ele não reage, e tenho certeza de que entendi tudo errado... Mas aí sua boca gruda na minha enquanto seus braços me envolvem totalmente, me fazendo ficar na ponta dos pés.

Achei que eu tinha idealizado o beijo dele, mas seus lábios nos meus agora fazem com que aquele primeiro beijo seja apenas um eco distante. Suas mãos deslizam e se entrelaçam no meu cabelo, me empurrando até eu estar contra a parede e seu corpo estar pressionando o meu, a batida do seu coração pulsando sob minha mão. Ele está encostado em mim, e meus braços o puxam mais para perto ainda, os dedos massageando os músculos de suas costas, deslizando pelos ombros, descendo pelos braços e subindo de novo. Quando paramos para respirar, estamos ofegantes, o peito dos dois subindo e descendo em uníssono enquanto ele se aproxima de mim e eu me arqueio para ele, todos os indicadores físicos declarando: *Eu te quero, eu te quero, eu te quero.*

Quando ele se afasta, fico confusa. Começo a segui-lo, piscando, mas ele levanta uma das mãos para me impedir.

— Emma, eu não posso. Isso não é... Eu não posso.

Ele se vira e abre a porta com força. Três segundos depois, ele foi embora. Deitada de costas na cama, revejo cada detalhe do que acabou de acontecer, várias vezes, mas nada fica mais claro. Eu quase ligo para a Emily, mas não faço isso. É uma noite rara, em que ela e Derek têm folga, e eu não quero interromper os dois com meus problemas. Esse é um enigma que eu tenho que decifrar sozinha Quando meu pai volta, mais tarde, desligando a TV e sussurrando meu nome enquanto puxa o edredom sobre mim, finjo estar dormindo.

Há peças faltando no meu quebra-cabeça. Não tantas quanto hoje mais cedo, antes de encontrarmos Graham e Cara. Mas agora eu sei sobre ela; é menos um segredo entre nós. O que o fez se afastar? Deve ter outra pessoa. Brooke? Eles obviamente ainda estavam próximos no mês passado. Pelo que ele disse, ela é uma das poucas pessoas que sabem da Cara. Ela poderia ser o motivo para ele se afastar depois de me beijar em Austin, e hoje outra vez.

As cortinas com blackout envolvem o quarto na escuridão, mas estou recostada na cabeceira acolchoada, acordada há duas horas. Meus olhos adaptados distinguem os contornos de cada móvel, do espelho do outro lado do quarto, do meu reflexo nele. Levanto a mão e aceno, e a imagem fantasmagórica no espelho acena de volta.

As cortinas não bloqueiam os sons da cidade abaixo. Diferentemente das minhas noites periódicas de insônia em Sacramento, não estou acordada e *sozinha* aqui, na cidade que nunca dorme; sou uma entre milhões, como se eu já pertencesse ao lugar.

Meu pai ronca baixinho na outra cama. Aperto o botão do celular e a tela se ilumina: 2h18. Vamos voar para casa daqui a dez horas. Procuro o número do Graham e clico em "enviar mensagem". O cursor pisca, esperando que eu digite, e fico sentada ali sob o brilho da tela. Depois de trinta segundos, a tela se apaga. O que a gente diz quando os sentimentos não cabem em palavras? Por fim, digito a mensagem e aperto o botão de enviar:

> Vou embora hoje. Quero te ver. Estarei no lounge às 6 da manhã.

Não recebo resposta, e me sinto desencorajada e um pouco patética conforme os minutos passam. Meus olhos vão ficando pesados, acabo soltando o celular e me aninho debaixo das cobertas, com o aparelho sob o travesseiro, o alarme ajustado para cinco e meia.

* * *

Não é de surpreender que haja poucas pessoas no lounge a esta hora da manhã de um sábado. Peço uma mesa nos fundos e espero, de alguma forma com a certeza de que ele vai aparecer, apesar de não ter respondido à mensagem. Minutos depois ele chega, com o cabelo caindo sobre a testa, ainda molhado do banho, barba de um dia no rosto e vestindo calça jeans, botas que eu poderia ver num cara trabalhando no canteiro de obras do outro lado da rua e uma camiseta desbotada de outra banda que eu reconheço pelos comentários alucinados da Emily.

Ele senta na minha frente, com as mãos entrelaçadas sobre a mesa. Seu olhar é direto, diferentemente de ontem, quando seus olhos pareciam pousar em qualquer lugar que não fizesse contato com os meus.

Uma garçonete aparece e ele pede café. Ao me ver fazendo um sinal de positivo com a cabeça, diz:

— Dois, por favor. — Ele suspira, esticando os dedos sobre a mesa. — Olha, desculpa por não ter te contado sobre a Cara. Pensei em contar umas cem vezes, mas, quanto mais eu demorava, mais difícil ficava falar no assunto. Eu estava falando sério quando disse que não conto às pessoas sobre ela. Vivo duas vidas há tanto tempo que se tornou um hábito e, até agora, eu escapei de juntar as duas.

A garçonete chega com os cafés, e ele fica em silêncio até ela se afastar.

— Me desculpa por ter surtado com você ontem à noite... — diz ele.

— Eu surtei primeiro. — Coloco açúcar no café enquanto ele coloca creme no dele.

— Você tinha motivos, eu acho. — Ele faz uma careta para a xícara de café. — A Cara é a coisa mais importante da minha vida, uma parte que me define. Foi injusto eu não te contar. Quando assumi o papel de pai, não pensei em como isso ia afetar relacionamentos futuros. Durante anos eu mantive minha família de um lado e... quase todo mundo do outro.

— Isso parece difícil.

— É... — Ele solta um suspiro e forma uma bolinha com meu pacote vazio de açúcar. — É, sim.

Eu inspiro, expiro, entrelaço e desentrelaço as mãos sob a mesa.

— Graham, vou me mudar pra cá daqui a quatro meses. Talvez a gente possa se encontrar pra uma corrida de vez em quando. Ou levar a Cara ao parque, ou alguma coisa assim. Eu posso cuidar dela se... você sabe, sua família estiver ocupada e você quiser sair. Eu adoraria conhecê-la melhor. Porque... você significa muito pra mim. E eu senti sua falta. — Encarando o topo da mesa, passo os dedos sobre sulcos minúsculos na superfície brilhosa. — Sinto falta da nossa amizade.

— Quer dizer que você quer ser minha amiga? — pergunta ele, e eu levanto o olhar. Suas mãos estão paradas, a expressão séria. — Amigos e só?

O beijo de ontem à noite.

— Não há motivos para não sermos amigos. Eu ultrapassei os limites ontem à noite. Eu entendo como você se sente em relação à Brooke...

— Espera. O que tem a Brooke? — interrompe ele.

Engulo em seco, com a garganta fechada.

— Hã... seu relacionamento com ela.

— Meu relacionamento com...? Emma, a Brooke é minha amiga. Eu sei de tudo que aconteceu com ela... e com *ele*. Ela sabe da Cara. Nós ficamos amigos anos atrás, por ambos termos partes da nossa vida que ninguém que a gente conhecia poderia entender. Ela é uma amiga próxima. Mas ela *sempre* foi só minha amiga, e *nunca* vai ser nada além disso.

— Quer dizer que você não está apaixonado?

Ele me olha por um longo instante.

— Eu não disse isso. Eu disse que não amo a Brooke.

— Tudo bem... — Deve ser alguém aqui de Nova York. Alguém de quem ele nunca me falou. Isso é como ser picada por dezenas de mosquitos. Como uma etiqueta incômoda na gola de uma camiseta. Como lascas de bambu enfiadas debaixo das unhas.

Não que eu saiba como é a última opção.

— Você já... esqueceu o Reid? — pergunta ele. — Naquela noite, na boate, você estava tão chateada.

Reid? Fecho os olhos e tento recuperar o foco.

— Não. Quer dizer, *sim*, eu esqueci o Reid, mas... naquela noite, eu estava arrasada principalmente por causa de uma briga horrível que eu tive com a Emily uma semana antes, mais ou menos. — Abro os olhos e encaro os dele. Falar com ele é tão fácil, mesmo agora. — Somos melhores amigas desde que tínhamos cinco anos, mas nunca dissemos coisas como aquelas uma pra outra. Não estávamos nos falando e, depois de tudo que aconteceu com a Brooke e o Reid, eu precisava dela. Queria ligar pra ela e não podia. Tive medo de ter estragado tanto as coisas que a perderia pra sempre.

Ele pensa no que eu falei.

— Quer dizer que a semana toda antes disso... as "alergias"?

Eu sabia que ele tinha percebido essa armação. Ele devia achar que eu estava chateada por causa do Reid.

— É. Isso também foi por causa da Emily.

Ele sai do banco dele e vem para o meu, nos tirando do campo de visão. A mão dele pousa quente no meu braço, e não é justo ele não saber o que está fazendo comigo. Seus olhos escuros me atraem. Ser amiga do Graham não vai funcionar. Não com ele tão próximo.

Eu me esforço para manter a voz leve e estável.

— A pessoa que você ama... é alguém que eu conheço?

Sua expressão é de surpresa.

— Emma, você é a pessoa menos observadora que eu conheço, só perde para *mim*. Talvez a gente precise de fatos diretos. Sem ambiguidade. Tudo às claras.

Faço que sim com a cabeça.

— Clareza é bom.

Ele passa um dedo na lateral do meu rosto.

— Que tal esse tipo de clareza? — sua voz está baixa e rouca enquanto os dedos passam pelos meus lábios. — Eu nunca desejei ninguém além de você desde a noite em que nos conhecemos. E, por mais que eu valorize a nossa amizade... ser seu amigo não é o que eu tenho em mente. — Ele envolve meu queixo com a mão e me beija suavemente, a ponta da língua deslizando nos meus lábios. Quando eu abro a boca e correspondo, o beijo se torna profundo e possessivo e cheio de promessas, e esqueço onde estamos, sentindo aquela sensação até os dedos do pé e de volta.

— Hum — digo, meus pensamentos girando enquanto ele sorri e apoia a testa na minha, encarando meus olhos como se estivesse tentando ler meus pensamentos.

— Sabe, acho que eu prefiro que você mantenha esse hábito, afinal — diz ele, antes de me beijar de novo.

Agradecimentos

Um agradecimento sincero às minhas parceiras críticas, Jody Sparks e Carrie Sullivan. Sem sua sinceridade, seu estímulo e seus vetos, estes personagens poderiam ter ficado na minha mente para sempre. Vocês são o máximo.

Aos meus leitores beta — seu otimismo me fez continuar a escrever e a revisar em vez de arrancar os cabelos, e, acreditem em mim, ninguém quer isso. Um agradecimento gigantesco e extraespecial a Ami Keller, pelo feedback detalhado e entusiasmado e por me avisar se os personagens estavam seguindo o caminho certo ou vagando por conta própria. Obrigada a Robin Deeslie e Hannah Webber, pelas diversas leituras e pela descoberta fantástica de gafes gramaticais; a Kim Hart e Lori Norris, pela crença inabalável em mim; e a MiShaun Jackson, Alyssa Crenshaw, Joy Graham, Zachary Webber e Keith Webber, por me darem feedback sobre a trama e ideias sobre os personagens.

Agradeço ao Paul por aguentar a loucura da minha personalidade, meus padrões de sono e minha capacidade de encontrar e manter gatos.

Por fim, agradeço à minha mãe e ao meu pai, por amarem a filha que vocês geraram, mesmo que não entendam por que eu falo tanto palavrão.

Impresso no Brasil pelo Sistema Cameron da Divisão Gráfica da
DISTRIBUIDORA RECORD DE SERVIÇOS DE IMPRENSA S.A.